Die Wächter von Aquaterra
Angriff aus der Tiefe

Bernd Perplies und **Christian Humberg** schreiben Bücher für große und kleine Leser – mal solo und seit 2008 auch immer wieder im Duo. Wenn sie mal nicht neue Geschichten erfinden, sieht man die beiden Autoren oft in Schulen und Büchereien, auf Conventions und Buchmessen, wo sie Lesungen abhalten und aus dem beruflichen Nähkästchen plaudern.
Wer mehr über Bernd und Christian wissen möchte, erfährt es unter:
www.bernd-perplies.de und **www.christian-humberg.de.**

Ebenfalls bei Thienemann erschienen:

Die Wächter von Aquaterra
Band 1

Die unheimlichen Fälle des Lucius Adler
Band 1: Der Goldene Machtkristall

Die unheimlichen Fälle des Lucius Adler
Band 2: Jagd auf den Unsichtbaren

Die unheimlichen Fälle des Lucius Adler
Band 3: Angriff der Automatenmenschen

Mehr über unsere Bücher, Autoren und Illustratoren auf:
www.thienemann.de

Bernd Perplies & Christian Humberg

DIE WÄCHTER VON AQUATERRA

ANGRIFF AUS DER TIEFE

Thienemann

Für alle echten Helden.
In euren Träumen entsteht
die Zukunft.

Prolog

Eine unheimliche Begegnung

Das Meer hatte viele Geheimnisse, und das schönste von ihnen kannte nur Lailani. Wann immer die Erwachsenen zu beschäftigt waren, um mit ihr zu spielen, schlich sich die Zehnjährige fort. Heimlich verließ sie dann das Habitat, jenen von einer dicken Kuppel aus Transparentstahl geschützten Wohnbereich am Meeresboden unweit der großen, künstlichen Stadtinsel Aquaterra, und schwamm einfach drauflos. Durch die Tiefe, über den Felsboden hinweg und dem Korallenriff entgegen.

Lailani gehörte zum Volk der Neptynen, einer amphibischen Lebensform, die in den Meeren beheimatet war. Die komplett von Wasser bedeckte Welt ihrer Vorfahren, die weit draußen im All lag, kannte sie allerdings nur aus den Geschichten ihrer Eltern. Diese waren schon vor vielen Jahren von dort weggezogen, um woanders ein neues, besseres Leben für sich aufzubauen. Lailani selbst war bereits hier auf der Erde geboren worden, als erstes und bislang einziges Mitglied ihrer langen Ahnenreihe. Es gab nicht sonderlich viele Neptynen auf dem blauen Planeten der Menschen, das wusste Lailani. Sie waren eine kleine Besonderheit – sogar in einer Stadt wie Aquaterra, die vor Vertretern der unterschiedlichsten Völker, Länder und Planeten nur so wimmelte.

Unter Wasser wimmelte es deutlich weniger. Auch das mochte das Mädchen so am Meer: Es war kühl, friedlich und still. Lailani trat aus der Schleuse, die das Habitat vom Ozean trennte, und genoss es, wie die Fluten sie sofort umfingen; wie sie sie stützten, trugen und ganz sanft fortzulocken schienen. Das Wasser war Lailanis Element, nicht die Luft. Es war ihr wahres Zuhause.

Feste Stöße, sanfte Wellen, dachte sie. In ihrem Kopf klangen die Worte jedes Mal wie die Stimme ihres Vaters. Als sie noch ganz klein gewesen war, hatte er ihr in den Tiefen außerhalb der Unterwasserstation das Schwimmen nach Art der Neptynen beigebracht. Und noch heute hielt sie sich genau an seine Anweisungen, wann immer sie das Habitat verließ: Sie presste die Arme mit den silbrigen Schuppen seitlich an den Oberkörper, streckte ihre langen, in einer kurzen und eng anliegenden Hose steckenden Beine aus und begann. Ihre Beinmuskeln stießen gegen die Fluten, und ihr schlanker Oberkörper bog sich geschickt im Takt, den das Wasser ihm vorgab. *Feste Stöße, sanfte Wellen. Kämpfe nicht gegen das Meer, Lailani, sondern* werde *zum Meer.*

So kam das Mädchen voran, schneller und behänder als jeder Mensch. Fast war ihr, als führe ihr Körper die Bewegungen ganz instinktiv aus, ohne nachzudenken. Als wären sie weit weniger erlernt als ein Teil ihrer Natur, ihres Erbes. Der Gedanke gefiel ihr.

»Die Erdenbewohner lieben das Meer so sehr wie wir«, sagte Lailanis Vater immer. »Aber sie leben *an* ihm, nicht *in* ihm. Genau das unterscheidet sie von uns Neptynen.« Und deswegen schwammen und tauchten sie auch deutlich schwerfälliger als Vertreter aus Lailanis Volk. Menschen brauchten Schutzanzüge und Sauerstoffflaschen, um schon in vergleichsweise geringen Tiefen zu überleben. Ihre Augen kamen mit der Dunkelheit nicht zurecht, die in vielen Spalten und Gräben des Atlantikbodens herrschte. Deswegen brachten sie Lampen mit, wenn sie dorthin wollten, und teure Nachtsichtgeräte. Deswegen bauten sie leuchtende Habitatskuppeln in ihr Meer und füllten sie mit Sauerstoff.

Lailani brauchte all das nicht. Dank der Kiemen an ihrem Hals konnte sie unter Wasser genauso gut atmen wie an Land, und ihre Augen hatten weit mehr Schwierigkeiten mit dem grellen Licht der Erdensonne oben in Aquaterra als mit der Finsternis des endlos scheinenden Ozeans.

Nach einigen Dutzend kräftigen Schwimmstößen drehte Lailani sich um und blickte zurück. Die große Algenzucht- und Forschungsstation *Atlantia*, zu der ihr Habitat gehörte, erstrahlte in der Tiefendämmerung wie einer dieser Weihnachtsbäume, die manche Menschen im Winter aufstellten. Überall machte das Mädchen helle, durchsichtige Kuppeln aus, silbrige Rohre, lange Kabelstränge und dicke Verbindungsstreben aus rostfreiem Metall. Schweigend nahm sie die unterseeische Industrieanlage in Augenschein. Links unten stand der klobige Kasten aus Stahl und Beton, in dem die mächtigen Generatoren ruhten und die gesamte Anlage mit Energie versorgten. Daneben folgten die ersten Gewächshaus-Kuppeln und die Labors, in denen ihre Mutter jeden Morgen verschwand. Da lag der »Triton-Hafen«, ein lang gezogener, an einen gewaltigen, schneeweißen Hangar erinnernder Bereich für all die kleinen Personen- und Frachtfähren, die zwischen Aquaterra und der Station hin- und herfahren konnten. Gleich daneben befand sich das »Casino«, das Freizeitangebot der Anlage, mit einigen kleineren Gemeinschaftsräumen, den Verwaltungsbüros, der großen Kantine und sogar ein paar winzigen Geschäften für das Nötigste. Dann kam der Habitat-Bereich mit seinen kleinen, schmucken Wohnungen für die Arbeiter im Schichtdienst, der meist mehrere Monate dauerte, sowie natürlich weitere Gewächshaus-Kuppeln und Labors.

Der gesamte Industriebau, zu dem auch noch die eigentlichen Produktionshallen und die leuchtenden Kugeln mit den Büros weit oberhalb der eigentlichen Anlage gehörten, lag nur zwei Kilometer von der berühmten Stadt Aquaterra entfernt – aber auch dreihundert Meter darunter. Vom Land aus war von der Anlage praktisch nichts zu sehen. Vermutlich wussten viele Bewohner der mitten im Ozean errichteten Stadtinsel gar nicht, dass es die Anlage, in der Lailani den Großteil ihres Lebens verbrachte, unter ihren Füßen überhaupt gab. Und das, obwohl einige ihrer Mitbürger Tag für Tag dort arbeiteten – Lailanis Eltern beispielsweise.

In ihrer Erinnerung hatten ihre Eltern schon immer im Dienst von *Atlantia* gestanden, dieser großen und überall bekannten Firma. *Atlantia* züchtete Algen, wusste Lailani. Diese wurden nach der erfolgreichen Ernte zu Nahrung, Medizin und sogar zu umweltschonendem Treibstoff weiterverarbeitet, und Lailanis Eltern halfen dabei tatkräftig mit. Die meisten irdischen Algen wuchsen natürlich nahe der Wasseroberfläche, weil sie einiges an Licht und auch Luft benötigten, um zu gedeihen. Aber manchen Sorten – vor allem die von anderen Welten als der Erde, die sogar noch schneller wuchsen und daher ertragreicher waren – ging es nur hier unten am Meeresboden wirklich gut. Lailani konnte das verstehen, denn sie liebte die Tiefe über alles. Soeben passierte sie Beilfische und einige schöne Schwämme. Immer weiter entfernte sie sich von der Station und dem Habitat, denn das Ziel ihres kleinen, heimlichen Ausflugs lag woanders.

Das Riff, das ganz am Rand des mächtigen, unterseeischen Bergrückens lag, auf dem sowohl die Algenzucht-Anlage als auch Aquaterra selbst thronten, war ihr absoluter Lieblingsort hier unten. Es befand sich eigentlich nur knappe dreißig Schwimmminuten von der *Atlantia*-Station entfernt – etwa eine Stunde für Nicht-Neptynen – und wirkte doch wie eine Welt für sich. Ein faszinierender Abenteuerspielplatz, an den sich kaum mal jemand verirrte. Dort gab es wunderschöne Korallengewächse, dort wohnten erstaunlich aussehende Flossen- und Krustentiere – und vor allem konnte man dort absolut ungestört sein. Lailani freute sich über jede Gelegenheit, ihr Riff zu besuchen. Wann immer es ihr im Habitat zu eng wurde, sie sich mit ihren Eltern gestritten hatte oder einfach mal allein sein wollte, kam sie hierher.

Sie wusste natürlich, dass sie vorsichtig sein musste. Direkt neben dem Riff lag der Abgrund zur Tiefsee, einer stockfinsteren Welt, vor der sie großen Respekt hatte. Auch die Felsenlandschaft rund um das Riff konnte ganz schön tückisch sein. Es gab dort enge Spalten, in denen man sich verschwimmen konnte! Auch lauerten manchmal deutlich gefährlichere Tiere als die harmlosen Beilfische von vorhin in ihnen: Tiere mit spitzen Zähnen, die auch gern mal einen Lailani-Happen probieren würden, oder welche mit für Neptynen giftigen Schuppen. Als Lailani acht Jahre alt war, hatte sie im Riff mal nicht aufgepasst und war mit dem Oberarm in die wohl etwas *zu* gut versteckte Laichstätte irgendeines Erdenfischs geraten. Den allergischen Ausschlag, den die unfreiwillige Berührung der schwarzen, schwabbeligen Fischeier ihr eingebrockt hatte, war sie danach bestimmt eine komplette Woche nicht mehr losgeworden. Sie hatte sogar langärmelige Shirts tragen müssen, obwohl sie die hasste. Nur damit ihre stets übervorsichtigen Eltern die roten Pusteln nicht bemerkten und wissen wollten, wo sich ihr ach so wildes Kind wieder ohne Erlaubnis herumgetrieben habe.

Nein, auf die gefährliche Nachbarschaft des Korallenriffs konnte Lailani liebend gern verzichten. Ihr genügten die Bereiche, die leichter zugänglich waren und in denen weniger Überraschungen auf sie warteten. Lailani genoss es, an den heckenartigen, meterhohen Korallen vorbeizuschwimmen, sich Fischschwärmen anzuschließen, Aalen beim Leuchten zuzusehen und der Schönheit der Stille zu lauschen. Die Menschen erzählten sich schon seit Jahrhunderten spannende Geschichten über Gegenden wie diese, und Lailani hatte viele von ihnen im Habitat gehört: Legenden über verborgene Schätze, von mit Geistern bewohnten Piratenschiffen und von untergegangenen Ozeanriesen aus ferner Vergangenheit. Sagen, in denen gewaltige Ungeheuer in Meereshöhlen schlummerten, weißbärtige Könige mit Dreizack über versunkene Städte regierten oder riesige Kraken aus den finstersten Gräben des Ozeans aufstiegen, um ahnungslose Seefahrer zu überfallen.

Das war natürlich alles frei erfunden – zumindest hatte Lailanis Vater Alowan dies immer behauptet. Aber wenn sie allein durch ihren Lieblingsort streifte, fiel es ihr nicht schwer, sich vorzustellen, dass all die Geschichten um sie herum plötzlich quicklebendig würden. Dann verwandelten sich leicht glänzende Mineralablagerungen an den Felsen im Handumdrehen in von grimmigen Piraten verlorene Silbertaler, und schon die kleinste Strömung schien das Kommen von König Tritons prunkvoller Armee anzukündigen. In Lailanis Fantasie wurde der Ozean sogar *noch* größer, als er war, und hinter jeder Biegung, jedem Fels und jedem Büschel aus Seegras wartete das nächste Abenteuer.

Lailani grinste vergnügt, als sie eine Wand aus unebenem Basaltgestein hinaufschwamm. Sie redete sich ein, auf der anderen Seite dieser Wand warte bereits der König der Tiefsee auf sie, den spitzen Dreizack in der Hand und die Miene voller Tadel.

Dann erreichte sie den Gipfel des Felsenkamms, lugte darüber hinweg … und erschrak!

Da waren Fremde im Riff. Lailani sah es genau. Keine Ritter mit Schwimmflossen zwischen den Fingern, wie die Soldaten aus der Triton-Sage. Doch irgendwie wirkten sie nicht minder bedrohlich auf das Mädchen.

Drei Gestalten in gelben Taucheranzügen schwammen durch Lailanis geheimen Lieblingsort, an den sich sonst doch nie jemand verirrte. Sie trugen schwere Gürtel, an denen allerlei Geräte hingen. Außerdem hatten sie eine Art U-Boot im Kleinformat dabei: eine gläserne Kugel, in der sich Steuer- und andere Bedienelemente befinden mussten und an die sich eine Art Ladefläche anschloss. Auf der Ladefläche befand sich irgendeine Fracht, aber sie war von einem dunklen Netz überspannt und Lailani konnte sie nicht erkennen. Dafür war sie einfach zu weit entfernt.

Ob das Forscher waren? Sie wusste, dass es Leute in Aquaterra gab, die das Meer wissenschaftlich untersuchten. So wollten die Erdenbewohner sichergehen, dass sie diesen Lebensraum und seine vielen Tier- und Pflanzenarten nicht schlecht behandelten. Hatten diese Forscher sich nun auch einmal in Lailanis Riff verirrt?

Für einen kurzen Moment war Lailani versucht, die Hand zu heben und freundlich zu winken. Doch das war natürlich Unfug. Zum einen konnten die drei Leute sie in diesen Schatten ganz sicher nur sehen, wenn auch sie Neptynen wären – und wären sie das, bräuchten sie keine Taucheranzüge und Lampen. Zum anderen wollte das Mädchen keinen Ärger. Wer wusste schon, ob einer dieser Taucher nicht drüben im Habitat Meldung machte, wenn er hier draußen ein unerlaubt herumtollendes Kind ausmachte? Lailani hatte keine Lust, sich schon wieder eine Standpauke ihrer ängstlichen Eltern anzuhören. Es genügte voll und ganz, dass sie zuhören musste, wenn sie sich *untereinander* zofften. Was, wie sie fand, gar nicht mal so selten vorkam; erst recht nachts, wenn Lailani im Nebenzimmer lag und die wütenden Stimmen einmal mehr durch die dünne Wand ihrer gemeinsamen Unterkunft drangen.

Nein, sie verhielt sich lieber still. Die oberste Regel im Umgang mit Erwachsenen lautete schließlich nicht ohne Grund: »Wer nicht auffällt, der bekommt auch keinen Ärger.« Es gab viele solcher Regeln. Lailani hatte sie selbst aufgestellt. Und insbesondere im Habitat, wo es kaum andere Kinder gab, halfen sie ihr immens.

Neugierig sah das Mädchen zu, wie die drei Fremden ihr kleines Fracht-U-Boot vorwärts bewegten. Sie schwammen rechts und links des Boots und wiesen ihm so den Weg. Dadurch stellten sie wohl sicher, dass das Gefährt mit seiner Last nicht irgendwo an die Felsen stieß und Beulen bekam. Lailani kannte Unterwasserfrachter natürlich von daheim, denn auf ihrer Station wurden ebenfalls Lasten transportiert, aber ein so winziges Exemplar war ihr noch nie begegnet. Es hatte kleine Manövrierlampen, einen großen Scheinwerfer über dem mit allerlei Technik angefüllten Cockpit, eine Antriebsbatterie auf seiner Unterseite und sogar zwei längliche und breite Landekufen, mit denen es auf ebenem Untergrund zum Stehen kommen konnte. Eine kreisrunde Schraube an seiner Hinterseite bewegte es durch das Wasser.

Nein, dachte Lailani plötzlich und kniff die Lider enger zusammen. *Das sind keine Forscher.* Denn Forscher hätten längst irgendwelche Gesteinsproben entnommen und Holo-Fotos von den überall wuchernden Büscheln aus Seegras gemacht, oder? Forscher würden forschen! *Aber wer soll es sonst sein?*

Minuten vergingen, ohne dass die Fremden Notiz von ihr nahmen. Lailani wurde es fast schon langweilig, bis die drei einander auf einmal zuwinkten. Zwei hoben die Daumen, und dann senkte sich ihr Frachter plötzlich hinab – direkt in den Abgrund hinein, der jenseits des Riffs lag! Die junge Neptyne sah noch, wie sich die Taucher an dem Frachtnetz zu schaffen machten, dann verschwand das Trio mitsamt seinem Gefährt aus Lailanis Sichtfeld.

Im ersten Moment fühlte sie den Drang, die Fremden zu verfolgen. Dann bremste sie sich aber. Es ging sie nichts an, was diese Erwachsenen da taten, oder? Im Gegensatz zu ihr hatten sie ganz ohne Zweifel die Erlaubnis, hier zu sein. Und Neugierde, auch das sagte ihr Vater ständig, war ungezogen. Zumindest in den Augen mancher Leute.

Lailani seufzte innerlich und beschloss, zum Habitat zurückzukehren. Sie durfte die Fremden nicht stören, und wenn sie nicht gesehen und eventuell verpetzt werden wollte, hielt sie besser ausreichend Abstand zu ihnen und dem Riff, wenigstens heute.

Schnell drehte sie sich um und …

Die Hand verfehlte ihr Haar nur um Millimeter! Fünf starke, aschgrau behandschuhte Finger griffen ins Leere. Und ihr Besitzer wirkte alles andere als froh darüber.

Der Kerl in dem gewaltigen blassgelben Taucheranzug schien riesig zu sein, bestimmt zwei Meter groß. Und er hatte sich unbemerkt in Lailanis Rücken angeschlichen. Das Visier seines Helms glänzte silbern, sodass sie sein Gesicht nicht erkennen konnte. Doch sie spürte, dass er keine freundliche Miene machte.

Wieder griff er nach dem Mädchen! Kleine Luftbläschen stiegen von dort auf, wo sein Sauerstoffgerät mit seinem Helm verbunden war, und seine Bewegungen waren zielstrebig und präzise.

Lailani duckte sich unter seinen Armen weg. Was geschah hier? Gute Güte, hatte der Kerl sie erschreckt! Entschuldigend hob sie die Hände und versuchte sich an einem Lächeln, das ihr misslang. *Ich wollte Sie nicht stören*, das sollte die stumme Geste dem Fremden mitteilen. *Ich bin schon so gut wie weg.*

Nur schien sich der Taucher nicht für Entschuldigungen zu interessieren! Nicht einmal für eine Erklärung. Zum dritten Mal griff er nach Lailani, und wären Neptynen nicht so gelenkig, hätte er sie nun endgültig zu fassen bekommen.

Schnell schwamm das Mädchen ein wenig rückwärts, um den Abstand zu vergrößern. Sie wollte schon wieder stumm um Verzeihung bitten, da schienen dem Fremden endgültig die Geduldsfäden zu reißen. Er sah in Lailanis Richtung – und griff zu der Waffe an seiner Hüfte!

Es handelte sich um eine sogenannte Harpunenpistole, ein neues Modell, das Lailani aus dem Datennetz kannte. Ein langer metallener Pfeil mit einer scharfkantigen Spitze steckte in einer Art Minikanone. Diese Dinger konnten tödlich sein.

Der wird doch wohl nicht …, fuhr es der entsetzten Lailani noch durch den Kopf. Dann schoss der Fremde!

Blitzschnell zog der Pfeil an ihrem Bein vorbei. Er verfehlte die schuppige Haut, aber die Hose bekam einen Riss.

Und mit einem Mal hatte Lailani Angst! Sie wirbelte herum und schwamm fort, über die hohen Korallen des Riffs hinweg und hinab in die Schatten.

Der Fremde folgte ihr. Lailani sah es aus den Augenwinkeln und spürte, wie ihr Herz einen Satz machte. *Weg hier!*, schrie sie sich in Gedanken zu. *Hau bloß ab!*

Nur wie? Sie tauchte schon tiefer, als sie es unter anderen Umständen je gewagt hätte. Sie bog um Felsen, schwamm mitten durch einen des Weges kommenden Fischschwarm, weiter und immer weiter.

Der Riese mit dem silbernen Helmvisier ließ nicht locker. Abermals legte er mit der Pistole von seinem Gürtel auf sie an! Lailani konnte sich gerade noch hinter ein paar besonders groß gewachsene Schwämme ducken, sonst wäre sie erledigt gewesen.

Ihr Herz schlug ihr bis zum Hals. Was passierte hier? Was wollte dieser Kerl nur von ihr? Und wo in aller Welt war sie?

Panisch sah sie sich um. Vor lauter Angst hatte sie nicht aufgepasst, wohin sie schwamm, und nun fehlte ihr jegliche Orientierung.

Über sich sah sie den Schein der Taschenlampe. Der Taucher musste ganz in ihrer Nähe sein, auf der anderen Seite eines breiten, von allerlei Korallen und anderem Zeugs bewachsenen Felsens. Wenn er sie hier fand …

Feste Stöße, sanfte Wellen.

Lailani begriff, dass sie nur eine einzige Chance hatte. Sie war eine Neptyne, verdammt noch mal! Das Meer war *ihr* Reich, nicht das von unheimlichen Fremden in klobigen Schutzanzügen.

Ohne lange darüber nachzudenken, spannte sie ihre Muskeln an. Sie war von Wasser umgeben, oder etwa nicht? Es wurde Zeit, dass sie sich auch so verhielt!

Feste Stöße, sanfte Wellen. Lailani schwamm los – blindlings nach oben, und so schnell sie nur konnte!

Es gelang ihr tatsächlich, den Fremden in seinem klobigen Anzug abzuhängen. Minutenlang schwamm sie im Zickzack, um den spitzen Harpunenpfeilen auszuweichen. Erst dann begriff sie, dass er schon längst nicht mehr hinter ihr war. Es war vorbei.

Dennoch verlangsamte sie nicht. Mit einer Geschwindigkeit, die sie selbst kaum für möglich gehalten hatte, zog Lailani durch das Meer, der Oberfläche entgegen. Als sie endlich auftauchte, ächzend und mit vor Überanstrengung schmerzenden Muskeln, sah sie sich um.

Über ihr erstreckte sich ein blauer, nahezu wolkenloser Sommerhimmel. Ringsherum sah sie nichts als ruhige See – und, ein gutes Stück weiter südwestlich von ihr, die aus Stahl und Beton geformte Küste der Insel Aquaterra, jener großen Stadt inmitten des Atlantiks.

Endlich hatte Lailani die Orientierung wieder. Mit schnellen Schwimmbewegungen hielt sie auf die Insel zu und tauchte wieder unter den Meeresspiegel. Den Fremden sah sie nirgends.

Als sie die Algenzuchtstation erreichte, hielt sie sich nicht lange auf. Nass und außer Puste, wie sie war, eilte sie durch die langen, fensterlosen Gänge und luftdurchfluteten Röhren, die die verschiedenen Module der Station miteinander verbanden. Sie kannte dieses Gelände wie ihre Westentasche und im Nullkommanichts stand sie vor ihrer Wohnung im Habitat.

»Wo kommst *du* denn her?«, staunte ihr Vater. Auf ihr Klingeln hin hatte er ihr die Tür geöffnet, die nun zischend in der schmutzig grauen Wand des Korridors verschwand. Alowan war ein schmächtiger Mann, selbst für Neptynen, die im Vergleich mit Menschen, Atheriern und vielen anderen Einwohnern von Aquaterra eigentlich immer wie schmale Knirpse aussahen. Sein Körper war von einem grünlich schimmernden Schuppenkleid bedeckt, und die Flossenkämme rechts und links seines lang gezogenen Schädels waren pechschwarz. Nach Feierabend trug er gern weite, bequeme Kleidung und machte da heute keine Ausnahme. »Ich dachte, du wärst in deinem Zimmer bei den Hausaufgaben. Und warum bist du so nass?«

Lailani konnte nicht anders, das war ihr klar. Sie *brauchte* ihren Vater. Mit wenigen Worten beschrieb sie ihm ihren kleinen Ausflug ins Meer. Dabei bemühte sie sich, ihren Ungehorsam möglichst kleinzureden. Wichtig war ja ohnehin nur der Mann mit der Pistole.

»Da … Da passiert irgendetwas, Vater«, beendete sie ihren atemlosen Bericht. »Wir müssen unbedingt zurück und nachsehen. Wir müssen der Polizei Bescheid sagen. Und dem Bürgermeister und …«

Alowan hob abwehrend die Hand, und Lailani verstummte. Sie kannte diese Geste gut – und sie wusste, dass es Ärger gab, wenn sie nicht sofort den Mund hielt und ihren Vater nachdenken ließ.

Eine kleine Weile lang geschah gar nichts. Alowan sah grüblerisch ins Leere – mit einer alles andere als freundlichen Miene –, und Lailani stand einfach da, während das Meerwasser von ihr herabtropfte und kleine Pfützen auf der Schwelle ihrer Wohnungstür bildete.

Dann richtete er den Blick wieder auf seine Tochter. »Wir werden gar nichts tun, Lailani«, sagte er leise. »Absolut gar nichts.«

Das Mädchen riss die Augen auf. »Wie bitte? Aber Vater …«

»Kein Aber, kleiner Fisch!«, unterbrach er sie streng. »Du hast heute schon mehr als genug angestellt.«

Lailani schluckte. Sie war ungehorsam gewesen, das ließ sich nicht leugnen. Und trotzdem: Da draußen am Riff geschah irgendetwas!

»Deine Mutter und ich erlauben nicht, dass du die Station ohne unser Wissen verlässt«, fuhr Alowan fort. »Das weißt du. Es ist zu gefährlich, und es ist ungezogen. Ein braves Kind *hört* auf seine Eltern!«

»Ja, Vater«, erwiderte sie reumütig. Sie senkte den Kopf. Es tat ihr wirklich leid.

»Mach das nie wieder, Lailani. Du siehst ja, wie riskant es sein kann.« Er seufzte, dann wurde sein Tonfall sanfter. »Und was diese Fremden angeht: Da mischen wir uns nicht ein, Kind. Das hat nichts mit uns zu tun.«

»Bitte?«, wiederholte sie. Ungläubig sah sie ihn an.

»Unsere Familie ist auf diesem Planeten, weil wir hier Arbeit haben«, sagte er. »Arbeit, die uns gut ernährt. Weit besser, als es auf unserer Heimatwelt der Fall wäre. Wir wollen diese Arbeit behalten, Lailani. Wir wollen auf der Erde bleiben, bei *Atlantia*. Und deshalb werden wir uns nicht in Dinge einmischen, die uns nichts angehen. Nicht in Dinge, die uns gefährlich werden könnten. Wir nicht – und du auch nicht. Hast du das verstanden?«

Das war wieder typisch! Lailani mochte ihre Eltern sehr, aber es waren auch Feiglinge. Angsthasen, die lieber den Kopf in eine Trompetenmuschel steckten als aufzufallen. Diese untertänige Haltung hatten sie von zu Hause mitgebracht, von ihrer Heimatwelt. Dort war das ganz normal. Aber doch nicht auf der Erde, verdammt!

Lailani musste an die Taucher mit ihrer Fracht denken, an den Silberhelm mit seiner tödlichen Schusswaffe, an ihr wunderbares Riff und an ein Meer voller Geheimnisse. Sie wollte gerade protestieren, da sah sie die Sorge auf den Gesichtszügen ihres Vaters. Des Mannes, der von so weit gekommen war und so viel aufgegeben hatte, um als Fremder unter Fremden sein Glück zu finden. Alowan hatte Angst. Um sie, um sich … aber in diesem bizarren Moment auch *vor* ihr! Die Erkenntnis fuhr Lailani bis ins Mark, eisig kalt und absolut beschämend.

Deshalb nickte sie. »Ja, Vater«, sagte sie, mit einem Mal ganz leise. Und ganz aufrichtig. »Ich … Ich verspreche es. Es tut mir leid.«

Kapitel 1

Leviathan

Das Monster war riesig, größer als nahezu jedes Hochhaus in ganz Aquaterra! Dicke, eitrige Geschwüre zierten seine schwarzgrüne Haut. Sonnenlicht brach sich auf seinen spitzen, erschreckend langen Reißzähnen. Und im Blick seiner tiefdunklen Augen sah Finn Hansen nichts als puren Hass.

»Pass auf!«, schrie der Zwölfjährige mit der schwarzen Strubbelfrisur.

Er packte seine Mutter am Ärmel ihrer Jacke und zog sie mit aller Kraft zurück – gerade noch rechtzeitig! Keine Sekunde später schlug der mächtige Tentakel des Monsters auf der Stelle des Straßenpflasters nieder, wo Claire Duval, die bis vor wenigen Monaten Claire Hansen geheißen hatte, eben noch stand.

Es war aus den Fluten des Ozeans gekommen, rasend schnell und ohne jede Vorwarnung. Niemand hatte damit rechnen können – nicht die Einwohner von Aquaterra und erst recht nicht die sichtlich überforderten Polizisten und Rettungskräfte der Insel. Letztere versuchten nun ebenso fieberhaft wie vergebens das Ungeheuer davon abzuhalten, noch mehr Chaos und Zerstörung zu verbreiten. Ganze Gebäudefassaden waren schon unter den Hieben seiner mit Dornen und Saugnäpfen versehenen Tentakelarme zu Bruch gegangen. Dächer waren durch die Wucht seiner Schläge eingestürzt. Brücken drohten unter den Wellen zu zerbrechen, die das Geschöpf im Meer erzeugte, das seit seinem Auftauchen wie wahnsinnig wogte, stürmte und auf die wehrlose Insel schwappte. Die halbe Strandpromenade lag bereits in Trümmern! Aquaterra, jenes künstliche Eiland im Atlantischen Ozean, wo Menschen und Außerirdische seit Jahrzehnten friedlich und freundschaftlich zusammenlebten, drohte unterzugehen. Nicht durch politische Probleme; nicht weil sich die verschiedenen Völker, die es Tür an Tür bewohnten, untereinander zerstritten hatten. Sondern durch die Hand eines unheimlichen Monstrums aus dem Abgrund des Meeres, einer höllischen Kreatur der Tiefe: des Leviathans.

Finn sah zu dem furchterregenden Monstrum hinauf. Es hatte den schuppigen, kahlen Schädel in den Nacken gelegt. Sein Kopf verdeckte beinahe die Sonne, als es sein riesiges Maul öffnete – und ein triumphales Dröhnen hallte über die Dächer und durch die Straßenschluchten von Aquaterra. Ein Geräusch, irgendwo zwischen Raubtierbrüllen, Walgesang und absolutem Albtraum!

Wow, dachte Finn und schluckte trocken. *Das … Das ist so, so, so cool!*

Das Herz schlug dem Jungen bis zum Hals, als er sich voller Begeisterung zu seiner Mutter umdrehte. »Das ist der schönste Sonntag aller Zeiten, Mama«, rief er über das Getöse des Leviathans hinweg. Dann musste er sich ducken, denn erneut regnete vom Ungetüm aufgewirbeltes Meerwasser auf ihn hinab. Irgendwo in der Ferne plärrten Alarmsirenen. »Danke, dass wir hierhin gegangen sind!«

Claire Duval, die klatschnass in Finns Sichtfeld stand, runzelte die blasse Stirn über ihrer Datenbrille. »Bist du dir sicher?«, fragte sie alles andere als zufrieden. »Das ist ziemlich gruselig, oder? Ich weiß nicht, ob du dafür nicht noch ein bisschen zu jung bist, Finn.«

»Aber nein«, beeilte er sich, sie zu beruhigen. »Das ist doch nicht echt. Es passiert nur in der Simulation, nicht in Wirklichkeit. Und vor Dingen, die nicht echt sind, braucht man sich auch nicht zu fürchten.«

Das klang so logisch, dass selbst Mütter nichts dagegen einwenden konnten, oder etwa nicht? Zufrieden drehte Finn den Kopf wieder in Richtung Meer. Draußen am Horizont konnte er erste bemannte Kampfraketen ausmachen. Das musste die Armee sein, die dem Monstrum von der Luft aus ans Leder wollte.

»Trotzdem, Finn«, sagte Claire. Sie machte einen Schritt auf ihren Sohn zu und berührte ihn an der Schulter. »Das hier ist die reinste Geisterbahn. Ich dachte, dieses *Leviathan* wäre so etwas wie ein spaßiges Holo-Vid. Ein Film für die ganze Familie.«

Finn, der sich bestens unterhalten fühlte, nickte. »Und ob!« Ein breites, wohliges Grinsen schlich sich auf seine Züge, als er sah, wie die Kampfflieger das Feuer auf das Seeungeheuer eröffneten. Grelle Laserstrahlen schnitten durch das Blau des Himmels. *Jetzt geht's dir ans Leder, du Monster!*, dachte er begeistert. Wie hieß es noch gleich in der Werbung für diese Parkattraktion? *Echte Helden handeln!*

»Mitch?«, hörte er die tadelnde Stimme seiner Mutter neben sich. »Mitch, sag doch auch mal was.«

Mitch Sanders war der Dritte im Bunde ihres kleinen Sonntagsausflugs. Er war Claire Duvals neuer Freund und Lebensgefährte. Finn mochte den groß gewachsenen Amerikaner nicht besonders. Mitch hatte kastanienbraunes Haar, das stets wie frisch gewaschen wirkte, breite Schultern und ein Lächeln, das jeder Zahnpastawerbung zur Ehre gereicht hätte, denn es wirkte unecht und immer ein bisschen *zu* weiß. Finn kannte Mitch nun schon seit Monaten, hatte ihn aber noch nie in etwas anderem als einem modischen, teuren Anzug gesehen. Auch heute trug er einen; dabei befanden sie sich nicht im Büro, sondern auf dem wohl coolsten Gelände dieses Planeten!

Der Freizeitpark *Ocean World* lag im Süden von Aquaterra, direkt am Meer. Er war die neueste Attraktion der Stadt und hatte erst vor wenigen Wochen eröffnet. Auf einem viele Hundert Quadratmeter großen und teilweise überdachten Terrain konnte man den Atlantischen Ozean in all seinen Facetten kennenlernen, ohne auch nur den kleinen Zeh ins Wasser zu halten. Es gab faszinierende Ausstellungen zur Flora und Fauna der See, ein wechselndes Programm an wissenschaftlichen Vorträgen und viele, viele Dinge, die man am eigenen Leib ausprobieren durfte. Finn hatte unter anderem bereits ein Glas Meerwasser einer chemischen Analyse unterzogen, war über den originalgetreuen Nachbau eines Segelschiffes namens *Passat* spaziert, hatte Delfinen gewunken und sich mit einem Animateur im Käpt'n-Hook-Kostüm fotografieren lassen. Außerdem hatte er in der Koje eines komplett fensterlosen U-Boots gelegen, das schon antik gewesen sein musste, als sein Großvater ein Kind war.

Es gab viel zu entdecken, und alles war toll. Die zumindest für die Jungs aus Finns Klasse faszinierendste Attraktion der *Ocean World* war aber das interaktive Adventure-Spiel *Leviathan*, an dem Finn soeben teilnahm und zu dem er sogar seine sonst kein bisschen spiellustige Mutter überreden konnte: Mittels ihrer Datenbrillen konnten sich die Besucher des Freizeitparks in ein parkexklusives Computernetz einloggen und, so hatten die Veranstalter es versprochen, Teil einer beeindruckend lebensecht aussehenden, dreidimensionalen Simulation werden! Einer Art Rollenspiel, in dem ein Monster aus dem Meer aufstieg und den Hafen von Aquaterra angriff – live und in Echtzeit.

Zog Finn seine Brille aus – eine topmoderne *VisoStar 3000*, die seine Freundin Anna ihm geschenkt hatte –, konnte er weit und breit kein Ungeheuer sehen, keine zerstörten Häuser, keine Kampfraketen mit Laserwaffen. Auch sah seine Mutter dann nicht klatschnass aus. Das gab es alles nur in der Simulation, die über die Innenseiten seiner Brillengläser lief und aus den in die Brillenträger eingebauten kleinen Lautsprechern dröhnte. Es war nicht echt. *Mit* der *VisoStar* hatte Finn aber ein absolutes Vergnügen und kam sich vor wie die Hauptfigur in einem immens spannenden Holo-Vid!

Er hatte schon seit Tagen zum neuen Freizeitpark kommen und den *Leviathan* ausprobieren wollen. Immerhin redeten seine Klassenkameraden von nichts anderem mehr. Doch sein Vater Ole, der in Aquaterra Taxi fuhr, hatte vor lauter Arbeit keine Zeit gefunden, ihn zu begleiten. Außerdem war der Eintrittspreis hoch und Oles Einkommen gering. Erst heute, drei Wochen nach der Eröffnung von *Ocean World* und während eines seiner Besuchswochenenden bei seiner Mutter, hatte es geklappt: Finn war endlich hier.

Allerdings nicht allein. »Mitch!«, wiederholte Claire. Ihr Tonfall war noch strenger geworden.

Finn schmunzelte. Er kannte diesen Ton gut. Wenn Mitch nicht bald reagierte, bekam er mächtigen Ärger mit ihr.

Dies schien auch Claires neuer Lebensgefährte bereits gelernt zu haben. »Hm?«, machte Mitch Sanders prompt. Er hatte die ganze Zeit über neben Finn gestanden. Auch er trug eine Datenbrille, doch er schien sie – wie üblich – bloß zur Arbeit zu nutzen. Seine Hände tippten die ganze Zeit auf einer vor ihm in der Luft zu schweben scheinenden Tastatur, die rein virtuell existierte und die nur er sehen konnte. Hin und wieder murmelte er zudem kurz, als telefoniere er mit seinem Büro. »Was meinst du, Claire?«

»Mitchell Sanders«, schimpfte Finns Mutter. Sie stemmte die Hände in die Hüften und sah ihren Freund wütend an. Was er da tat, schien ihr erst jetzt bewusst zu werden. »Sag jetzt nicht, dass du hier arbeitest. Es ist Sonntag. Wir machen einen Ausflug. Als Familie!«

Der gehört nicht zu meiner Familie, dachte Finn. Er verkniff es sich aber, den Satz laut auszusprechen. Seine Mutter war schon wütend genug.

»Ich *muss* arbeiten«, erwiderte Mitch betont und fest. Er berührte eine winzige Taste am Rand seiner Brille, schaltete so das laufende Kommunikationsprogramm ab und zog die Brille aus. »Du weißt genau, wie viel bei uns in der Firma los ist. *Atlantia* ist Marktführer geworden, Claire. Niemand auf der ganzen Welt produziert erfolgreicher Algen als wir. Unsere Anbaugebiete sind quer über die Weltmeere verteilt. Da kann ich keinen Tag freinehmen. Nicht einmal für den Jungen.« Dabei strich er Finn über den Kopf, als wäre der ein Kleinkind, sah ihn aber nicht an.

Claire trat einen Schritt auf Mitch zu. »Jeder«, sagte sie knurrend, »kann sich einen Tag freinehmen. Wenigstens hin und wieder.« Eine Pause. Ihre Augen funkelten zornig. »Jedenfalls jeder, der das möchte!« Sprach's, drehte sich um und zog ebenfalls die Datenbrille aus. Dann hielt sie Finn ihre Hand hin. »Komm, Finn. Wir haben diesem ekligen Riesen lange genug zugesehen. Ich will weitergehen. Drüben auf dem Segelschiff soll man in einer Viertelstunde eine sogenannte Äquatortaufe miterleben können. Das ist bestimmt viel lehrreicher als dein dummes Seeungeheuer.«

Finn seufzte innerlich. Lehrreicher vermutlich schon, aber wohl auch weit weniger spaßig. Mit einigem Bedauern loggte Finn sich aus dem *Leviathan*-Spiel aus. Sofort verschwanden das Monster und die Spuren von dessen Verwüstung aus seinem Blickfeld, und der sonnenbeschienene Außenbereich von *Ocean World* war wieder so friedlich wie eh und je.

»HEY FINN, ALLES KLAR BEI DIR?«, erschienen leuchtend rote Buchstaben auf der Innenseite seiner beiden Brillengläser. »MÖCHTEST DU DEN SPIELSTAND SPEICHERN? DU KANNST JA NOCH DEN GANZEN TAG LANG HIERHIN ZURÜCKKEHREN UND DEIN SPIEL FORTSETZEN.«

Finn hob leicht die Hände. Das genügte als Befehl, denn sofort erschien eine kleine Tastatur in seinem Sichtfeld. »DANKE FÜR DAS ANGEBOT, OMIKRON 1«, tippte er schnell. Er hätte auch sprechen können, wollte aber nicht, dass die Erwachsenen zuhörten. »ALLERDINGS KENNE ICH MEINE MUTTER. WIR KOMMEN NICHT MEHR HIERHIN ZURÜCK.«

»WIE BEDAUERLICH«, kam prompt die Erwiderung in Rot. »DAS SPIEL WAR SO LUSTIG. ICH KÖNNTE DEN GANZEN TAG LANG UNGEHEUERN ZUSEHEN, DIE SCHREIENDE MENSCHEN JAGEN.«

»ÄH, JA, WIE DU MEINST.« Finn ließ die Hände sinken. Die Tastatur verschwand.

Omikron 1 war eine sogenannte Künstliche Intelligenz, ein eigenständig denkendes und handelndes Computerprogramm, das im Datenspeicher von Finns toller *VisoStar* wohnte. Ein paar Kriminelle hatten es als eine Art Virus entwickelt, der Aquaterra Schaden zufügen sollte. Doch Omikron 1 war intelligent und hatte nichts Böses tun wollen. Er hatte sich geweigert, den Auftrag seiner Schöpfer auszuführen. Stattdessen war er vor seinen Erbauern geflohen und dabei rein zufällig auf Finns Brille gelandet. Auch wenn er manchmal ziemlich selbstverliebt wirkte, war Omikron 1 mit seinen vielen Fähigkeiten seitdem echt eine große Hilfe. Besonders wann immer Finn und seine Freunde Anna und Tresk, der außerirdische Karadeem, mal wieder in Schwierigkeiten steckten.

Nur hier und heute konnte Omikron 1 sicher nichts tun. *Niemand* besiegte den sturen Kopf einer Claire Duval! Schweigend folgte Finn seiner Mutter und Mitch zurück zum Segelschiff *Passat*. Aus den Augenwinkeln sah er hin und wieder, wie andere Besucher mit Datenbrille leicht zusammenzuckten, sich duckten oder nach ihren Begleitern griffen.

Die haben's gut, dachte er seufzend. *Die können einfach weiterspielen.*

Wenn er morgen in die Schule kam, war er doch sicher der Witz der gesamten Klasse. In die *Ocean World* gehen und den *Leviathan* nicht zu Ende spielen? Wegen seiner Mutter? Wie alt war er denn bitte? Vier Jahre?

»Was ist eigentlich eine Äquatortaufe?«, fragte er ziemlich schroff. Die anderen sollten ruhig hören, wie unzufrieden er war.

Claire zuckte mit den Schultern. »Ich habe keine Ahnung.«

»Wie bitte?« Mitch schüttelte den Kopf. Er klang wütend. »Du schleppst uns dort hin, obwohl ich weit Wichtigeres zu tun habe, und weißt nicht einmal, was wir da sollen?«

Finns Mutter blieb stehen und sah ihn grimmig an. »Genau das ist doch der Punkt«, sagte sie in einem Ton, der keinerlei Widerspruch duldete. »Wir gehen hin, um etwas zu lernen. Zum Beispiel, was eine Äquatortaufe überhaupt ist. Und zwar wir alle drei – als Familie.«

Mitch wirkte, als läge ihm eine scharfe Erwiderung auf der Zunge, verkniff sie sich aber.

Sie erreichten das Segelschiff. Es war knapp zweihundert Jahre alt. Das las Finn auf einer Schautafel, als sie an Bord gingen. Die Tafel musste er bei ihrem ersten Besuch übersehen haben. Letzteres war allerdings kein Wunder, hatte er da vor lauter Vorfreude doch kaum an etwas anderes als den *Leviathan* denken können und kaum Augen für andere Dinge gehabt.

Eine breite Treppe brachte die Besucher der *Ocean World* auf das Deck des Schiffes aus dem Jahr 1911. Mehrere Dutzend Personen hatten sich dort bereits versammelt, um der eigenartigen Taufe beizuwohnen. Finn sah Menschen allen Alters, aber auch ein paar Atherier. Die außerirdischen Bewohner Aquaterras hatten einen menschenähnlichen Körperbau, stammten aber nicht von Affen ab, wie der Mensch, sondern von Pflanzen! Das erklärte vermutlich, warum sie so geduldig waren und warum auf ihren Köpfen keine Haare, sondern an Efeu erinnernde Ranken voller Blätter wuchsen. Atherier trugen meist weite Gewänder. Die Frauen ihres Volkes hatten blaurote Haut, die Männer blaugrüne.

Finn ließ den Blick weiter durch die Menge schweifen und fand auch einige Karadeem, Vertreter des katzenhaften Volkes seines Freundes Tresk. Er wusste noch nicht allzu viel über die pelzigen und bärenstarken Karadeem, fand sie aber ziemlich cool – auch wenn zumindest Tresk mitunter ein wenig *zu* begeistert von sich selbst war.

»Guten Tag, meine sehr verehrten Gäste«, riss ihn plötzlich eine Stimme aus seinen Beobachtungen. Sie kam aus den Lautsprechern, die am Hauptmast der *Passat* befestigt waren.

Finn sah auf und fand ihren Besitzer prompt: Ein Bimmi stand auf der Schiffsbrücke, gleich hinter dem hölzernen und kreisrunden Steuerrad. Bimmi zählten ebenfalls zu den außerirdischen Gründervätern von Aquaterra. Sie waren meist nur an die zwanzig Zentimeter groß, wirkten aber größer, wenn sie in ihren stelzenartigen Sitz- und Gehgeräten unterwegs waren – was quasi ständig vorkam. Sie hatten blassgraue Haut und kahle, überdimensioniert wirkende Schädel mit großen Augen. Bimmi waren nicht dumm, aber leidenschaftliche Plappermäuler, was sie mitunter dumm *wirken* ließ. Dieser Kamerad trug eine Kapitänsmütze auf dem Kopf und eine winzige dunkelblaue Marineuniform. Sein Sitzgestell war mit allerlei Orden und anderen Abzeichen geschmückt; vermutlich, da diese auf seiner kleinen Brust keinen Platz gefunden hätten.

Neben dem Bimmi stand ein Grobb. Wo der vermutliche Kapitän der *Passat* regelrecht begeistert wirkte, dass so viele Leute zu seiner Veranstaltung erschienen waren, starrte der gut zwei Meter große Kahlkopf mit der ledrigen Haut nur Löcher in die Luft. Grobb, das wusste Finn, waren tatsächlich nicht sonderlich helle. Doch was ihnen an Köpfchen fehlte, machten ihre Muskeln wieder wett. Der hier wirkte allerdings eher eigenartig als stark. Er trug ein albernes Kostüm, das aus einer goldenen Krone, einem um die Schultern geschlungenen Fischernetz und einem Dreizack bestand, den er in der rechten Hand hielt. In der Linken hatte er einen feuerroten Putzeimer, dessen Inhalt Finn nicht sehen konnte.

»Mein Name ist Kapitän Snyrr«, fuhr der Bimmi nun, da alle Aufmerksamkeit auf ihm und seinem seltsamen Begleiter ruhte, fort. Er klang, als platze er gleich vor Stolz über sich selbst. »Und ich begrüße Sie an Bord meines Schiffes, der tapferen Viermastbark *Passat*.« Er sprach in ein kleines Mikrofon, das vor ihm schwebte, und sein Blick wanderte über die Menge. »Solche Viermaster waren früher auf allen Weltmeeren zu Hause, wissen Sie? Sie transportierten Fracht und andere Waren in jeden Winkel dieses Planeten, an jede Küste und in jedes Land. Und dabei überquerten sie selbstverständlich auch den Äquator.«

Das war nur logisch, fand Finn. Der Äquator war doch gewissermaßen die Mitte der Erdoberfläche, oder etwa nicht? Die Stelle, an der sich Nordhalbkugel und Südhalbkugel trafen. Mit einem schnellen Zucken der Augäpfel aktivierte der Junge das Menü seiner *VisoStar*, ging ins Netz und rief sich weitere Informationen darüber auf.

»Der Äquator wird auch als Breitengrad Null bezeichnet«, fuhr Kapitän Snyrr fort und bestätigte, was Finn soeben las. »Und wie es schon seit Jahrhunderten alter Seemannsbrauch war, wurden auch bei den Fahrten der *Passat* alle an Bord getauft, die zum ersten Mal über den Äquator fuhren. Nun erst galten sie in den Augen ihrer Schiffskollegen als richtige Seeleute.«

Finn fand einen Querverweis auf den Begriff der Äquatortaufe und öffnete den Link. Sofort erschien ein neuer Text auf der Innenseite seiner Gläser, begleitet von einem kurzen 3D-Film.

Finn überflog ihn kurz und stutzte. Dann musste er grinsen, denn eine kleine und, wie er fand, äußerst feine Idee nahm hinter seiner Stirn Gestalt an.

»Auch heute wollen wir jemanden taufen«, sagte Kapitän Snyrr. »Natürlich nur symbolisch, denn die *Passat* geht schon längst nicht mehr auf große Fahrt. Aber Aquaterra liegt nah am Äquator, von daher geht das sicher in Ordnung.«

Die Zuschauer lachten freundlich. Finns Grinsen wuchs und wuchs. Dieser Snyrr tat genau, was er von ihm erhoffte.

»Also«, sagte der Bimmi und klatschte in die winzigen Hände. Dann deutete er auf den Grobb, der teilnahmslos neben ihm ausharrte. »Mein Erster Schiffsmaat Herr Klaubauter und ich haben alles dabei, was man für eine zünftige Taufe braucht ... Nur ein Täufling fehlt uns noch. Gibt es irgendeinen Freiwilligen?«

Die Anwesenden zögerten. Wie es für Erwachsene typisch war, traute sich niemand, sich zu melden. Damit hatte Finn gerechnet – und er reagierte sofort. »Hier!«, rief er in die Stille hinein, die auf Snyrrs Worte gefolgt war. »Hier ist ein Freiwilliger.« Dabei deutete er auf Mitch, der das gar nicht bemerkte.

Ein erleichtertes Raunen zog über das Deck der *Passat*. Die anderen Erwachsenen waren hörbar froh, nicht in die Bresche springen zu müssen.

Kapitän Snyrr nickte zufrieden. »Sehr schön, mein Junge. Du möchtest deinen Vater taufen lassen? Nur zu, nur zu. Treten Sie vor, mein Freund.«

Claire Duval lachte fröhlich. Ihr Zorn von vorhin schien zu verfliegen.

Finn gab Mitch einen kleinen Schubs, sodass dieser einen Schritt nach vorn machte.

Erst jetzt begriff Mitch allmählich, was los war. »Äh«, machte er. »Moment mal, ich …«

Herr Klaubauter kam auf ihn zu und grunzte anerkennend. »Guter Kannidaht«, lobte der Grobb in tiefer Ofenrohrstimme. »Neptuhn wird sich bestimm freun.«

Nicht nur der, dachte Finn. Was er hier tat, war ungezogen und sehr gemein. Das wusste er. Trotzdem konnte er sich nicht bremsen. Immerhin ging es um Mitch.

»Moment mal«, sagte Mitch erneut. Er runzelte die Stirn und sah um sich. »Ich habe kein Interesse daran …«

Doch Herr Klaubauter hörte schon nicht mehr zu. Der hünenhafte Grobb hob die freie Hand und zog sich das große Fischernetz von den Schultern. In derselben Bewegung warf er es über den ratlos vor ihm stehenden Mitch, der sich nun kaum noch bewegen konnte.

Die Menge jauchzte vor Vergnügen. Erst recht, als Herr Klaubauter sich seinen menschlichen »Fang« einfach über die Schulter warf und zum Kapitän trug.

»Entschuldigung?«, rief Mitch. »Was denken Sie bitte sehr, was Sie hier tun, hm? Lassen Sie mich sofort runter, sonst …« Den Rest seines Protests konnte Finn nicht hören, da Snyrr wieder das Wort ergriff.

»Ein Täufling, wie schön!«, fand der uniformierte Bimmi. »Also dann, Herr Klaubauter: Walten wir unseres Amtes.«

Der Erste Maat setzte Mitch neben dem Steuerrad des Schiffes ab. Danach hob er den roten Eimer.

»Im Namen aller Seefahrer und Götter des Meeres«, verkündete Kapitän Snyrr feierlich über das Mikrofon. »Im Namen aller Kapitäne und aller Mannen der *Passat*. Ich, Snyrr, taufe dich im

Sinne des großen Neptuns. Mögest du allzeit genügend Wasser unterm Kiel haben.«

Beim letzten Satz kippte Herr Klaubauter den Eimer um – und mehrere Liter kalten, klaren Wassers ergossen sich über den wehrlosen Mitch! Die Zuschauer jauchzten vor Spaß. Finns Mutter hob die Hände zum Mund, damit man ihr Grinsen nicht sah, doch Finn bemerkte es trotzdem. Auch er grinste noch immer. Applaus brandete auf, und Kapitän Snyrr wirkte stolzer als je zuvor.

»Hier«, sagte der Bimmi. Er griff vor sich und löste einen der Orden von seinem silbernen Sitzgestell. Dann hielt er ihn Mitch hin. »Als kleine Erinnerung. Das haben Sie sich redlich verdient, Seemann.«

Mitch stand reglos da, klatschnass und noch immer ins Netz gefesselt. Sein Blick war ungläubig, seine Miene nahezu leer. Als er nicht reagierte, nahm kurzerhand Herr Klaubauter den Orden. Der Grobb zog das Netz von Mitch herunter und pinnte ihm den Orden an den Kragen seines tropfenden Anzugs.

Wieder applaudierten die Zuschauer. Kapitän Snyrr dankte ihnen für ihr Kommen und verabschiedete sich. Danach verschwanden er und sein Maat im Bauch der *Passat*. Die Show war vorüber.

Die Menge verteilte sich. Manche Zuschauer verließen das Schiff wieder, andere begannen es zu besichtigen. Claire nahm Finn an der Hand und ging zu Mitch, der neben dem Steuerrad stand wie ein begossener und danach prompt vergessener Pudel. »Du Armer«, sagte sie, musste dabei aber lachen.

Mitch nahm den Zwischenfall nicht gerade mit Humor. »W… Was in aller Welt war das?«, stammelte er, und seine Schultern bebten vor unterdrücktem Zorn. »Was erlauben die sich?«

»Es war ein Spaß«, sagte Claire besänftigend. Sie lachte wieder und legte ihm eine Hand auf die Schulter.

»Spaß?« Fassungslos sah er an sich hinab. »Ich bin nass bis auf die Knochen!«

»Und ein echter Seemann«, ergänzte sie. Dann zwinkerte sie Finn zu. »Wir sind sehr stolz auf dich, Matrose. Wirklich sehr stolz.«

»Aye, Aye«, bestätigte Finn mit einem Nicken.

Mitch sah ihn an und kniff die Lider enger zusammen. »Das war deine Idee, oder?«, fragte er knurrend.

»Hey.« Der Junge hob abwehrend die Hände. »Ich wollte drüben beim *Leviathan* bleiben. Schon vergessen?« Wieder staunte er, dass er gar kein schlechtes Gewissen hatte. Vielleicht war Mitchs Anblick dafür einfach zu lustig. Der aalglatte Wichtigtuer hatte es nicht anders verdient, oder?

»Kommt«, schlug Claire vor. »Lasst uns weitergehen. Die Sonne wird deine Sachen ganz schnell trocknen, Mitch. Es ist ja warm hier draußen. Und ich für meinen Teil würde gern noch viel mehr von *Ocean World* sehen, ihr nicht auch?«

»Unbedingt«, sagte Finn.

Kapitel 2

Die fremde Welt von Nebenan

Der Zoo von Aquaterra war ein bezaubernder Ort voller schöner Fleckchen, faszinierender Tiere ... und voller Gestank. Zumindest an diesem einen Fleck.

»Puh, das hält ja kein Mensch aus!«

Anna Falke, zwölfjährige Tochter des Bürgermeisters, verzog das Gesicht. Schnellen Schrittes durchquerte sie das Freigehege der außerirdischen Seekuh. Walburga Wabbelbauch, wie sie das schwergewichtige Tier in einem Anfall von albernem Wahnsinn getauft hatten, war wirklich mit einer ausgesprochen guten Verdauung gesegnet.

Im hinteren, schattigen Bereich von Walburgas Gehege und dank allerlei Büschen vor neugierigen Blicken verborgen, befand sich ein kleines Haus. Es war das Ziel von Annas Ausflug. Kaum jemand im Zoo wusste noch von dem winzigen Gebäude, das vor einiger Zeit eine Familie von Affen beherbergt hatte. Anna und ihre Freunde nutzten es als Geheimversteck. Wann immer sie die Schule hinter sich und nichts zu tun hatten, trafen sie sich dort. Da die tierliebe Anna in ihrer Freizeit oft im Zoo mitarbeitete, war es für sie kein Problem, sich unbemerkt in Walburga Wabbelbauchs Reich zu schleichen.

Auch heute waren die beiden Jungs schon da, als sie die Tür des winzigen Hauses öffnete.

»Mach bloß wieder zu«, sagte Tresk statt einer Begrüßung. Der Junge mit dem rotbraunen Fell hing kopfüber von der Decke. Er genoss es einfach zu klettern – und die Einrichtung im alten Affenhaus lud dazu ja ein. »Sonst weht noch mehr von diesem entsetzlichen Gestank rein. Wir Karadeem haben hochempfindliche Nasen, ganz anders als ihr Menschen.«

»Ich dachte, ihr wärt an solche Düfte längst gewöhnt«, bemerkte Finn. Er saß im Schneidersitz auf dem Fußboden und spielte mit seiner *VisoStar 3000*. »Schließlich kommt Walburga vom selben Planeten wie du.«

»Mioww-Seekühe sind Küstentiere«, belehrte Tresk ihn. Er löste sich von der Kletterstange, an der er baumelte, wirbelte im freien Fall um die eigene Achse und landete gekonnt auf den Füßen. »Wir Karadeem meiden aber das Wasser, wo wir nur können. Ja, Walburga und ich stammen von derselben Welt. Aber wir haben so wenig miteinander zu tun wie du mit einem australischen Kongaru.«

»Kängu«, korrigierte Anna prompt. Sie musste schmunzeln, denn die beiden Jungs zogen sich fast jeden Tag wegen irgendetwas auf.

»Gesundheit«, erwiderte Tresk.

Finn lachte. »Nein, du Scherzbold. Sie hat nicht geniest. Es heißt nur *Kängu*ru, nicht Kongaru.«

Tresks Schnurrhaare zitterten – wie immer, wenn er verwirrt war. »Bist du sicher?«, fragte er.

»Völlig.«

»Ja, aber … Bist du dir *wirklich* sicher?« Tresk klang nicht überzeugt – eher im Gegenteil. »Ich könnte nämlich schwören, das anders gelesen zu haben.«

Auch das war typisch, fand Anna. Der junge Karadeem lebte noch nicht lange in Aquaterra. Sein Vater, der karadeemische Botschafter Manurr, und er waren erst vor wenigen Wochen auf die Erde gezogen. Doch was ihm an Erfahrung fehlte, glich Tresk durch sein selbstsicheres Auftreten mühelos aus. Ein Karadeem, so glaubte Anna inzwischen zu verstehen, hielt immer und unter allen Umständen große Stücke auf sich. Es konnte dauern, bis Tresk einen Fehler nicht bei anderen sondern bei sich selbst suchte.

»Es heißt Känguru«, sagte Finn. »Schon immer und überall.«

»Mhm«, machte Tresk zweifelnd.

Anna grinste. »Na, Jungs? Was gibt's Neues?« Das kleine Limuri-Äffchen Heisenberg, das im Zoo lebte und das sie als Patin betreute, sprang von ihrer Schulter und begann nun ebenfalls, sich an den in die Wände und die Decke eingelassenen Stangen entlangzuhangeln. Es zeigte dabei ähnliche Begeisterung wie Tresk vorhin.

»Bei mir ist nicht viel passiert«, antwortete Finn. »Mein Vater arbeitet ständig und hat nach wie vor keine Zeit für andere Dinge. Und der neue Freund meiner Mutter ist noch immer ein Idiot.«

»Na, na«, tadelte Tresk. Sehnsuchtsvoll sah er zu Heisenberg, der fröhlich von einer der Kletterstangen baumelte. »So redet man aber nicht über andere Leute.«

»Über den schon«, erwiderte Finn brummend. Seine Laune schien heute nicht gerade gut zu sein. Das war Anna schon morgens in der Schule aufgefallen. »Du kennst Mitchell Sanders nicht!«

»Und bei dir?«, wechselte sie schnell das Thema. »Wir haben uns ja seit Tagen nicht gesehen. Was hast du am Wochenende so getrieben, Tresk?« Sie und Finn waren in derselben Klasse. Daher wusste sie schon von dessen Ausflug in den Freizeitpark. »Warst du etwa auch in *Ocean World*?«

»Hörst du nicht zu?«, staunte der Karadeem. »Mein Volk geht nicht ans Wasser, Anna. Jedenfalls nicht freiwillig. Und dieser neue Park liegt leider direkt am Rand der Insel.« Er schüttelte sich.

Katharrlon, seine Heimatwelt, glich in großen Teilen nordamerikanischen Urwäldern. Das wusste Anna. Sie kannte den Planeten zwar nur aus dem Datennetz und aus Tresks Geschichten, doch in ihrer Fantasie war er ein sehr wilder und faszinierender Ort – voller grünem Dämmerlicht und himmelsstürmender Bäume. Voller Schluchten und Täler, verlassener Wege und verwunschener Orte. Kein Wunder, dass es Tresk ein wenig unruhig machte, nun auf einer Insel zu leben, ringsherum von Meer umgeben.

»Ich finde, wir sollten zum Rand gehen«, schlug Finn vor. Seine schlechte Laune hatte wohl endgültig das Ruder übernommen und wollte jetzt andere anstecken. »Als Übung. Damit unser neuer Freund sich endlich daran gewöhnt und sieht, dass er vor dem Meer keine Angst haben muss.«

»Angst?« Tresk drehte sich zu Finn um. Er war sichtlich entsetzt über den Vorschlag, aber auch ein wenig beleidigt. »Wir Karadeem *haben* keine Angst, Finn! Erst recht nicht vor so etwas Wehrlosem wie Wasser. Wir …« Seine Ohren zuckten unruhig. »Wir mögen es einfach nur nicht.«

»Na, dann ist es ja kein Problem«, beharrte Finn. Er stand vom Fußboden auf und legte dem Karadeem einen Arm um die

Schultern. Ein bissiges Grinsen umspielte seine Mundwinkel. »Wir begleiten dich heute zum Meer. Wir helfen dir, es besser kennenzulernen. Ich glaube, die Erwachsenen nennen so etwas Schocktherapie.«

»Ich *habe* keine Angst!«, betonte Tresk wieder. Es klang aber ganz anders. Hilfe suchend wanderte sein Blick zu Anna. »Willst du etwa auch?«

»Es ist schön an den Seepromenaden«, gestand sie. Doch sie ahnte längst, dass Finn eigentlich nur ans Meer wollte, weil er hoffte, in die *Ocean World* zu gehen und den *Leviathan* zu Ende zu spielen. Darauf hatte sie keine Lust. Allerdings war das Wetter viel zu gut, um den Tag im Haus zu verschwenden. »Hier im Geheimversteck langweilen wir uns bei dem Sonnenschein doch sowieso zu Tode. Falls uns Walburga nicht vorher mit ihrem Gestank tötet.« Sie seufzte leise. »Ich möchte echt gern etwas mit euch unternehmen, Jungs. Am liebsten draußen im Freien.«

Dabei warf sie Finn einen wissenden Blick zu, den dieser geflissentlich ignorierte.

Anna fuhr fort. »Bei mir zu Hause passiert momentan nämlich auch nicht viel. Mein Vater ist beruflich verreist. Er besucht mal wieder einen fremden Planeten und kommt erst in zwei Wochen zurück. Und meine Mutter hat vermutlich genauso viel zu arbeiten wie Finns Papa. Ich habe sie jedenfalls seit Tagen nicht gesehen. Nur in den Videonachrichten, die sie mir aus ihrem Labor schickt, um mir Gute Nacht zu sagen.« Ihre Mutter hieß Michiko und war eine leidenschaftliche Meeresbiologin. Sie erforschte den Ozean vor Aquaterras Ufern.

Finn nickte fest. »Also auf zur Seepromenade!« Er sah nach oben. »Hörst du, Heisenberg? Wir gehen an die frische Luft.«

Das Limuri-Äffchen mit dem blauen Fell wirkte hocherfreut. Es sprang von der Kletterstange und zurück auf Annas Schulter.

»Frische Luft?«, wiederholte Tresk und startete einen letzten, verzweifelten Rettungsversuch. »Och, so schlimm stinkt's hier doch gar nicht. Von mir aus können wir auch bleiben.«

Anna runzelte die Stirn. »Hast du nicht eben noch gesagt …?«

»Vielleicht haben Karadeem ja nicht nur hochempfindliche, sondern auch höchst vergessliche Nasen«, sagte Finn. Dann lachte er und öffnete die Tür.

Sie nahmen die nächste Hyperloop-Bahn gen Süden. Diese schnellen Züge fuhren quer durch die gesamte Stadt, und zwar in langen, luftleeren Röhren aus transparentem Stahl. Die Röhren ruhten weit über dem Erdboden auf eisernen, haushohen Stelzen, und die Züge hielten an extra dafür eingerichteten Stationen. Jedes Viertel von Aquaterra hatte seine eigene Hyperloop-Haltestelle. Dort konnten Fahrgäste dann ein-, aus- oder in den »Nahverkehr« umsteigen, also in kleinere Schwebebahn-Linien, die ins Innere der jeweiligen Viertel weiterfuhren. Die Benutzung von öffentlichen Verkehrsmitteln war in Aquaterra komplett kostenlos, niemand brauchte eine Fahrkarte. Auch das verblüffte viele außerirdische Besucher.

»Hier werde ich mich wohl nie zurechtfinden«, sagte Tresk seufzend, als sie an einer besonders hektischen und mit vielerlei Reisenden gefüllten Station von der Hyperloop- in die Schwebebahn zum Südstrand umstiegen. »Ständig muss man aufpassen, dass man auch ja die richtige Linie erwischt. Ein falscher Zug, und schon ist man statt am Meer im Rathaus. Oder in einer Straße voller Grobb.«

»Die Orientierung findest du aber schnell.« Finn winkte ab. Zielsicher ging er zum richtigen Gleis. »Ist gar kein Problem.«

»Du hast leicht reden«, gab der katzenhafte Junge zurück und wich gerade noch rechtzeitig einem Bimmi aus, der ohne Gestell unterwegs war. Fast hätte er den winzigen Kerl in all dem Gedränge über den Haufen gerannt. Tresk lächelte entschuldigend, redete aber weiter. »Du bist hier aufgewachsen, Finn. Für dich ist dieser Trubel doch völlig normal.«

»Und außerdem hat er Omikron«, ergänzte Anna.

Mit einer Datenbrille, die einem jederzeit die aktuellsten Fahr- und Streckenpläne zeigen konnte, kam man natürlich mühelos in Aquaterra zurecht. Anna selbst verzichtete auf Brillen; sie fand sie unnötig klobig und nicht gerade hübsch. Stattdessen trug sie meist ein dünnes Stirnband, in dessen Mitte ein kleiner Computer mit holografischem Bildemitter eingearbeitet war. Natürlich handelte es sich um kein technisches Wunder wie Omikron 1, aber auch ihr normaler Computer war patent genug, um sich damit in sämtliche öffentliche Wissens- und Kommunikationsnetze der Stadt einzuloggen.

»Omikron ist eine große Hilfe, das stimmt«, gestand Finn und lachte, als der verspielte Heisenberg nach seiner Brille greifen wollte. »Aber diese Stadt ist echt nicht kompliziert. In Aquaterra kann sich niemand lange verirren.«

»Hey, danke für das Lob«, meldete sich die Künstliche Intelligenz nun selbst zu Wort. Wenn sie sicher waren, dass niemand sie belauschte, unterhielten Omikron 1 und die drei Freunde sich meist mit gesprochenen statt mit geschriebenen Worten. Das ging einfach schneller. Und dank der kleinen Lautsprecher in Finns Brillenträgern konnten auch Anna und Tresk es hören, wenn die

K.I. redete. »Ich freue mich immer, wenn ich euch helfen kann. Wie sieht's heute aus, hm? Wie kann euch meine überragende Programmierung zu Diensten sein? Soll ich euch mal kurz die Wahrscheinlichkeit ausrechnen, dass nächsten Sonntag wirklich die Sonne scheint?«

»Och, wie wäre es mit etwas Einfacherem?«, meinte Finn. Er tat so unschuldig, als sei das, was er sagen wollte, ein ganz spontaner Gedanke. Doch Anna kannte den Jungen gut. Sie ahnte, dass er von Anfang an diesen Plan gehabt hatte. »Finde doch mal schnell heraus, ob *Ocean World* geöffnet hat und man sich dort Datenbrillen ausleihen kann. Anna hat ja ihr Stirnband, um den *Leviathan* zu sehen, aber Tresk besitzt nicht einmal das. Na ja. Ich dachte mir, wir könnten vielleicht auch noch schnell in den Freizeitpark reinschauen. Wo wir doch schon mal in der Nähe sind und so.«

»Finn Hansen«, tadelte sie ihn kopfschüttelnd. »Aus dir wird nie ein überzeugender Lügner.«

»Eine Öffnungszeitenrecherche – wie herausfordernd.« Omikron 1 klang tatsächlich ein bisschen sarkastisch. »Aber klar, warum nicht? Bing! Und da haben wir es schon: Laut der Angaben im Netz hat *Ocean World* heute geschlossen. Genauer genommen heute und an jedem anderen Montag. Dann ist dort nämlich Ruhetag. Tut mir leid, Finn.«

Finn wirkte sehr enttäuscht. »Echt?«

»Tja«, sagte Anna. »Da wird dein Seeungeheuer wohl ohne uns auskommen müssen. Aber nimm's nicht zu schwer. Vielleicht begegnet uns am Strand ja ein echtes Monstrum aus der Tiefe. Das wäre doch was, hm?«

»Bloß nicht«, gab Tresk zurück. »Alles, was das Wort ›See‹ im Namen hat, darf liebend gern einen großen Abstand zu mir halten.«

»Sagt der Kerl, auf dessen Heimatwelt es Mioww-Seekühe gibt«, murmelte Finn.

»Verflixt noch mal: Sie kommt von meiner Welt, nicht aus meiner Verwandtschaft!« Nun war Tresk es, der den Kopf über Finn schüttelte. »Walburgas Freunde gehörten nicht gerade zu meinen Nachbarn drüben auf Katharrlon. Wären wir jetzt nicht beide hier auf eurer Erdeninsel, wären wir uns bestimmt nie begegnet. Genauso wenig wie du einem australischen Kongaru.«

»Och, dem würde ich echt gern mal begegnen«, sagte Finn und sah zu Anna, der er schelmisch zuzwinkerte.

Dann fuhr die Bahn los. Anna sah aus dem Fenster. Sie kam viel zu selten in den südlichsten Bereich der Stadt. Dort schien ihr die Sonne stets ein wenig heller und das Meer stets ein wenig blauer zu sein. Das war natürlich nur Einbildung – Aquaterra hatte fast nur schöne Randbereiche –, aber das machte nichts.

Mit jeder neuen Haltestelle nahm die Größe der Häuser ab. Die hohen Bauten der inneren Bezirke lagen ohnehin längst hinter den Freunden, nun wurden aber sogar die kleinen kleiner. Wo noch vor Minuten mehrstöckige Wohn- und Bürogebäude gestanden hatten, blickte Anna nun auf gemütlich wirkende Restaurants, auf Eisdielen und Cafés sowie auf Geschäfte mit Schwimmzubehör und allem, was man als Ausstattung für Boote und Jachten brauchte. Da waren Wiesen und kleine Baumgruppen, Sitzbänke und sogar ein Tennisplatz. Auch sah sie Verleiher von Surfbrettern und Tauchausrüstungen und, etwas weiter abseits gelegen, die ein oder andere Zufahrt von hinter hohen Bäumen verborgenen Luxuswohnungen. Anna wusste von ihrem Vater, dass auch viele Stars aus beliebten Holo-Vids in Aquaterras Süden lebten, wenn sie nicht gerade vor der Kamera standen. Der Gedanke gefiel ihr.

Etwas weiter östlich, vielleicht vier Häuserblocks von der Bahntrasse entfernt, ragte die *Ocean World* über die niedrigen Dächer hinaus. Omikron 1 schien recht zu behalten, lag das weitläufige und nur zum Teil überdachte Gelände des Freizeitparks doch völlig verlassen da.

Dann sah Anna das Meer. Ruhig und irgendwie zeitlos sah es aus und reichte bis zum fernen Horizont. Sonnenstrahlen spiegelten sich auf seiner glatt scheinenden Oberfläche, Möwen zogen über es hinweg. Es war schon hier gewesen, lange bevor Aquaterra errichtet wurde. Und es würde auch lange nach Aquaterra noch hier sein. Daran ließ sein Anblick keinen Zweifel. Etwas so Großes und Majestätisches konnte einfach nicht vergehen.

»Alles aussteigen«, sagte Finn, als die Schwebebahn ihre Haltestelle erreichte, die zugleich die Endstelle dieser Linie darstellte. Er legte Tresk die Hand auf den Rücken, als wolle er den Jungen zur Not schieben. »Zum Ozean geht's immer der Nase lang. Oder der Schnauze.«

»Ich bin ein Karadeem, kein schnurrendes Erdenkätzchen«, beschwerte sich Tresk. »Ich habe keine Schnauze.«

Finn hob eine Braue. »Sicher?«, fragte er und sah ihm ins Gesicht.

Dann mussten beide lachen. »Du bist vielleicht ein Idiot«, murmelte Tresk, doch er meinte es nicht böse.

Kaum hatten die Freunde den Waggon verlassen, konnte Anna das Meer riechen. In der Innenstadt, umgeben von hohen Fassaden und allerlei Lebewesen, vergaß sie manchmal, dass sie ringsum von Wasser umgeben war. Hier am Rand bestimmte der Ozean aber das gesamte Leben. Die Luft war geprägt von seinem salzigen Duft, und das sanfte Rauschen der Wellen sowie die Schreie der Möwen in der Ferne hatten etwas ungemein Beruhigendes.

»Also dann«, sagte sie und blieb stehen. »Gehen wir gleich ans Wasser, oder wollt ihr erst ein Eis essen? Ich kenne da nämlich ein sehr gutes Café gleich hier um die Ecke und ...« Sie stutzte, als ihr ein eigenartiges Paar auffiel.

Zwei Neptynen standen ziemlich verloren auf dem Bahnsteig, ein selbst für Aquaterra mehr als seltener Anblick. Rechts und links von ihnen zogen die Passagiere des soeben angekommenen Schwebezugs weiter in Richtung Promenade, doch die beiden hatten nur Augen für die dreidimensionale und mehrfarbig leuchtende Karte des Streckennetzes, die von ins Dach der Station eingelassenen Holo-Emittern in die Luft vor der Haltestelle »gezaubert« wurde.

»Waren die im Zug?«, fragte Finn, dem die ungleichen zwei nun ebenfalls auffielen.

Anna nickte. »Sieht so aus.«

Es mochte sich um Vater und Tochter handeln. Beide hatten grünlich-schuppige Haut, kleine Schwimmhäute zwischen den Fingern, flache, breite Füße, die in weichen, gummiartigen Schuhen steckten, und lang gezogene Köpfe, wie bei ihrer Spezies üblich. Der Mann hatte pechschwarze und schmale Flossenkämme rechts und links an seinem Kopf, Zeichen seines Alters. Er trug dunkle, eng anliegende Kleidung, die an einen Neoprenanzug für Taucher erinnerte. Das Mädchen hatte einen kurzen Sommeranzug in Gelb und Blau an und sah damit aus wie ein exotischer Fisch.

»Entschuldigung?«, rief Tresk. Neugierig trat er auf die Neptynen zu, Anna und Finn folgten ihm. »Können wir helfen?«

Der Mann zuckte zusammen, als hätte ihn jemand geschlagen. Schnell drehte er sich zu den Freunden um, und seine Miene kündete von sichtlicher Sorge. »Nein«, sagte er leise. »Nein, danke. Alles in Ordnung.«

Anna runzelte die Stirn. »Finden Sie sich nicht zurecht?«, fragte sie freundlich und deutete auf den Plan des Bahnnetzes.

»Doch, doch.« Er lächelte nervös. »Geht ruhig weiter. Danke.«

»Du und deine Angst vor anderen Leuten«, murmelte das Mädchen neben ihm. »Ehrlich, Papa: Drei Kinder werden uns wohl kaum Probleme bereiten.« Dann hob sie die Stimme und sah zu Anna. »Hallo, ich bin Lailani. Und das ist mein Papa Alowan. Ich fürchte, wir sind in die falsche Schwebebahn gestiegen. Neptynen kommen nicht so gut mit Farben zurecht wie die meisten anderen Wesen.« Beim letzten Satz deutete sie auf den Netzplan.

Anna nickte. Das ergab Sinn, oder? Neptynen stammten von einer Unterwasserwelt, und unter Wasser war es selbst am Tag viel dunkler als an Land. Deshalb brauchten ihre Augen gar nicht viele Farben zu erkennen.

»Wo wolltet ihr denn hin?«, fragte sie. »Oh, und wir sind übrigens Anna, Finn und Tresk. Freut mich, euch kennenzulernen.«

»Wir suchen die neptynische Botschaft«, antwortete Lailani. »Papa muss dort seinen Pass verlängern lassen.«

»Ihr seid Neptynen und wisst nicht, wo eure Botschaft ist?«, wunderte sich Tresk. »Das ist aber eigenartig.«

»Klar wissen wir das«, gab das Mädchen mit der schuppigen Haut zurück. »Aber wir kennen den Weg nicht allzu gut. Wir sind nicht oft hier oben, verstehst du?«

»Oben?« Finn horchte auf. »Moment mal, kommt ihr etwa …«

Lailani nickte. »Aus der *Atlantia*-Station, ganz genau.«

Finn staunte nicht schlecht. Selbst Anna betrachtete die zwei nun mit ganz neuer Faszination. »Wow«, sagte sie bewundernd. »Ich glaube, ich bin noch nie jemandem von der *Atlantia* begegnet. Jedenfalls niemandem, der nicht zu den dortigen Chefs gehört und irgendwelche Geschäfte mit meinem Vater macht. Dann stimmt es wirklich, dass *Atlantia*-Bewohner zwar direkt unter Aquaterra leben, aber so gut wie nie an Land kommen?«

Lailani lachte und wollte gerade antworten, da kam ihr Begleiter ihr zuvor.

»Wer ist dein Vater denn?«, erkundigte sich Alowan mit neu aufkeimender Skepsis.

Anna sagte es ihm. »Thomas Falke. Der Bürgermeister von Aquaterra.«

Der Neptyne zuckte erneut zusammen. »Komm, Lailani«, sagte er und griff nach der Hand seiner Tochter. »Wir steigen jetzt einfach in den nächsten Zug und …«

»Wir machen Ihnen doch keinen Ärger«, beruhigte Finn ihn. »Weswegen denn auch? Wir wollen Ihnen bloß helfen, sich besser zurechtzufinden.« Er trat zum Netzplan. »Also: Laut meiner Datenbrille liegt die neptynische Botschaft in der Cousteau-Straße im Südosten der Stadt, etwa zwanzig Fahrminuten von hier entfernt. Sie müssen einfach wieder zurück zur Hyperloop-Station und dann in die Linie O einsteigen, nicht in die Linie S. Die fährt alle fünf Minuten. Und schon kommen Sie an Ihr Ziel.« Er tippte mit dem Finger an den rechten Träger seiner *VisoStar*. »Die Pass-Stelle der Botschaft hat übrigens noch bis siebzehn Uhr geöffnet.«

»D… Danke.« Lailanis Vater sah erleichtert aus. Er schien tatsächlich befürchtet zu haben, die Freunde – und insbesondere Anna – wollten ihn irgendwo für irgendetwas anschwärzen. »Das werden wir tun. Nicht wahr, mein Kind?«

Lailani lächelte. »Wasserklar, Vater. Siehst du? Es war doch gut, dass wir die drei getroffen haben.«

»Dann gute Reise«, verabschiedete sich Anna. Erstaunt stellte sie fest, dass sie die zwei Fremden gar nicht gehen lassen wollte. Sie waren ihr irgendwie sympathisch, besonders das Mädchen. Ehe sie sich bremsen konnte, platzte es aus ihr heraus. »Und vielleicht treffen wir uns ja mal wieder. Ich würde echt gern mehr über das Leben unter Wasser erfahren.«

»Na, dann kommt mich doch besuchen«, schlug Lailani vor. »Ich führe euch gern herum und zeige …«

»Nein«, unterbrach Alowan sie sofort. »Das geht nicht. *Atlantia* ist kein Spielplatz.«

Sie sah ihn an, halb flehend und halb tadelnd. »Andere Leute bekommen doch auch Besuch. Und wir würden natürlich im Habitat und den anderen öffentlichen Bereichen bleiben, versprochen.«

Ihr Vater seufzte. »Lailani.«

»Bitte, Vater. Ich hatte noch nie Besuch nur für mich. Noch nie! Und du sagst doch immer, ich soll mir Freunde suchen.«

»Also gut.« Besiegt hob er die Hand. »Ein Besuch. Wenn's denn sein muss.«

»Prima!« Lailani freute sich so sehr, dass sie ihn spontan umarmte. »Du bist der beste Vater der ganzen Welt.«

Alowan lächelte geschmeichelt. Was immer ihn vorhin so besorgt hatte, schien verflogen.

Schnell schmiedeten Anna, Lailani und die Jungs einen Plan:

Alowan würde allein zur Botschaft fahren, die er dank Finns Auskunft nun problemlos finden sollte, und auch allein nach Hause reisen. Die vier Kinder wollten lieber sofort aufbrechen, solange noch etwas vom Nachmittag übrig war.

»Vater und ich würden ja tauchen«, sagte das Neptynen-Mädchen. »Aber ihr könnt unter Wasser nicht atmen.«

»Was für ein Glü…«, begann Tresk erleichtert, bremste sich aber, als er Annas strafenden Blick sah. »Äh, Pech, meinte ich. Dann wird's wohl nichts mit dem Ausflug unter das Meer.«

»Doch, doch, keine Sorge«, meinte Lailani. »Wir nehmen einfach eines der kleinen U-Boote von Vaters Firma.«

»*Atlantia* hat fast nur Landbewohner als Angestellte«, erklärte Alowan. »Die brauchen selbstverständlich ein Tauchboot, wenn sie zwischen der Station und dem Rest der Stadt hin- und herreisen möchten. Deswegen gibt es einen extra Anleger hinten am Hafen, wo immer ein paar *Atlantia*-Boote auf Mitarbeiter warten. Die Nutzung ist kostenlos.« Er griff in seine Hosentasche und zog einen kleinen schwarzen Datenstick hervor. »Hier, Lailani. Damit könnt ihr euch eines der Tauchboote aktivieren. Es bringt euch dann sicher zur Station.«

Kaum einen Augenblick später kündigten die Bahnsteiglautsprecher die Einfahrt der nächsten Schwebebahn an. »Das ist Ihr Zug«, wandte Finn sich an Alowan.

Der nickte und verabschiedete sich von den Freunden und seiner Tochter. Dann ging er los.

Anna und Lailani strahlten einander an wie beste Freundinnen. »Ist das nicht toll?«, sagte Anna. »Wir besuchen *Atlantia*!«

Tresk sah hingegen zu der wartenden Schwebebahn, als wolle er jeden Moment flüchten.

Doch Finn, dessen Laune seit ihrer Ankunft deutlich besser geworden war, legte ihm einen Arm um die Schultern. »Eigentlich solltest du froh sein.«

Die Schnurrhaare des Karadeem zuckten. »Hm? Ich?«

»Na klar.« Ein breites Grinsen erschien auf Finns Zügen. »Du wolltest nicht ans Wasser, sei ehrlich. Und jetzt musst du das auch gar nicht. Wir fahren per U-Boot in eine Meeresstation. Da drin wird kein einzelnes deiner Fellhaare nass. Garantiert nicht.«

Tresk seufzte wieder, und sein Seufzen sagte mehr als tausend Worte.

Kapitel 3

Um Haaresbreite

Die Alarmsirene war ohrenbetäubend! Laut hallte ihr schriller Gesang von den Wänden der engen Kabine wider. Dazu blinkten allerlei Warnlampen in einem Rot, das an Blut und Höllenfeuer denken ließ.

Finn schluckte trocken. »Was ist passiert?«

Lailani, der die Frage galt, schüttelte den Kopf. »Ich … Ich weiß es nicht. Die Anzeigen … Auf einmal sind alle Anzeigen dunkel!«

Sie saßen in dem kleinen Unterwasser-Shuttle der Firma *Atlantia*. Den Anleger hatten sie mühelos gefunden, und dank des Sticks, den Alowan seiner Tochter mitgegeben hatte, war es auch kein Problem für sie gewesen, eines der vollautomatisch arbeitenden Tauchfahrzeuge des Algenzuchtbetriebs zu betreten. Lailani hatte den Stick einfach an ein Scan-Feld neben der mit dem Firmenlogo verzierten Einstiegsluke halten müssen, und schon hatte diese sich für die Freunde geöffnet.

Im Inneren des Gefährts hatten sie die kleine, komplett in weißen und grauen Farbtönen gehaltene Kabine vorgefunden. Sie war nüchtern und zweckmäßig eingerichtet: Es gab einen Steuerbereich an der Vorderseite, wo ein breites Schaltpult, mehrere

Monitore, Holo-Emitter und zwei im Fußboden verankerte Sessel warteten. Dahinter folgten, rechts und links an den Wänden befestigt, insgesamt vier Klappsitze mit Anschnallgurten. Außerdem befanden sich zwei Taucheranzüge mit Sauerstoffflaschen an Bord. Sie lagerten unterhalb des Kabinenbodens in einem kleinen Stauraum, den man durch eine Luke erreichte, und waren vermutlich für Notfälle gedacht.

Die Kabine selbst maß vielleicht fünf mal drei Meter. In ihrer hinteren Wand waren die Stufen der Ein- und Ausstiegsleiter eingelassen, an der Heisenberg sofort begeistert zu klettern begann; daneben führte eine schmale Tür zu einem weitere sechs Quadratmeter messenden und aktuell komplett leeren Lagerraum. Dieser diente offenbar als Staufläche für kleinere Frachttransporte.

Zuerst hatten sich die Freunde ein wenig ratlos in der von zwei Deckenlampen erhellten Kabine umgesehen. Dann war Lailani zum Steuerpult gegangen und hatte sich kurzerhand in einem der beiden Sessel niedergelassen. »So schwierig kann das ja nicht sein«, hatte sie gemurmelt und abermals ihren Stick an ein Scan-Feld gehalten. Und richtig: Sofort waren die Steuerpultanzeigen und Monitore zum Leben erwacht. Dem leichten Vibrieren in den Bodenplatten nach zu urteilen, hatte dies auch für das Triebwerk des Bootes gegolten.

Das Steuerpult arbeitete tatsächlich vollkommen eigenständig. So sicher wie eine Schwebebahn schien es seine Route zu kennen. Ohne dass die Freunde auch nur einen Finger rühren mussten, hatte sich die Einstiegsluke über ihnen geschlossen, das Boot hatte vom Hafen abgelegt, und die Tauchfahrt hatte begonnen. Auf einem oberhalb des Schaltpults erschienenen dreidimensionalen Hologramm, das sich langsam um die eigene Achse drehte, ließ sich die Reise in einer Grafik verfolgen. Von Aquaterras Anlegestelle ging es in sanfter Sinkfahrt in die Tiefe des Altantischen Ozeans, immer weiter und weiter hinab gen Meeresboden. Das Boot, so hatte Lailani erklärt, folgte dabei einem von der unterseeischen Zentrale ausgehenden Leitsignal.

Die ersten Minuten der Reise waren absolut faszinierend gewesen. Einzig Tresk hatte nervös auf seinem Klappsitz ausgeharrt und versucht, nicht zu den Monitoren zu blicken. Anna und Finn hatten den so ziel- und auch sonst vollkommen sicher wirkenden Tauchvorgang des Shuttles aber mit umso mehr Begeisterung mitverfolgt.

Nachdem etwa ein halber Kilometer unter Wasser zurückgelegt war, hatte sich auch Lailani merklich entspannt. »Es stimmt wirklich«, hatte die junge Neptyne gesagt. »Das Boot macht alles von selbst. Man muss nur einsteigen und das Triebwerk aktivieren. Und danach genießt man einfach die Reise.« Dabei hatte sie gelacht, sich in ihrem Sessel zurückgelehnt und die Arme hinter dem Kopf verschränkt. Keine drei Sekunden später hatte der Alarm begonnen!

Und mit ihm kam die Angst.

»Sind wir noch auf Kurs?«, fragte Anna laut genug, um über das Geplärr der Sirenen gehört zu werden. Sie hatte sich losgeschnallt und war, ihr Limuri-Äffchen im Arm, neben Finn ans Schaltpult getreten. Sorgenvoll schaute sie zu den Anzeigen. Das Holo war plötzlich verschwunden, und von den vielen Monitoren arbeitete nur noch ein einziger. Er zeigte die unmittelbare Umgebung des *Atlantia*-Shuttles, also Wasser, Wasser und noch mehr Wasser. »Fahren wir nach wie vor zu eurer Station?«

»Auch das weiß ich leider nicht«, sagte Lailani. »Ich habe diese Boote noch nie selbst gesteuert. Das machen die Erwachsenen. Ich kenne mich damit nicht aus. Vielleicht ist das Leitsignal ausgefallen.« Fieberhaft fuhr sie mit dem Stick über das Scan-Feld, doch nichts geschah.

Finn verscheuchte seine Sorgen für den Moment. Lieber widmete er sich dem Rest der Steuerkonsole. »Das muss doch irgendwie wieder angehen«, murmelte er konzentriert. Immer wieder glitten seine Hände über die schwarz gewordenen Touchscreens und Schalter. Nichts reagierte auf seine Bemühungen.

»Ich glaube, wir sinken immer tiefer«, klagte Lailani. Es war klar, um wessen Leben sie fürchtete. Als Neptyne konnte sie auch unter Wasser atmen. Ihre drei Besucher konnten das allerdings nicht. Zumal sie nicht an den Wasserdruck gewöhnt waren, der außerhalb des Shuttles herrschen musste – und der stetig zunahm, je tiefer dieses sank.

Finn sah auf und hob die Stimme. »Sollten wir das nicht ohnehin? Sinken, meine ich.«

»Schon, aber zielgerichteter.« Sie deutete auf den letzten aktiven Monitor. »Siehst du die Bewegungen des Wassers? Merkst du, dass die Lichtverhältnisse da draußen leicht schwanken?«

Er schüttelte den Kopf. Neptynen hatten tatsächlich nicht nur größere, sondern unter Wasser eben auch bessere Augen als Menschen. Außerdem kannten sie dieses Element wie ihre Westentasche und reagierten auf die kleinsten Veränderungen. »Was bedeutet das?«

»Wir tauchen nicht länger«, antwortete das Mädchen, »wir trudeln. Ohne Kurs und ohne Richtung. Ohne Leitsignal, darauf wette ich.«

»Aber das Triebwerk arbeitet noch«, wusste Anna. Sie zog den rechten Schuh aus und berührte den Kabinenboden mit der nackten Fußsohle. »Ich spüre seine Vibrationen ganz genau.«

Ein führerlos durchs Meer ziehendes U-Boot? Finn merkte, wie ein kalter Schauer über seinen Rücken zog. Waren sie etwa in echter Gefahr? Er konnte es kaum noch leugnen, und das erschreckte ihn mehr, als er zugeben wollte.

»In Ordnung, das reicht.« Es war das erste Mal seit dem Beginn ihrer Fahrt, dass Tresk das Wort ergriff. Der junge Karadeem schnallte sich ebenfalls los und stand auf. Ohne die anderen drei auch nur eines Blickes zu würdigen, ging er erst zum Steuerpult und dann in die Hocke. »Wir steigen sofort wieder auf, verstanden? Raus aus dem Wasser und zurück an Land. Das hier … Das hält doch niemand aus!« Pure Anspannung sprach aus jedem seiner Worte und all seinen Bewegungen. Er hob die rechte Pfote und hieb mit voller Kraft gegen die graue Plastverschalung des Pults. Ein Schlag, zwei, sogar ein dritter. Finn staunte nicht schlecht, wie kräftig der Junge war. Schon erschienen Risse in dem harten Kunststoff.

»Meinst du wirklich, das hilft?«, fragte Anna unsicher.

Beim vierten Schlag machte das gesamte Boot einen Ruck! Sämtliche Sirenen verstummten plötzlich, und auch die Deckenlampen gingen aus. Einzig die roten Alarmsignale verströmten noch Helligkeit.

Tresk erstarrte. »Oh, oh.«

»Der Antrieb.« Anna keuchte. Fast schon panisch tastete sie mit dem nackten Fuß über den Boden. »Leute, ich … Ich spüre den Antrieb nicht mehr!«

Die Lage wurde immer brenzliger. Finn fragte sich, ob die

Lebenserhaltungssysteme des Bootes auch in Notsituationen weiterarbeiteten. Oder blieb die Atemluft, die jetzt gerade in der Kabine war, die letzte, die in diese hineingepumpt würde? Wie lange mochte sie reichen?

Fragend sah er zu Lailani, die hilflos mit den Schultern zuckte. Sie hatte die Augen weit aufgerissen und presste den Stick ihres Vaters auf das komplett nutzlos gewordene Scan-Feld, als wäre er ein Rettungsseil.

»Wir hätten das Boot vorher überprüfen müssen«, murmelte Anna. »Jetzt haben wir nur zwei Taucheranzüge und zwei Sauerstoffflaschen. Für drei Landbewohner ohne Erfahrung im Tauchen.«

Der Karadeem sah sie ungläubig an. »Du willst doch nicht etwa da raus?«, fragte er und deutete mit leicht zitterndem Arm in Richtung der Luke.

»Wir sind bestimmt inzwischen weit mehr als hundert Meter tief«, glaubte Lailani. »Vielleicht sogar schon zweihundert. Und wir sinken weiter. Das schafft ihr nicht.«

»Ich will gar nichts«, erwiderte Anna. Sie schien sich ebenfalls zu zwingen, ruhig zu bleiben, und es gelang ihr erstaunlich gut – zumindest noch. »Ich überlege nur, welche Möglichkeiten wir jetzt haben … und welche nicht.«

»Funk«, meinte Finn. »Wir müssen jemanden zu Hilfe rufen. Dieses Ding hat doch bestimmt ein Kommunikationssystem.«

»Es hatte eins«, meinte Lailani und deutete auf eine entsprechend beschriftete Konsole in der rechten oberen Ecke des Pultes. Auch sie war inaktiv und schwarz. »Vorher.«

Anna biss sich nervös auf die Unterlippe. »Was ist mit Omikron?«, schlug sie vor.

»Natürlich!« Erleichtert zog Finn die *VisoStar 3000* aus seiner Jackentasche. Er setzte sie auf und aktivierte sie durch ein leichtes Fingertippen.

»Hey, Finn«, grüßte ihn die Künstliche Intelligenz. »Alles klar bei dir? Kann ich dir vielleicht irgendwie helf… Oh, oh.«

»Warum sagt das hier jeder?«, murmelte Anna. Nervös klammerte sie sich an die Lehne von Finns Sessel.

»Omikron«, sagte Finn. »Du siehst ja selbst, was los ist.«

»In der Tat. Euer Bordcomputer scheint ausgefallen zu sein. Das ist nicht gut.«

Lailani beugte sich vor. »Wer spricht denn da?«, fragte sie, den ratlosen Blick auf Finns Brille gerichtet.

»Erklären wir dir später«, versprach Tresk ebenso schnell wie knapp. »Omikron, wir müssen unbedingt das Festland erreichen oder um Hilfe rufen.«

»Oder Lailanis Station«, ergänzte Finn. »Was immer näher ist. Kriegst du das hin?«

»Hat ein Grobb mehr Muskeln als Hirn?«, erwiderte die K.I. salopp. Omikron 1 neigte zu einem flotten Mundwerk, das wussten sie alle, und das war auch Teil seines besonderen Charakters. Dennoch ahnte Finn, dass er diesmal nur so frech klingen wollte, um seine Freunde von der Gefahr abzulenken, in der sie schwebten. »Klar kann ich das. Ich muss nur … Oh, oh.«

»Was?«, fragte Tresk verzweifelt. »*Was?*«

»Mir scheint, das Problem liegt nicht allein an eurem Shuttle«, erklärte Omikron 1. »Sosehr ich mich auch anstrenge, kann ich die Unterwasserstation von *Atlantia* nicht erreichen. Auch dort hat man offenbar technische Schwierigkeiten. Ich sage euch: Das kommt davon, wenn man Billigprodukte einkauft!«

Anna staunte. »Ein Systemausfall? In der ganzen Firma?«

»Das gab es letzten Monat schon mal«, erinnerte sich Lailani. »Hat nicht lange gedauert. Und es war auch nicht tragisch, weil alle Arbeiter damals auf der Station waren. Wir mussten einfach warten, bis die Techniker den Schaden behoben hatten.«

»Es würde jedenfalls erklären, warum hier nichts mehr funktioniert«, meinte Finn. »Aber so etwas darf doch nicht passieren!«

Das U-Boot wackelte. Eine unterseeische Strömung schien es erfasst zu haben. Anna geriet ins Schwanken und klammerte sich noch fester an Finns Lehne, Tresk stieß sich den Kopf an der Steuerkonsole. Dann stabilisierte sich das Boot wieder, wenigstens für den Augenblick.

»Wir trudeln«, erklärte die junge Neptyne. Ihre schuppige Haut glitzerte ein wenig. So reagierte ihr Volk vermutlich, wenn es Angst hatte. »Wie gesagt. Momentan sind wir wie Plankton in der Strömung, und hier unten gibt es viele Strömungen. Das Wasser macht mit uns, was immer es will.«

»Und genau das muss aufhören«, drängte Tresk. »*Atlantia* hat also einen Systemausfall. Der betrifft offensichtlich auch die Tauchboote, immerhin werden die ja von *Atlantia* ferngesteuert. Richtig?«

Omikron 1 bestätigte es.

»Aber du?«, wandte sich der Karadeem an die Künstliche Intelligenz in Finns Datenbrille. »Du hast keinen. Du kannst doch sicher irgendetwas tun. Wenn wir hier noch länger herumsitzen und warten, schlagen wir vielleicht gegen einen Fels und reißen uns ein Loch in die Außenhülle!«

»Das befürchte ich auch«, sagte Anna, und Lailani nickte stumm.

»Ich kann versuchen, mich mit dem Bordcomputer des Shuttles zu verbinden«, schlug Omikron 1 vor. Er klang skeptisch ... und ein wenig beleidigt. »Ob das gelingt, will ich allerdings nicht versprechen. Normalerweise sind die Computer *aktiviert*, mit denen ich ins Gespräch kommen möchte.« Er machte eine kleine Pause. »Ich habe übrigens versucht, über das Datennetz der Stadt bereits ein S.O.S. an die Hafenpolizei von Aquaterra zu senden. Keine Ahnung, ob es angekommen ist. Aber bis uns ein Rettungsboot erreichen würde, sind wir wahrscheinlich ohnehin schon an den Felsen zerschellt – was ausgesprochen bedauerlich wäre. Diese Brille, in der ich mich befinde, reagiert nicht sehr gut auf Salzwasser.«

»Niemand von uns reagiert sehr gut auf Salzwasser«, bemerkte Anna, »zumindest nicht in der Tiefe.«

»Bleibt nur der Bordcomputer«, sagte Tresk. »Wir müssen uns selbst helfen, Leute.«

Finn nickte. »Mach es, Omikron«, bat er. »Versuche dein Glück. Aber sei um Himmels willen schnell!« Abermals wackelte das kleine Tauchboot bedrohlich stark. Auf dem einen verbliebenen Monitor glaubte Finn, ein felsiges Riff nahen zu sehen. Nicht mehr lange, und das Shuttle mochte dagegenprallen und Schaden nehmen. Vielleicht riss dann tatsächlich die Außenhülle auf, und eiskaltes Meerwasser drang in die Kabine.

»Seht ihr das?« Auch Tresk waren die Felsen nicht entgangen. »Leute, seht ihr das?«

»In Ordnung, los geht's.«

Schweigend warteten sie ab, während Omikron 1 sich an die Arbeit machte. Finn behielt den Monitor im Auge, Lailani die schwarz gewordenen Anzeigen des Steuerpults. Anna hatte sich zur Luke im Fußboden begeben und begann, die beiden Taucheranzüge und Sauerstoffflaschen herauszunehmen.

»Zwei Flaschen für drei Landbewohner«, wiederholte Tresk. Er hockte sich neben sie und sah sie fragend an.

»Zwei sind besser als keine«, erwiderte Anna schlicht. »Irgendetwas *müssen* wir ja tun.«

Dem konnte der Karadeem nicht widersprechen. Sofort packte er mit an.

Dann flackerte es in der Luft oberhalb des Steuerpults.

»Das Holo«, begriff Lailani. »Es ... Es kommt zurück!«

Tatsächlich erschien die dreidimensionale Grafik wieder, die die Irrfahrt des Shuttles zeigte. Sie wirkte verzerrt und unscharf, doch sie genügte zur Orientierung.

»Wir sind verflixt nah am Meeresboden, oder?«, murmelte Finn, als er die arg verschwommen aussehende Anzeige studierte.

Es war Omikron 1, der ihm antwortete. »Das ist nicht der Meeresboden, sondern der Kamm eines unterseeischen Gebirges«, wusste die K.I. »Man nennt es den mittelatlantischen Rücken. Links und rechts davon geht es zum Meeresboden, aber der liegt viel tiefer.« Auf der Innenseite von Finns Brillengläsern erschien eine Karte des tatsächlich äußerst unebenen und felsenreichen Geländes. »Ich verbinde mich gerade mit den Sensoren des Shuttles, übrigens alles andere als leistungsstarke Geräte. Was jenseits der Felsen liegt, kann ich nicht erkennen. Aber es geht bestimmt mehrere Hundert Meter tiefer hinunter.«

Lailani nickte. »Das sind sie bestimmt. Ich kenne die Gegend. Und ich habe mich noch nie in den Abgrund hineingetraut. Jedenfalls nicht weit.«

»Dann weißt du, wo wir sind?«, fragte Finn. Er wollte ihr gerade seine Brille rüberreichen, damit auch sie Omikrons Karte sah, da antwortete sie ihm.

»Vielleicht so ungefähr«, wich sie aus. »Ich müsste mir die Felsformationen genauer anschauen.« Mit angestrengter Miene schaute sie zum vorderen Fenster hinaus. »Wir sind nicht länger auf Kurs, das weiß ich jetzt ganz sicher. Allem Anschein nach schon lange nicht mehr.«

Das war alles, was sie für den Moment wissen mussten. Angespannt sah Finn zum Monitor, dann zum Holo. Das Shuttle kam den Felsen bedrohlich nah. In Gedanken konnte er schon den drohenden Aufprall spüren. »Omikron, du musst den Antrieb aktivieren!«, sagte er laut. »Sofort!«

»Bin schon dabei, aber …«, erwiderte die Künstliche Intelligenz zunächst wenig hoffnungsvoll. Doch dann: »Ha! Highscore!«

Sofort erwachten die Anzeigen auf dem Steuerpult zu neuem Leben. Auch sie flackerten so gewaltig, als hätten sie einen immensen Wackelkontakt. Gleichzeitig hörte Finn hinter sich Anna jubeln.

»Das Triebwerk arbeitet wieder!«, rief das Mädchen.

»Gute Arbeit, Omikron«, ergänzte Finn.

»Tja, manchmal überrasche ich mich selbst.« Das Programm mit dem eigenen Bewusstsein wirkte sehr zufrieden mit sich. »Lailani, siehst du die Anzeige rechts von dir? Das ist das Ruder des Tauchboots. Versuche, an Höhe zu gewinnen!«

»Aber wie?«, klagte die Neptyne. »Ich weiß nicht, wie man steuert.«

»Wir helfen dir«, versprach Finn und beugte sich zu ihr rüber. »Schnell, Lailani!«

Zögernd hob sie die Hand und berührte die flackernde Anzeige im Pult. Das Display reagierte umgehend. Zahlreiche Werte, die Finn nicht verstand, veränderten sich. Finn sah zum Holo, und der Kurs des Bootes änderte sich ebenfalls.

»Nach oben, Lailani«, drängte Finn. »Nicht nach rechts. Achtung, da kommt ein Fels!«

Sie seufzte panisch und versuchte es erneut. Nahezu blind tanzten ihre schuppigen Finger über die Ruderkontrolle. »Ich weiß nicht, was ich hier mache.«

»Was immer es ist, es wirkt«, stieß Tresk keuchend aus. »Schaut mal.«

Auf dem Monitor kam der Felsen nun noch deutlicher ins Bild. Die Freunde konnten seine raue Oberfläche erkennen und seine spitzen, tödlich scharf wirkenden Kanten. Und dahinter einen tiefen, finsteren Abgrund.

Doch unter Lailanis planlosen Anstrengungen kam wieder Leben ins Ruder des Bootes. Statt direkt auf den Fels zuzutrudeln, scherte das Shuttle der Firma *Atlantia* nach rechts oben aus – gerade noch rechtzeitig! Es verfehlte den todbringenden Kamm nur um Zentimeter!

»Puh, das war knapp.« Erleichtert atmete Finn aus. Erst jetzt begriff er, dass er vor lauter Anspannung die Luft angehalten hatte. »Omikron, wo sind wir?«

»Gute Frage«, antwortete die Künstliche Intelligenz. Diesmal klang sie wirklich beleidigt. »Diese Sensoren sind alles andere als hilfreich, Finn. Ich kann dir nur sagen, dass die Station von *Atlantia* weit hinter uns liegt, der Gebirgskamm im Moment zum Glück unter uns … und vor uns das da!«

»Was ist denn das?«, staunte Anna. Sie war aufgestanden und

hielt sich an Lailanis Sessel fest. Ihr Blick ruhte auf dem Monitor mit der Außensicht.

Im Dunkel des Meeres, vielleicht ein paar Hundert Meter entfernt, brannten kleine Lichter! Finn sah sie in der Ferne, unheimlich und so unerklärlich scheinend wie leuchtende Gespenster der Tiefsee. Er musste an die Geschichten denken, die er in *Ocean World* gehört hatte: Sagen von versunkenen Piratenschiffen, deren Besatzungen noch immer im Meer spukten, und natürlich von Seeungeheuern mit langen Tentakelarmen und gierigen Mäulern voller Zähne. Wieder zog ein Schauer über seinen Rücken. Vielleicht hatte seine Mutter ja doch recht gehabt. Vielleicht war er noch zu jung für den *Leviathan* gewesen.

»Das muss *Yutami Oil* sein«, antwortete Lailani. Auch sie betrachtete die fernen Lichter staunend. »Zumindest wüsste ich nicht, wer sich sonst noch hier unten herumtreiben sollte.«

»Yuta-wer?«, hakte Tresk nach. Dabei sah er zum Holo, laut welchem das Tauchboot immer mehr Abstand zu den gefährlichen Felsen gewann.

»Yutami«, wiederholte sie. »Eine unterseeische Anlage zur Ölgewinnung. Mein Vater hat mir davon erzählt, das ist aber schon eine Weile her.«

»Meiner mir auch«, meldete sich Anna. Auch sie wirkte erleichtert. »Vor der Küste von Aquaterra liegt Öl im Erdreich. Das ist bewiesene Tatsache. Und ein großer Ölkonzern wollte hier schon vor Jahren eine Bohranlage errichten, um es aus dem Boden zu gewinnen.«

»Die bohren im Meer?« Finn traute seinen Ohren kaum. »Nach Öl? Ist das nicht total gefährlich für die Umwelt?« In der Schule hatte er gelernt, dass früher oft im Meer gebohrt worden war. Inzwischen gehörte diese Methode aber der Vergangenheit an, zumindest weitestgehend.

»Das fanden auch viele Leute im Stadtrat«, wusste Anna. »Ich war noch klein, als darüber diskutiert wurde, aber ich erinnere mich, dass mein Vater entschieden gegen diese Bohrungen war. Genau wegen der Angst vor Umweltverschmutzung.«

»Aber *Yutami* konnte beweisen, dass sie absolut sicher und gefahrlos arbeiten«, bestätigte Lailani. »So erzählt es mein Vater. Bei den Bohrungen nimmt das Meer keinerlei Schaden, heißt es. Sie verwenden irgendeine saubere Technologie von einem anderen Planeten.«

»Das wäre auch dringend nötig«, meinte Tresk. »Immerhin leben hier unzählige Fische und andere Meeresbewohner. Von den Algen und natürlich der nahen Stadt ganz zu schweigen.«

Abermals sah Finn zu den Lichtern in der Ferne. Ihm war, als könne er inzwischen weitere Details ausmachen: eckige Formen und lange Röhren. Das musste eine Art Arkologie sein, eine kleine Unterwasserwelt, in der die Bohrleute lebten und arbeiteten. Ähnlich wie Lailanis Familie drüben in der Anlage von Mitchs Firma, nur viel kleiner.

»In Ordnung«, sagte er. »Wir sind nicht hier, um uns eine Bohranlage anzusehen. Omikron, wie steht es um unser Steuerpult?«

»Es bräuchte dringend ein bedienerfreundliches Update, wenn du mich fragst«, kam die Antwort aus den kleinen Lautsprechern in den Brillenträgern. »Aber es sollte im Nullkommanichts wieder zu eurer Verfügung stehen. Ich muss bloß noch diese Subroutine des Hauptprogramms booten, das Leitsignal wiederfinden und … Ah ja, da wären wir.«

Das Kabinenlicht ging an. Gleichzeitig erwachten die schwarz gewordenen Monitore und Konsolenelemente zu neuem, fehlerfrei wirkendem Leben. Auch das dreidimensionale Kurs-Hologramm flackerte nicht länger.

Erleichtert ließ sich Tresk auf seinen Klappsitz sinken. »Puh, das war knapp.«

»Auf ein Neues«, sagte Lailani entschlossen und hielt ihren Stick wieder an das Scan-Feld in der Konsole. Prompt änderte das Shuttle die Fahrtrichtung.

»Perfekt«, lobte Omikron 1. »Ich freue mich, euch mitzuteilen, dass ihr wieder auf Kurs seid und gar kein Rettungsboot braucht. Nächster Halt: Lailanis Zuhause!«

»Ich hätte es wissen müssen«, murmelte Tresk, just als der Sirenenalarm verklang und sich die blinkenden roten Lampen von selbst ausschalteten. »Karadeem sind einfach nicht fürs Wasser gemacht. Meine Nerven …«

Finn lächelte. »Eins musst du doch zugeben«, sagte er und drehte sich zu ihm und Anna um. »Langweilig war dieser Ausflug bislang nicht.« Doch der Humor war nur gespielt. Auch Finn schlug das Herz bis zum Hals.

»Alles in Ordnung, Lailani?«, fragte Anna sanft. Sie stand noch immer hinter dem Sessel der Neptyne.

Das Mädchen drehte sich zu ihr um. »Ja«, sagte sie erleichtert und deutete auf das Holo, an dessen rechtem Rand nun tatsächlich die Algenzuchtstation erschien: ein leuchtend heller Kreis, auf den das Shuttle direkt zuhielt. »Jetzt ja.«

Fasziniert nahmen die Freunde die Station in Augenschein. Sie lag tatsächlich auf dem Meeresboden, und von oben betrachtet, wirkte sie wie eine eigene kleine Stadt. Finn sah kleine kuppelförmige Bauten, die durch lange Röhren miteinander verbunden und nahezu kreisförmig um eine zentrale Stelle angeordnet waren – vermutlich um den Energiereaktor. Es gab hell erleuchtete Gewächshäuser, einen Hangar, mehrere Produktionshallen und ein Gebäude, in dem sicher die Wohnungen der Arbeiter lagen. Von einigen der Bauten gingen gläsern wirkende Röhren aus, die an Hyperloop-Trassen erinnerten. Sie führten senkrecht nach oben und zu leuchtenden Kugeln, in denen sich ebenfalls irgendetwas zu befinden schien. Finn wollte gerade danach fragen, da drang eine Frauenstimme aus in der Kabinendecke verborgenen Lautsprechern.

»*Atlantia*-Shuttle, *Atlantia*-Shuttle, hier spricht die Leitstelle. Können Sie mich hören?«

»Klingt, als funktioniere das Kommunikationssystem wieder«, begriff Tresk.

»Wir hören Sie, *Atlantia*«, sagte Lailani zögernd.

»Das freut mich sehr«, erwiderte die Frau. »Wir hatten mal wieder ein wenig Ärger mit unserer Technik, fürchte ich. Der Schaden ist nun aber behoben – dauerhaft, wie die Ingenieure hinten am Generator mir versichern.« Sie machte eine Pause. »Mit wem genau spreche ich da eigentlich?«

»Hier ist Anna Falke«, sagte Anna schnell. »Die Tochter von Bürgermeister Thomas Falke. Und meine Freunde sind bei mir.«

»Ach du liebe Güte.« Die Stimme erschrak. »Ihr seid Kinder? Was in aller Welt macht ihr in einem unserer Boote?«

»Das erklären wir Ihnen gern«, antwortete Finn an Annas Stelle. »Sobald wir bei Ihnen sind.«

»Das sollte ja jetzt nicht mehr lange dauern, oder?«, erkundigte Tresk sich von weiter hinten.

»Nein, keine Sorge«, antwortete die Frau von *Atlantia*. »Wir haben euch auf dem Monitor und öffnen soeben unsere Hangartür für euch. Lehnt euch einfach zurück und genießt die letzten Meter eurer Reise.«

»Genießen«, murmelte der Karadeem. »Hat die wirklich gerade ›genießen‹ gesagt?«

Dann sahen sie zu Lailanis unterseeischer Heimat, und Finn fiel ein ganzes Unterseegebirge voller Steine vom Herzen.

Kapitel 4

Die Stadt im Wasser

Der Rest der Reise verlief deutlich weniger abenteuerlich. Vom Leitsignal der unterseeischen Station erfasst, fand das Shuttle problemlos sein Ziel. Tresk staunte nicht schlecht, als er die gewaltigen Anlagen endlich aus der Nähe sah. Überall strahlten Lampen der Schwärze des Meeresbodens entgegen. Da waren mächtige Kuppeln aus transparentem Stahl, breite Verbindungsröhren sowie lange und äußerst stabil aussehende Metallstreben. In Gewächshäusern ruhten die Algen, von künstlichen Sonnen beschienen, und in Labors arbeiteten die Wissenschaftler. Links der weitläufigen Produktionsstätten lag der Habitat, Lailanis sicher ebenso beeindruckende Heimat. Und daneben musste der Freizeitbereich von *Atlantia* sein. Vor lauter Faszination vergaß Tresk fast, dass er sich noch immer unter Wasser befand.

Fast.

»Für mich wäre das nichts«, sagte er, als sich die Hangartore öffneten und das Shuttle in die Station glitt. »Die ganze Zeit im Meer … Nein, das könnte ich nicht.«

Lailani lächelte. »Siehst du? Mir geht's genau umgekehrt. Wenn ich mir vorstelle, ich müsste tagein, tagaus an Land herumlaufen, dann werde ich echt traurig.«

»Ihr Neptynen könnt doch auch an Land atmen«, hielt er dagegen.

»Klar, aber müssen wir das deswegen?«, fragte sie. »Wir lieben das Meer genauso sehr wie du deine Wälder von Katharrlon. Ich fühle mich im Wasser einfach wohler als an der frischen Luft. Hier unten ist es … Na ja, ich finde es irgendwie ruhiger. Weniger hektisch und voll, verstehst du? Das Land gehört allen, aber das Meer gehört irgendwie nur mir.«

»Es ist besonders«, stimmte Anna ihr zu. Sie schien zu verstehen, was Lailani vergeblich in Worte zu fassen versuchte. »Vor allem für dich. Es ist dein Zuhause und dein Geheimversteck.«

Nun nickte Tresk. »Manchmal braucht man ein Geheimversteck.« Er erinnerte sich an den uralten Mammutbaumhain außerhalb der Stadt, daheim auf Katharrlon. Unzählige Stunden hatte er früher dort verbracht, zusammen mit Tigra, Roaar und Shasti und war vollkommen glücklich. Ihm gefiel es in Aquaterra, seiner neuen Heimat, zwar immer besser. Aber trotzdem vermisste er seine Freunde und den Kletterwald, wo sie kein Fremder je gestört hatte.

Das kleine Tauchboot fand seinen Platz im Hangar und dockte an. Die Luke in der Kabinendecke öffnete sich, und der blattreiche Kopf eines Atheriers erschien.

»Wer bei allen Bäumen fährt denn hier unangekündigt vom Hafen hinunter?«, fragte der groß gewachsene Mann. Dann wurden auch seine Augen groß. »Huch, ihr seid ja Kinder.«

Lailani erklärte dem Mann im grünen Overall, wer sie war. Auch berichtete sie von ihrem Gespräch mit der Frau in der Leitstelle. Das schien den Mann zu beruhigen. Danach stellte sie ihre neuen Freunde vor. Der Hangar-Mitarbeiter staunte nicht schlecht, vor allem war er aber entsetzt. »Vier Kinder allein«, sagte er und klang immer noch fassungslos. »Und das bei einem Systemausfall. Nein, was da alles hätte passieren können! Auch noch die Kinder von Politikern …«

»Es ist aber nichts passiert«, entgegnete Finn schnell. Er wollte verhindern, dass der Erwachsene zu schimpfen begann. Allzu viele Kinder schien es auf der Station nicht zu geben, das merkte man dem Atherier an. »Alles ist gut. Das findet auch Ihre Leitstelle inzwischen.«

»Trotzdem sollten Sie Ihr Computersystem mal gründlich untersuchen lassen«, bat Anna. »Damit sich das nicht wiederholt.«

Tresks Fellhaare sträubten sich. »Oh ja, das sollten Sie wirklich.«

Sie stiegen aus dem Shuttle und betraten die von Atemluft gefüllte Station, Lailanis Heimat. Künstliches Licht erhellte den großen Hangar, in dem sich noch weitere angedockte Personen- sowie einige größere Frachttauchboote befanden. Weitere Angestellte in grünen Overalls – Menschen und Außerirdische – eilten zwischen ihnen umher, reparierten hier und reinigten dort. Sie kümmerten sich um die kleine Flotte von *Atlantia*.

»Keine Sorge«, erwiderte der Atherier. »Unsere Techniker sind schon dabei. So etwas wird nie wieder vorkommen.« Dann raschelten seine Haare, als er fragend den Kopf schieflegte. »Ähm, und was genau habt ihr jetzt vor?«

»Na, wir gehen auf Entdeckungsreise!«, antwortete Lailani begeistert. Sie nahm Anna an der Hand und ging zum Hangarausgang. Tresk und Finn folgten ihr.

Schon nach wenigen Schritten wusste der Karadeem endgültig, dass er sich in *Atlantia* geirrt hatte. In seiner Vorstellung war die Station eng, dunkel und stickig gewesen. Ein Ort, an dem es kaum Licht gab. Einer, an dem man es mit der Angst zu tun bekommen konnte – wie ja überall unter Wasser.

Die Wahrheit sah jedoch ein wenig anders aus. Lailani führte ihre Gäste durch weitläufige Korridore und Schleusen. Überall war es hell und so freundlich, wie eine Industrieanlage, denn genau darum handelte es sich bei der Station ja in erster Linie, nur sein konnte. Okay, es roch mitunter ein wenig abgestanden. Aber sonst ... Die Wände aus weißgrauem Metall wirkten, als könnten sie dem Druck des Ozeans mühelos standhalten. Immer wieder kam Tresk auch an Fenstern vorbei, durch die er in die Meerestiefe schauen konnte. Der Anblick war nicht sonderlich beruhigend, dann aber wieder doch. Denn auch die Aussicht verhinderte, dass man sich im Inneren der unterseeischen Anlage eingesperrt vorkam.

Gute zwei Stunden lang zogen die Freunde durch die Station. Nicht überall wurden sie begeistert begrüßt: In den meisten Labors und anderen Bereichen herrschte konzentrierte Geschäftigkeit, und der Besuch von ein paar Kindern wäre eher störend gewesen. Diese Gegenden der Anlage übersprang Lailani gekonnt. Andere Abteilungen standen ihnen dafür weit offen. Sie warfen einen Blick in die riesigen Produktionshallen, fuhren mit der Stationsbahn einmal quer durch ganz *Atlantia* und kamen sogar in die Gewächshäuser mit den Algen.

Kaum dort angekommen, langte Tresk mit der Pfote in eines der Zuchtbecken und sah zu seinen Begleitern. »Dann wollen wir doch mal sehen, wie diese Dinger schmecken«, sagte er, zog die Pfote wieder hervor und stopfte sich ein paar frisch geerntete Algen in den Mund. Dann verzog er diesen. »Pfui!«

»Bist du verrückt?«, fragte Lailani lachend. »Roh schmecken die doch gar nicht.«

Auch Finn und Anna staunten. »Du bist echt ein Held«, murmelte Finn, während Tresk angewidert ausspuckte. »Was meinst du, warum es hier die großen Produktionshallen gibt, hm? Weil Algen erst weiterverarbeitet werden müssen, bevor man sie isst.«

»Ist ja gut«, erwiderte Tresk brummend. »Ich hab's ja verstanden.« Hilflos sah er zu Lailani. »Entschuldigung, aber gibt es hier irgendwo etwas zu trinken? Ich habe einen Geschmack im Mund, den glaubt ihr mir nie!«

»Und hier gibt's immer eine Limonade«, sagte Lailani gerade. Sie hatte ihre Besucher in die sogenannte Messe der Station geführt, einen großen Raum voller Tische und Stühle. An der hinteren Wand befand sich eine breite Theke, an der Essen ausgegeben wurde – allem Anschein nach rund um die Uhr. Links daneben konnte man sich mit Getränken versorgen. Und genau darauf steuerte die Neptyne zu. »Möchte jemand?«

»Au ja«, antwortete Anna. »Auf den Schreck von vorhin kann ich ein Glas Limo gut vertragen. Gibt's welche mit Zitronengeschmack?«

Das war ihr Lieblingsgetränk, wusste Tresk. Er selbst konnte nicht verstehen, warum die Erdlinge so begeistert von all diesen süßlichen Dingen waren. Ein gutes Getränk war fettreich und nahrhaft, nicht so entsetzlich überzuckert!

»Ich nehme auch eine«, sagte Finn, als sie sich an einen Ecktisch setzten. Heisenberg wirkte müde und rollte sich vor ihm auf der Tischplatte zusammen. Lächelnd streichelte Finn das Tier. »Und du, Tresk?«

»Milch«, erwiderte der Karadeem sofort. Und das schnell, um ja kein Risiko einzugehen. »Milch … oder Wasser, falls ihr keine habt.«

Lailani lachte amüsiert. »Keine Angst, wir haben alles, was ihr an Land auch habt.« Sprach's und verschwand in Richtung Ausgabetheke.

»Das ist echt ein toller Ort, hm?«, sagte Anna, als sie allein an ihrem Tisch waren. Sie sah zu den anderen Tischen, an denen hier und da Arbeiter, die gerade Pause haben mussten, über dampfenden Tellern saßen oder sich miteinander unterhielten. Auch einige Menschen und Atherier in weißen Laborkitteln waren darunter. Kleine Holos kreisten vereinzelt unter der Zimmerdecke und zeigten farbenfrohe Standaufnahmen von Meerestieren und -pflanzen. In breiten Kästen, die in den Ecken standen, wuchsen irdische Zierblumen. Und an der rechten Wand des Raumes prangte ein breites Panoramafenster, das einige der übrigen Kuppeln und die Umgebung unmittelbar vor der Station erkennen ließ – ein von mehreren Scheinwerfern erhelltes Stück Meer voller Gewächshäuser und anderen spannend wirkenden Bestandteilen von *Atlantia*.

»Ja, wirklich toll«, gestand Finn. »Das hätte ich echt nicht gedacht.« Er hatte sich seine Datenbrille aufgesetzt und blickte ins Leere. Offenbar studierte er irgendwelche Anzeigen im Netz. Dann begann er vorzulesen. »Hey, das ist echt interessant: *Atlantia* hat insgesamt fünf unterseeische Anlagen wie diese, quer über den Erdball verteilt. Es gibt eine vor der indischen Küste, eine in der Arktis, eine bei Südamerika … Aber die sind alle kleiner als unsere bei Aquaterra.«

»Wir sind die Heimat der Firmenzentrale«, ergänzte Anna wissend. »Oben in den Büros, die *Atlantia* in der Stadt bezogen hat, laufen alle Fäden zusammen. Das weiß ich von meinem Vater. Hier unten gibt es bestimmt auch Büros, irgendwo.«

Mit einem Mal stutzte Tresk. »Moment«, sagte er. »Das fällt mir ja jetzt erst auf: Finn, warst du wirklich noch nie hier? Obwohl der neue Freund deiner Mutter hier arbeitet?«

»Nicht zwingend hier«, gab Finn zurück. »Mitch ist in der Verwaltung von *Atlantia* angestellt und eigentlich auf dem ganzen Globus im Einsatz. Meistens aber in Aquaterra selbst – *über* Wasser. Er gehört zu den Bossen dieser Firma, verstehst du? Und die haben ihre Büros eben oben in der Stadt, nicht im Meer.« Auch er sah nun zu den Arbeitern in ihren Overalls. »Mein Papa sagt immer, Bosse machen sich die Hände nicht selbst schmutzig.«

»Du magst Mitch echt nicht besonders, hm?«, fragte Anna.

»Ist das ein Wunder?« Finn schnaubte leise. »Der nimmt sich so unendlich wichtig. Wenn man dem zuhört, dann hat er nie Zeit, und alle anderen Leute haben weit weniger bedeutende Sachen zu tun als er. Nicht einmal den *Leviathan* hat er mit uns spielen wollen.«

»Manchmal *haben* Erwachsene keine Zeit«, betonte Anna sanft und sah zu ihm hinüber. »Mein Vater ist seit Tagen fort, und meine Mutter ist auf See. Die sehe ich momentan auch nur als Holo.«

»Aber deine Eltern *wollen* für dich da sein«, hielt Finn dagegen. »Das ist ein Unterschied. Mitch möchte am liebsten gar nichts anderes tun als arbeiten. Zumindest kommt er mir immer so vor. Ich glaube, ich habe den noch nie richtig faulenzen oder gar spielen gesehen. Der hat bestimmt schon als Kind lieber Nachrichten gelesen und sein Sparschwein gestreichelt als sich mit seinen Freunden amüsiert. Vermutlich hatte der gar keine Freunde und hat auch keine vermisst.«

In diesem Moment kam Lailani zurück, ein Tablett mit vier Gläsern in den schuppigen Händen. Sie, Anna und Finn bekamen Limonade, Tresk freute sich über ein großes Glas eiskalter Milch. »Ein echtes Getränk für Krieger«, lobte der Karadeem schon nach dem ersten, gewaltigen Schluck.

»Wenn du das sagst«, erwiderte Finn und warf Anna einen amüsierten Blick zu, den Tresk nicht verstand.

Schnell wechselte das Menschenmädchen das Thema. »Sag mal, Lailani: Sonderlich viele Kinder gibt es hier unten aber nicht, oder irre ich mich da?«

»Nein«, antwortete die junge Neptyne. »Leider so gut wie keine. Es arbeiten nur wenige Familien auf der Station. Die meisten Leute sind allein hier.«

»Und dir wird es nicht langweilig?«, erkundigte sich Tresk. »Wenn ich meinen Vater zu diplomatischen Anlässen begleiten muss, sind da auch fast nie Kinder. Nur Erwachsene, wohin man auch schaut. Ganz ehrlich, das ist entsetzlich öde.«

»Und vielleicht auch unheimlich?«, wollte Anna erfahren. Sie sah zu Lailani. »Hier unten, meine ich. Allein zwischen all dem grauen Metall und unter dem Meer. Auf dieser großen Station mit ihren vielen Korridoren und Zimmern. Nimm mir das jetzt bitte nicht übel, aber ich glaube, ich bekäme es hier auf Dauer auch manchmal mit der Angst zu tun.«

Ihre Gastgeberin schüttelte den Kopf. »Nein. Wenn's mir hier drin zu eng wird, schleiche ich mich einfach zu einer Schleuse und schwimme raus ins Meer. Das ist das Gute daran, eine Neptyne zu sein: Bevor die Erwachsenen merken, dass ich mein Zimmer verlassen habe, bin ich schon im Wasser. Unterwegs zu meinen Lieblingsplätzen, beispielsweise drüben am Korallenriff. Da bekomme ich nie Angst.« Sie zögerte. »Obwohl …«

Erstaunt hob Finn eine Braue. »Ja?«

»Na ja, einmal schon.« Lailani druckste herum. Irgendeine Erinnerung plagte sie, der sie sich nicht stellen wollte. »Einmal war's unheimlich.«

»Was ist passiert?«, erkundigte sich Anna.

Lailani seufzte. Einerseits mochte sie nicht darüber reden, andererseits schien sie ehrlich zu ihren neuen Freunden sein zu wollen. »Da waren Leute«, begann die Neptyne schließlich, leise und zaghaft. Immer wieder sah sie sich um, ob nicht doch einer der Erwachsenen von den Nebentischen heimlich zuhörte. Was sie auch zu erzählen hatte, es war nur für die Ohren ihrer drei Besucher bestimmt – für niemanden sonst. »Leute in Taucheranzügen und mit einem kleinen Frachttransporter. Und … Und sie hatten Schusswaffen dabei.«

»Zur Abwehr von Raubtieren?«, wunderte sich Finn. »Von Haien oder so?«

Sie verneinte. »Die haben keinen Hai gejagt. Nicht an dem Tag. Sondern mich!«

Tresk hob den Blick. »Wie bitte?«

Mit wenigen Worten beschrieb Lailani, was ihr bei ihrem bislang letzten Ausflug ans Riff widerfahren war. Sie beschränkte sich auf knappe, klare Beschreibungen – fast so, als wäre es ihr unangenehm, das Thema überhaupt angeschnitten zu haben. Es kam Tresk vor, als wolle sie ihre Gäste nicht groß damit behelligen. Als wäre es ihr unangenehm.

Und sie wollte tatsächlich nicht, dass jemand anderes ihrem Bericht lauschte. Auch das war offensichtlich.

»Wer waren diese Typen?«, fragte Finn grimmig, kaum dass Lailani zum Ende gekommen war.

»Stammen sie vielleicht auch von der Station?«, hakte Tresk nach. So musste es sein, oder? Warum sonst fürchtete sich Lailani vor ungewollten Zuhörern?

»Ich weiß es nicht«, gestand die Neptyne. »Es würde mich aber wundern. Mehr noch als ohnehin. Hier … Hier mag mich eigentlich jeder, wisst ihr? Es gibt nicht viele Kinder, die auf der Station leben.« Sie lächelte schwach. »Ich bin für viele der Arbeiter so was wie ein Maskottchen, glaube ich. Die würden nie auf mich schießen.«

»Und du hast keinen Schimmer, was genau die Taucher da draußen getrieben haben?«, wollte Anna wissen.

Ihre Gastgeberin verneinte. »Das habe ich mich auch schon oft gefragt. Sie hatten irgendwelche Fracht bei sich, vermute ich. Mehr kann ich dir nicht sagen.«

Tresk stellte sein Glas beiseite. Die Zeit für Milchpausen war vorüber. »Hast du sonst noch wem davon erzählt?«

»Meinem Papa«, gestand sie.

Anna hob eine Braue. »Und?«

»Er … Er möchte nicht, dass wir das melden. Er will keinen Ärger, sagt er.«

Tresk verstand. Alowan hatte schon vorhin am Hafen ganz schön ängstlich gewirkt. Wie ein Mann, der am liebsten von niemandem gesehen wurde. Denn nur dann, so dachte er wohl, konnte ihm auch niemand gefährlich werden. Das wunderte Tresk, der die Dinge ganz anders anging. Aber allem Anschein nach waren nicht nur die Menschen ein seltsames Volk, und er durfte niemandem seine Ängste verübeln.

»Mhm«, sagte Finn. Er war erstaunlich ruhig geworden, wirkte nachdenklich. Dann lehnte er sich in seinem Sitz zurück. »Omikron, hörst du uns zu?«

»Selbstverständlich, Finn«, antwortete die K.I. aus dem Datenspeicher seiner Brille sofort. »Ich habe ja auch sonst nicht viel zu tun hier drin, außer mein eigenes Programm zu optimieren. Wusstet ihr, dass ich mir seit heute Morgen zwei Fremdsprachen beigebracht habe? Suaheli und Plattdeutsch. Man weiß nie, wofür man die mal brauchen kann.«

»Äh, ja, ganz toll. Wenn du Zeit hast, hilfst du mir mal kurz? Kannst du irgendwie herausfinden, wo sich Mitchell Sanders gerade befindet?«

»Du meinst, ich soll seinen aktuellen Aufenthaltsort ermitteln?« Omikron 1 mochte eine Art Maschine sein, er klang aber ganz schön vergnügt – und definitiv interessiert! »Ich schätze, das wäre technisch kein großes Problem für mich. Für manche andere Computer schon, aber nicht für mich. Nur: Laut Gesetz ist das streng verboten, Finn. Das darf nur die Polizei.«

Anna machte große Augen. Tadelnd sah sie Finn an.

Doch der ignorierte sie. »Nennen wir es einen Notfall, einverstanden? Bekommst du das hin?«

»Ist das Meer nass?«, erwiderte die Künstliche Intelligenz gelassen und machte sich ans Werk.

»Spinnst du?«, zischte Anna, während Omikron 1 seinen verbotenen Recherchen nachging. »Einfach so das Gesetz zu brechen? Was treibst du denn da? Wenn du plötzlich so große Sehnsucht nach Mitch hast, dann kannst du ihn doch anrufen.«

Finn schüttelte den Kopf. »Mitch geht nicht ran, wenn ich es bin. Ganz bestimmt nicht. Höchstens, wenn meine Mutter dabei wäre und er vor ihr gut aussehen will. Ansonsten bin ich dem viel zu unwichtig.« Dann erklärte er, was ihm durch den Kopf ging. »Aber er kennt *Atlantia* und ihre Arbeiten sicher in- und auswendig. Falls diese Taucher drüben am Korallenriff zu der Zuchtfirma gehörten, wird er es wissen.«

»Na und?«, wunderte sich Tresk. »Was nützt uns das, wenn er doch nicht ans Telefon geht?«

»Bingo!«, erklang plötzlich wieder die Stimme von Omikron 1. »Ich habe Zugriff auf Mitchell Sanders' Terminkalender und ihn somit auch prompt gefunden, Freunde. Und jetzt haltet euch fest …« Die Künstliche Intelligenz machte eine bedeutungsvolle Pause. Erst als alle gespannt den Atem anzuhalten schienen, fuhr sie fort: »Er befindet sich zufällig auch gerade auf der Station. Genau wie ihr.«

Finn schmunzelte. »*Das* nützt es uns«, antwortete er dem Karadeem. »Genau darauf hatte ich gehofft.«

»Du willst zu Mitch gehen«, begriff Anna.

»Wenn ich direkt vor ihm stehe, *kann* er mich gar nicht übersehen, oder?«

»Bist du dir sicher?«, erwiderte Lailani. Sie hatte dem Austausch schweigend zugehört. Nun aber runzelte sie die Stirn und leerte ihr Limonadenglas in einem schnellen Zug. »So wie du den Mann beschreibst, ignoriert der dich auch noch, wenn du ihm auf die Füße trittst.«

»In dem Fall lasst mich vor«, sagte Tresk. Ein leichtes Schmunzeln schlich sich auf seine pelzigen Züge. »Ich habe Krallen an den Zehen.«

Anna sah seufzend zu der Freundin. »Erst wollen sie Gesetze brechen, dann Zehen zerkratzen … Mal ehrlich, sind Neptynen-Jungs genauso anstrengend wie meine beiden?«

Lailani senkte die Stimme. »*Alle* Jungs sind anstrengend«, antwortete sie wissend. Dann zwinkerte sie Anna zu.

Kapitel 5

Mitchs Rache

Sosehr sie Finns Methoden auch störten, in einem stimmte Anna ihrem Freund voll und ganz zu: Lailani verdiente es, dass man ihr half. Die kleine Neptyne hatte dort draußen am Korallenriff Schreckliches erlebt, und wie es schien, musste sie damit mehr oder weniger ganz allein zurechtkommen. Mehr noch: Niemand kümmerte sich bislang um den Vorfall. Ihr Vater Alowan hatte viel zu viel Angst davor aufzufallen. Dabei hatten diese unheimlichen Taucher doch auf ein Kind geschossen! Da musste jemand einschreiten. Andernfalls reagierten diese Kerle vielleicht ganz ähnlich, wenn sie der nächste Ahnungslose bei ihrem Tun beobachtete. Die waren gefährlich – und sie hatten ohne Zweifel irgendetwas zu verbergen. Etwas, für das sie keine Zeugen wollten.

Anna hielt es für keine schlechte Idee, mit Mitch Sanders zu sprechen. Vielleicht brachte der ein wenig Licht ins Dunkel. Den Versuch war es auf jeden Fall wert.

Eigentlich kannte sie Mr Sanders gar nicht. Gut, auf ein oder zwei sterbenslangweiligen Alte-Leute-Empfängen, zu denen sie ihre Eltern begleiten musste, hatte sie ihn schon gesehen. Aber immer nur von Weitem, als einen Anzugträger unter vielen. Ihr Eindruck von ihm passte zu Finns Beschreibungen: Sanders war ein Mann, der sich für toller und bedeutender hielt als alle anderen. Einer, der es genoss, wichtig zu sein und Anweisungen zu geben. Und Anna war gespannt, wie er wohl reagierte, wenn Finn, Tresk, Lailani und sie plötzlich und unerwartet vor ihm standen.

Lailani führte ihre Gäste durch weitere Korridore und Schleusen, über metallene Treppen und vorbei an fest verschlossenen Türen. Sie begegneten zwar mehreren Arbeitern, doch niemand achtete auf sie. Lailani war hier unten ganz offensichtlich kein seltener Anblick. Einmal mehr staunte Anna über die Ausmaße der Anlage am Meeresboden. Falls sie je hierher zurückkehrte, so schwor sie sich, würde sie ihr Hover-Board mitbringen. Es machte bestimmt großen Spaß, auf dem Board durch die langen, tunnelartigen Gänge zu flitzen, die die einzelnen Abteilungen von *Atlantia* miteinander verbanden. Ob Lailani ein Board fahren konnte? Sie beschloss, die Neptyne später zu fragen. Falls nicht, brachte sie es ihr nämlich liebend gern bei.

Am Ende ihres Weges wartete eine komplett aus transparentem, sanft leuchtendem Material bestehende Fahrstuhlkabine auf die vier Freunde. Staunend trat Finn vor das rechteckige Gebilde und legte den Kopf in den Nacken. »Da oben?«

Auch Anna sah nun über sich. Der Fahrstuhl, von dem es mehrere gab, quer über die Station verteilt und allesamt mit anderen Zielen, fuhr offenbar eine der durchsichtigen Röhren hinauf, die ihr schon bei der Ankunft aufgefallen waren. Die Röhre war kreisrund wie ein Strohhalm, vielleicht ein Dutzend Meter lang und ein ganz klein wenig gekrümmt. Ähnlich wie die tunnelartigen Korridore auf dem Meeresgrund, verband auch sie einzelne Abteilungen der Station miteinander. Allerdings führte sie nicht zu einem Ziel auf dem Boden, sondern in die Höhe: Die End- und ohnehin einzige andere Haltestelle dieses Fahrstuhls lag in einer blasenförmigen großen Kugel oberhalb der Anlagen.

Kugel, Röhre und Fahrstuhlkabine bestanden allesamt aus ähnlichem Stoff, einem transparenten und sanft leuchtenden Material. Es glich transparentem Stahl, war aber dennoch etwas ganz eigenes. Bestimmt stammte diese Technik nicht von der Erde. Vielleicht war sie atherischer Herkunft. Die Atherier konnten wunderschöne und zugleich unglaublich stabile Gebilde bauen, wie sich auch an ihren exotischen Hochhäusern oben in Aquaterra zeigte.

»Da oben ist der Sitz der Stationsverwaltung, sagt mein Papa«, bestätigte Lailani und deutete auf die Kugel, an der die Röhre ihres Fahrstuhls endete. Sie bestätigte damit, was Anna schon längst vermutete. »Das sind die Leute, für die er hier unten arbeitet. Seine direkten Vorgesetzten und Chefs. Wenn dein Mitch hier ist, Finn, dann da oben.«

Finn konnte den Blick kaum von der leuchtenden Röhre nehmen. »Wow«, sagte er und ließ die Hand über die Kabinenwand gleiten. Die Wand reagierte auf seine Berührung, indem sie noch intensiver leuchtete. »Diese Dinger sahen ja schon bei der Anfahrt toll aus, aber jetzt aus der Nähe … Was ist das nur für ein Material? Transparentstahl sicher nicht. Sonst müssten auch unsere Hyperloop-Trassen in Aquaterra so schön leuchten.«

»Doch, es ist transparenter Stahl«, bestätigte Omikron 1. Seine Stimme drang aus den kleinen Lautsprechern in der Datenbrille, gerade laut genug für alle. »Aber eine ganz besondere Variante. Im Inneren dieser Röhren herrscht absolutes Vakuum, genau wie bei den Hyperloop-Bahnen oben in der Stadt. Das steigert das Fahrttempo der Liftkabinen, versteht ihr?«

»Und die Außenhülle?«, fragte Anna. Jedes Kind wusste, wie die Hyperloop-Bahn funktionierte. Das Material interessierte sie bedeutend mehr als die Technik.

»Eine spezielle Legierung aus transparentem und aus neptynischem Membra-Stahl, die *Atlantia* selbst entwickelt hat«, erklärte die Künstliche Intelligenz geduldig. »Die Röhren und die sogenannten Arkologien, also die Kugeln an deren oberen Enden, sind dank diesem Material so stabil und so durchsichtig wie die Fenster der Station. Aber sie verströmen allesamt einen angenehmen Glanz, der praktischerweise mithilft, das Dunkel des Meeresbodens zu erhellen. Eine bemerkenswerte clevere Konstruktion, wenn ich das so sagen darf – dafür, dass es von biologischen Wesen geschaffen wurde.«

Anna nickte verstehend. Also handelte es sich wirklich um außerirdische Technologie. Dass sie von den Neptynen stammte, hätte sie sich eigentlich denken können.

»Und dieser Mitch ist jetzt gerade da oben?«, kam Tresk zum Thema zurück. Es schien ihm nicht zu gefallen, schon wieder in eine Art Unterwasserfahrzeug einzusteigen – auch wenn der Lift eigentlich gar nicht durch Wasser, sondern durch eine mit einem Vakuum gefüllte Röhre fuhr.

»Korrekt«, wusste Omikron 1. »Ich habe übers Netz auch Zugriff auf die Logbücher aller Personenshuttles der Station. Mitchell Sanders hat Lailanis Heimat knapp eine Stunde vor uns erreicht und seitdem nicht verlassen.«

Auch Lailani blieb zweifelnd. »Meinst du wirklich, man lässt uns zu ihm? Normalerweise dürfen Kinder gar nicht in diesen Teil der Station.«

»Ich meine«, antwortete Finn, »dass wir nicht so weit gekommen sind, um jetzt noch zu kneifen. Alles einsteigen!« Damit machte er einen Schritt nach vorn. Sofort glitt die zweiflügelige, komplett gläsern wirkende Tür der Kabine für ihn auf. Anna folgte ihm hinein.

Auch Lailani betrat den Lift. Dann drehte sie sich zu Tresk um. »Kommst du?«

Der Karadeem zögerte kurz, und seine pelzigen Ohren zuckten. Doch gleich darauf gab er sich geschlagen. »Einer muss da oben ja auf euch aufpassen«, murmelte er, als er über die Schwelle und in die kleine Kabine trat.

Die Tür schloss sich mit leisem Zischen. Keine Sekunde später begann die Fahrt.

Das Innere der Kugel, in der Alowans Vorgesetzte arbeiteten, unterschied sich eigentlich kaum vom Rest der *Atlantia*-Anlage. Hier wie dort stieß Finn auf graue Wände, verchromtes Metall und eine geschäftige Atmosphäre. Der einzige – aber deutliche – Unterschied war die leuchtende Blase, die die Büros vor den Fluten des Meeres schützte. Sie verlieh der Szenerie eine fast schon märchenhafte Atmosphäre. Aus jedem Zimmer des Bürotrakts konnte man ins Freie sehen, hinab auf die Zucht-, die Produktions- und die Wohnstätten unten am Atlantikboden. Und wenn er sich anstrengte, konnte Finn im Hintergrund sogar die gewaltigen Stützpfeiler ausmachen, auf denen die gesamte Insel Aquaterra ruhte.

Nur blieb ihm wenig Zeit, das Panorama zu genießen.

»Wie bitte?«

Finn hörte die wütende Frage durch die geschlossene Bürotür. Der Mann, der sie stellte, klang wirklich, als traue er seinen

Ohren kaum. »Oh, oh«, sagte Finn leise und drehte sich zu seinen drei Freunden um.

Sie hatten es problemlos zu Mitch geschafft, jedenfalls bis in dessen hiesiges Vorzimmer. Dort waren sie auf einen Bimmi gestoßen. Der kleine Mann trug neongrelle Kleidung und einen äußerst pikiert wirkenden Gesichtsausdruck zur Schau, als er die vier ungebetenen Gäste bei seinem Vorgesetzten anmeldete. Denn Mitchell Sanders hatte hörbar keine Lust auf Besuch.

»Er hat drei Freunde dabei, Mister Sanders«, sagte der Bimmi nun. Er sprach deutlich leiser, sodass Finn fast das Ohr an die geschlossene Tür halten musste. Hinter dieser war der Bimmi vor wenigen Sekunden verschwunden, um Mitch zu informieren. Während Mitch klang, als platze ihm gleich die Hutschnur, hörte sich der Bimmi eher verwundert an. Sogar ein wenig amüsiert. »Und ein kleines Äffchen. Es … Es ist blau, Mister Sanders.«

»Was?« Stuhlbeine kratzten über einen Fußboden. Mitch stand offenbar auf. »Blau?«

Nun klang auch er verwundert. Finn hörte Schritte, dann flog die Bürotür auf, und der neue Freund seiner Mutter stand vor ihm. Mitch trug einen dunkelgrauen, perfekt sitzenden Anzug. Die Schuhe waren auf Hochglanz poliert, seine Frisur war makellos in Schuss. Seine breiten Schultern füllten beinahe den gesamten Türrahmen aus. Und der Blick, den er über Finn und die anderen schweifen ließ, kam Finn mindestens so tödlich vor wie die Pistole des Tauchers aus Lailanis Erzählung.

»Was machst du hier, Finn?«, fragte Mitch knurrend.

Jetzt bloß nicht kuschen, riss er sich in Gedanken zusammen. *Bloß nicht kuschen, hörst du?* Doch über seine Lippen drang nur ein eingeschüchtertes »Äh … Hallo.«

Das genügte. Mitch trat nicht nur vor, er walzte auf die Freunde zu wie ein gefräßiger Riese, die Hände gegen die Hüfte gestemmt und die Miene voller Zorn. »Wie seid ihr hierhergekommen? Was habt ihr hier überhaupt zu suchen? Meine Zuchtstation ist kein Abenteuerspielplatz, Finn Hansen! Wenn deine Mutter hört, dass …«

Finn entging nicht, dass Mitch von »seiner« Station sprach. Das war natürlich Unsinn, aber es passte zu Mitch. Finn wollte gerade protestieren, da kam Lailani ihm zuvor.

»Sie sind meinetwegen hier«, sagte die Neptyne. »Weil … Weil wir Hilfe brauchen.«

Der letzte Satz ließ den gefräßigen Riesen innehalten. Mitch blieb stehen und sah zu Lailani. »Hilfe?«, fragte er.

Sie nickte stumm, mit einem Mal wieder eingeschüchtert.

Endlich ergriff Finn seine Chance. »Da draußen am Korallenriff passiert irgendetwas«, sagte er. »Und ich fand, du solltest das wissen.«

Einen Moment lang schwieg Mitch. Grimmig und nachdenklich betrachtete er seine vier Gäste. Dann sprang Heisenberg von Annas Schulter und blieb vor ihm stehen. Das Limuri-Äffchen blinzelte mit seinen Augen, hob die dünnen Ärmchen und ließ ein fröhliches Kreischen hören.

Das entspannte den Moment sofort. Mitch seufzte, drehte sich um und ging zurück in sein Büro. »Na, dann kommt in Gottes Namen rein«, sagte er brummend. Er wandte sich an den Bimmi. »Ist in Ordnung, Typps. Ich kläre das kurz.«

»Sehr wohl, Mister Sanders.« Der kleine Sekretär nickte dienstbeflissen. »Möchten die jungen Gäste vielleicht ein Glas Limo…«

»Nein danke, Typps«, fiel Mitch ihm ins Wort. »So lange wird unser Gespräch sicher nicht dauern.«

Der Bimmi verstummte und zog sich umgehend zurück in sein Vorzimmer. Die Tür schloss er hinter sich.

Das Büro war funktional und so nüchtern, als würde es nur in Einzelfällen überhaupt benutzt. Finn sah einen Schreibtisch, ein Computerterminal und einmal mehr die wahnsinnig tolle Aussicht auf den Meeresboden. Fische schwammen vorbei. Mitch ließ sich auf seinem Chefsessel nieder und faltete die Hände auf der Schreibtischplatte. »Also gut, Finn«, begann er. Seine Laune hatte sich kaum gebessert. »Du hast fünf Minuten. Danach lasse ich euch in ein Shuttle zurück zum Hafen setzen, verstanden? Du kannst froh sein, dass ich deine Mutter noch nicht angerufen habe. Fünf Minuten!«

Sofort begann Finn zu erzählen. Er schilderte, wie sie Lailani getroffen hatten. Auch den Zwischenfall im Shuttle verschwieg er nicht, und wie erhofft half er, Mitch ein wenig zu besänftigen. Anschließend übernahm die Neptyne. Lailani berichtete von ihrem unheimlichen Erlebnis am Riff. Als sie zu der Stelle mit der Harpunenpistole kam, stand Mitch plötzlich wieder auf.

»Das genügt«, sagte er streng. Dabei ging er bereits zur Zimmertür, um sie zu öffnen. »Verschwindet, Leute. Na los. Ich habe euch nicht gesehen, verstanden? Und glaubt mir, dafür solltet ihr mir dankbar sein!«

Finn hob die Brauen. Warf Mitch sie etwa vor die Tür? »Aber die Taucher«, protestierte er.

»Hatten bestimmt ganz andere Sorgen«, sagte Mitch, »genau wie ich.«

»Sie haben auf Lailani geschossen!«, betonte Anna.

Der Mann im Anzug schüttelte den Kopf. »Das glaubt ihr. Aber das war nicht so. Ganz bestimmt nicht. Eure Freundin war am Korallenriff – heimlich und unerlaubt. Obwohl sie dort absolut nichts verloren hat. Und sie hat sich eben gehörig erschreckt, als sie auf ein paar andere Taucher stieß.« Er sah zu Lailani. »Du hast Angst bekommen und dir den Rest sicher nur eingebildet. Ihr Kinder habt ja eine große Fantasie ... und viel Humor. Nicht wahr, Finn?« Wissend sah er zu dem Sohn seiner Freundin. Die Sache mit der Äquatortaufe nahm er Finn immer noch übel.

»Das ist wirklich passiert«, wehrte sich nun auch Tresk. Er sah aus, als wolle er seine Drohung von vorhin wahr machen und Mitch tatsächlich einen Tritt verpassen. Anna hielt ihn auf.

Mitch, der davon nichts mitbekam, sah über die Schulter und ins Vorzimmer. »Typps, wie spät ist es?«

Der Bimmi sagte es ihm.

»Das waren fünf Minuten.« Mitch nickte. Die Audienz war beendet, seine Geduld abgelaufen. »Typps, wären Sie so nett, meine Gäste zum Hangar zu begleiten? Ich glaube, sie müssen dringend nach Hause. Und ich habe zu tun.«

Der Bimmi kam hinter seinem eigenen Tisch hervor und nickte. »Selbstverständlich, Mister Sanders. Wenn ihr mir folgen würdet?«

Der wirft uns tatsächlich raus, dachte Finn. Er ärgerte sich – allerdings in erster Linie über sich selbst. »Damit hätte ich rechnen müssen«, murmelte er, als sie wieder draußen im Gang waren und hinter dem Bimmi hergingen. »Mitch und zuhören? Nie und nimmer.«

»Wir haben es versucht«, sagte Anna. »Das allein zählt.«

Kurz darauf erreichten sie den Hangar mit den wartenden Shuttles. Typps gab dem Atherier im Overall ein paar Anweisungen, dann verschwand er wieder. Der Atherier begann prompt, ein Tauchboot für die Fahrt vorzubereiten.

»Ihr müsst gehen«, erkannte Lailani. Sie klang traurig. »Tut mir leid, falls ihr meinetwegen Ärger bekommen habt. Das wollte ich nicht.«

»Vergiss es.« Finn winkte ab. »Mitch ist ein Wichtigtuer, weiter nichts. Der kann mich genauso wenig leiden wie ich ihn – und wahrscheinlich hat er unseren Besuch schon längst wieder vergessen. Wenn überhaupt, hast du meinetwegen Ärger bekommen.«

»Das kriege ich schon hin«, gab sie sich zuversichtlich.

Die Freunde bestiegen das wartende Shuttle. Lailani bestand darauf, sie bis zum Hafen von Aquaterra zu begleiten. Von dort wollte sie die Gelegenheit dann nutzen, und zurück nach Hause schwimmen.

»Und der Systemfehler ist auch wirklich behoben?«, fragte Tresk den Atherier, just als dieser die Einstiegsluke über den vier Passagieren schließen wollte.

»Hundertprozentig«, versprach der Hangarmitarbeiter mit dem Haar wie Efeuranken. Dann zwinkerte er ihnen freundlich zu.

Kaum war die Luke geschlossen, erwachte das Cockpit des Bootes zum Leben. Finn und die anderen nahmen ihre Plätze ein, und die Fahrt begann.

»Dein Zuhause ist wirklich absolut faszinierend, Lailani«, sagte Anna. Entspannt lehnte sie sich in ihrem Sitz zurück.

»Und gefährlich«, fand Tresk. »Immerhin haben wir nach wie vor keinen Schimmer, wer da draußen taucht und auf wehrlose Leute schießt. Mitch will uns nicht glauben. Was sollen wir als

Nächstes tun, hm? Oben in Aquaterra in die Firmenzentrale spazieren? Omikron auf deren Computer loslassen?«

Anna schüttelte den Kopf. »Nein, wir müssen das geschickter angehen.«

»Nämlich wie?«, erkundigte sich Finn.

Sie lächelte. »Du bist hier nicht der Einzige, der Leute kennt, die im Atlantik arbeiten.«

Nun musste Finn stutzen. »Moment mal. Du … Du willst …«

»Ganz genau.« Anna sah zu Lailani. »Meine Mutter ist Meeresbiologin. Sie untersucht den Ozean und seine Lebewesen. Sie hat zwar nichts mit *Atlantia* zu tun, aber sie hilft uns bestimmt, wenn wir uns an sie wenden. Sie hilft mir immer.«

»Wie soll das gehen?«, wunderte sich Tresk. Wiederholt sah er zu den Anzeigen auf den Monitoren und dem Holo. Er schien sich vergewissern zu wollen, dass das Shuttle auch tatsächlich auftauchte. »Hast du nicht gesagt, deine Mutter sei unterwegs und du hättest sie seit Tagen nur per Holo gesprochen?«

»Das schon, aber sie kommt heute Abend zurück.« Anna nickte entschlossen. »Endlich.«

»Gute Idee«, fand Finn. Er sah zur Uhr und stellte fest, dass es schon recht spät war. Der Nachmittag war wie im Flug vergangen. »Dann rede du mit ihr, und morgen treffen wir uns wieder.«

»Ich an deiner Stelle würde aber erst einmal nicht zurück zum Riff schwimmen«, wandte sich Tresk an die Neptyne. »Jedenfalls nicht, bis wir mehr wissen.«

»Keine Angst«, sagte Lailani, als der Hafen von Aquaterra auf dem Holo erschien. Sie wirkte, als laufe ihr gerade ein kalter Schauer über den Rücken. »Das hatte ich nicht vor.«

Kapitel 6

Tote Zeit

Die untergehende Sonne tauchte Aquaterras Hafen in ein sattes, warmes Rot. Aus der Hitze des Nachmittags war ein deutlich angenehmeres Klima geworden. Möwen zogen krächzend ihre Runden am Himmel, und an den Piers lagen weit mehr Schiffe und Boote vertäut als noch vor einigen Stunden. In den großen Frachtkontoren und Werfthallen, die die Hafenpromenade genauso prägten wie der blaue Ozean, ging die Arbeit aber ungehindert weiter, auch in den Abend hinein. Anna hörte das metallene Fauchen der Schweißgeräte und das Zischen der Lasersägen durch die offen stehenden Hallentore hinauswehen, hörte Hammerschläge und das Brummen kleinerer Ladefahrzeuge. Die Luft roch nach Maschinenöl, aber auch nach Salz und der Weite des Atlantiks.

»Was für ein Tag«, sagte das Mädchen.

Sie, Finn, Tresk und Lailani standen auf der Uferpromenade, wenige Schritte vom Anleger der Firma *Atlantia* entfernt. Sie hatten ihr Tauchboot dort zurückgegeben, wo sie es entliehen hatten. Und nun war es Zeit für den Abschied. »Vielen Dank, dass du uns mitgenommen hast, Lailani. Ich wusste zwar schon immer, dass es unter der Stadt diese Algenstation gibt, aber ich hätte sie mir nie so toll und spannend vorgestellt. Auch nie und nimmer so groß, ehrlich gesagt.«

»Das geht bestimmt vielen ähnlich«, stimmte Finn ihr zu. »Dein Zuhause da unten ist echt eine kleine Stadt für sich. Eine Stadt im Meer.« Er schenkte Lailani ein freundliches Lächeln. »Ich fand den Ausflug ebenfalls sehr, sehr schön. Das wiederholen wir bald, einverstanden?«

Tresk zuckte zwar sichtlich zusammen, sagte aber kein Wort.

Ganz im Gegensatz zu Lailani. »Ihr wollt wirklich wiederkommen?«, fragte die junge Neptyne erfreut, aber auch überrascht. »Obwohl ihr fast gestorben wärt? Und ihr im hohen Bogen rausgeworfen wurdet?«

»Von Mitch«, blieb Finn unbekümmert. Heisenberg saß auf seiner Schulter und verwuschelte ihm mit sichtlichem Vergnügen das Haar. »Der zählt nicht.«

»Klar kommen wir wieder«, versprach Anna – und sah, wie der Karadeem einmal mehr leicht zusammenzuckte. »Und du auch mal zu uns, okay? Dann zeige ich dir das Rathaus.«

»Und ich nehme dich in Papas Taxi mit«, schlug Finn vor.

Mit einem Mal drehte Tresk sich zu der Neptyne hin. Der sanfte Wind, der vom Meer herüberwehte, spielte mit seinem Fell. »Es *war* ein schöner Tag«, sagte er. »Herausfordernd, aber schön. Ganz ehrlich. Und es wäre mir eine Ehre, wenn du uns besuchen kämst.« Damit streckte er die rechte Pfote aus. »Du uns.«

Nun musste Lailani lachen. »Schon verstanden«, sagte sie und ergriff die dargebotene Pfote mit ihrer eigenen schuppigen Hand. »Das wäre toll. Ich frage nachher meine Eltern, wann ich kommen darf.« Danach wandte sie sich an Anna. »Und du sagst mir Bescheid, was deine Mutter meint?«

»Mach ich«, erwiderte sie. »Gleich morgen hörst du von uns. Und ab da planen wir weiter.«

Dabei beließen sie es. Anna, Finn und Tresk sahen zu, wie Lailani zur Kaimauer ging. Sie schwang die Beine über die metallene Brüstung. Dann drehte sich die Neptyne ein letztes Mal um und winkte ihren neuen Freunden. Sie wirkte glücklich, fand Anna, der es nicht anders ging. Mit einem beherzten Sprung tauchte Lailani in die Fluten ein und war fort.

»Eine Stadt im Meer«, murmelte Tresk gedankenverloren, »und eine Stadt *unter* dem Meer. Was kommt als Nächstes, Aquaterra? Eine Stadt aus Meerwasser?«

»Wenn du möchtest, schlag ich das meinem Vater mal vor«, scherzte Anna und legte dem Karadeem den Arm um die Schultern. »Vielleicht lässt sich da was machen.«

»Untersteh dich!«, drohte Tresk. Doch er machte nur Spaß.

Gut gelaunt verließen die Freunde den Hafen und gingen zur Schwebebahn-Haltestelle. Auf der Rückfahrt konnten sie wieder die *Ocean World* aus dem Waggonfenster sehen. Doch zu Annas Überraschung hatte Finn keine Augen mehr für den Freizeitpark. Gegen das, was er in Lailanis Heimat erlebt hatte, schien sogar dieser *Leviathan* uninteressant zu sein. Das, fand Anna, war kein schlechtes Zeichen.

Das Haus der Falkes lag in einer der besseren Gegenden der Stadt. Abendrot färbte den Himmel, als Anna um die Ecke und in ihre Einfahrt bog. Sie hatte Heisenberg zurück in den Zoo gebracht, wie üblich, und sich ihr Hover-Board, das im alten Affenhaus auf sie gewartet hatte, von dort mitgenommen. Nun schoss sie auf dem schwebenden Brett ihrem Zuhause entgegen.

Es war ein schöner Tag gewesen. Ein wenig unheimlich, zugegeben, doch ein Tag, an dem man eine neue Freundin fand, konnte nicht schlecht sein. Erst recht nicht, wenn er mit dem Wunsch auf ein Wiedersehen endete.

Der Filmabend stand schon länger auf dem Programm. Anna und ihre Mutter wollten es sich auf dem heimischen Sofa gemütlich machen und ein Holo-Vid anschauen, darauf freuten sie sich beide schon eine ganze Weile. Der heutige Abend war der erste seit vielen Tagen, an dem Michiko Kobayashi endlich mal wieder nach Hause kam, noch dazu *bevor* Anna im Bett lag – also war es abgemacht worden. Im Geiste konnte Anna schon das atherische Gemüsepopcorn schmecken, das sie sich als Snack zubereiten würden. Sie konnte die gemütliche Wolldecke auf ihren Knien spüren, den Duft ihrer Mutter in der Nase. Einmal mehr begriff sie, wie sehr sie Michiko vermisst hatte – und wie sehr sie sich auf diesen Abend freute. Auch, weil sie ihre Mutter auf Lailani und die unheimlichen Taucher ansprechen wollte.

Gekonnt bremste das Mädchen vor der Haustür. Anna stieg vom Hover-Board, klemmte es sich unter den Arm und betrat das Gebäude. An ihrer Wohnung angekommen, die sich über gleich zwei Etagen des Hauses erstreckte, brauchte sie nur die Hand auf das Scan-Feld zu legen, und der Gebäudecomputer erkannte sie und öffnete ihr die Tür.

»Mama?«, rief sie freudig. Sie stellte das Board an der Wand ab, streifte sich die Schuhe von den Füßen und ging in Richtung Küche. »Ich bin's. Hast du das Popcorn schon auf dem Her…«

Der Rest des Wortes blieb ihr vor Überraschung im Halse stecken. Anna hatte die Küche soeben betreten, doch die Frau dort am Esstisch war nicht ihre Mutter, sondern Oma Myrrtel.

Eigentlich war Myrrtel nicht Annas richtige Oma. Doch die alte Bimmi-Frau lebte schon länger in der Nachbarwohnung der Falkes, als Anna auf der Welt war, und von klein auf hatte sich das Mädchen angewöhnt, sie »Oma« zu nennen – eine Bezeichnung, die der Bimmi merklich gefiel.

»Hallo, Prinzesschen«, grüßte die alte Myrrtel. Sie, deren Stimme ebenso schrill wie brüchig war, trug ein Kleid in gewagtem Leopardenfellmuster und saß in ihrem silbrig glänzenden Gehgestell. Ihre großen Augen wurden durch eine neongelbe und überdimensionierte Brille noch betont und gleich mehrere goldene Ketten hingen um den dürren Hals. Wie alle erwachsenen Bimmi war sie knapp unterarmgroß, doch was sie an Körpergröße vermissen ließ, machte sie durch ihr schrilles und – in ihrem speziellen Fall – übertrieben lautes Auftreten wett. Je älter sie wurde, desto lauter wurde Myrrtel zudem. Vielleicht litt sie unter Schwerhörigkeit. »Warst du im Zoo, hm? War es schön? Bei der Macht des großen Didaktors, aus diesem Kind wird noch mal eine Tierärztin. Ich habe es immer gewusst!«

Anna, die es mit fünf Jahren noch ganz toll gefunden hatte, Prinzesschen genannt zu werden, dies inzwischen aber mehr hasste als ein Karadeem das Wasser, verkniff sich eine Antwort. »W…Wo kommst du denn her?«, fragte sie stattdessen. Ein böser Verdacht stieg in ihr auf.

»Na, von nebenan.« Myrrtel lächelte fröhlich. Auch das gehörte zu ihrem gewohnt grellen Gebaren: Sie war immer geradezu nervtötend fröhlich. »Woher denn sonst?«

»Und was machst du hier?« Anna wollte nicht unhöflich klingen, aber der böse Verdacht hinter ihrer Stirn wuchs und wuchs. »Suchst du meine Mutter?«

Die Bimmi schüttelte den winzigen Kopf. »Nein, Prinzesschen«, antwortete sie sanft. »Das nicht.«

Erst jetzt bemerkte Anna das Datenpadd, das auf dem Esstisch lag. Oma Myrrtel deutete darauf. »Ich fürchte, ich habe da etwas für dich.«

Enttäuschung breitete sich in Anna aus wie Milch in einer Teetasse. Schweigend nahm sie am Tisch Platz und das flache und tellergroße Padd in beide Hände. Ein Icon blinkte auf dem Display: Eine gespeicherte Nachricht lag im hausinternen Netz zur Abspielung bereit. Anna berührte das Icon.

Sofort erwachte der kleine Monitor zu farbenfrohem Leben. Anna sah blauen Himmel, wogendes Wasser, einen schnurgeraden Horizont ... und eine zierliche Menschenfrau mit kurzen schwarzen Haaren und einem traurigen Gesichtsausdruck. Ihre Mutter.

»Hallo«, sagte Michiko Kobayashi in die Kamera. Sie sprach laut, denn der Atlantikwind blies sehr stark. Er spielte mit ihrem Haar und dem hohen Kragen ihrer Jacke. Hinter ihr konnte Anna ein metallgraues, leicht geschwungenes Geländer ausmachen. Es begrenzte den Turm der *LabOcean*. Und in der unteren rechten Bildschirmecke stand eine Zeitangabe, laut welcher die Nachricht bereits vier Stunden alt war. »Willkommen daheim, Anna«, fuhr Michiko fort. »Und ... Ach, verdammt, es tut mir so leid.«

Die *LabOcean* war ein nicht gerade kleines und mit modernster Technik vollgestopftes U-Boot. Es gehörte dem Forschungsinstitut, für das Annas Mutter arbeitete, und wann immer sie mal nicht in stickigen Vortragssälen oder in irgendwelchen Büros versauerte, war Michiko mit der *LabOcean* draußen auf See. Dann liebte sie ihren Beruf am meisten, auch wenn er ihr nicht selten gehörig durch den Terminplan fuhr und sehr anstrengend werden konnte. So wie heute, offenbar.

»Ich schaff's schon wieder nicht, Anna«, fuhr Michiko in der aufgezeichneten Nachricht fort. »Wir sind auf See, und es wird spät. Mit ein wenig Pech bleiben wir sogar über Nacht hier draußen. Ich will dich nicht mit Details langweilen, deshalb erspare ich mir, jetzt über meine Chefs zu schimpfen, die uns mal wieder viel zu wenig Zeit und Geld für die Mission bewilligt haben, sodass wir echt alles selbst machen müssen – und zwar am besten bis vorgestern!« Sie atmete tief durch und verscheuchte die mit jedem neuen Wort stärker aufgekommene Wut wieder aus ihrem Tonfall. Nun blickte sie direkt in die Kamera, als könne sie Anna durch das Padd hindurch sehen. Ihre Züge wurden sanfter. »Das kann dir alles egal sein. *Nicht* egal ist mir aber, wie sehr wir beide uns auf den gemeinsamen Abend gefreut haben. Und ich versaue ihn uns. Mal wieder. Ich weiß, dass du das verstehst, Anna. Du hast mehr Geduld und Verständnis als dein Vater und ich zusammen, das hattest du schon immer. Aber es tut mir trotzdem leid. Denn es ist nicht in Ordnung. Ich hatte dir anderes versprochen, und jetzt breche ich dieses Versprechen. Einmal mehr. Und … ich vermisse dich.«

Anna schluckte. Klar ließ sich der Abend jederzeit wiederholen. Das war kein Problem. So ein Holo-Vid lief nicht weg. Und dennoch … *Ich vermisse dich auch*, dachte sie.

»Jedenfalls solltest du über Nacht nicht allein in der Wohnung sein müssen«, sagte Michiko in der Aufzeichnung. Sie sah kurz unter sich, wo ein Teamkollege aus dem Bauch der *LabOcean* heraus zu ihr zu sprechen schien, und nickte knapp. Dann widmete sie sich wieder ihrer Tochter. »Deshalb habe ich Oma Myrrtel gebeten, heute wieder auf dich aufzupassen. Wenn du irgendetwas brauchst, kannst du dich an sie wenden, okay? Ganz egal, was. Und ich komme heim, so schnell ich nur kann. Das garantiere ich dir.« Sie zögerte kurz, als wolle sie noch etwas anfügen, fände die richtigen Worte aber nicht. Deshalb lächelte sie nur und beendete die Aufnahme.

Das Display des Datenpadds wurde wieder schwarz. Das Meer war verschwunden und hatte Michiko mitgenommen. Wie so oft.

Erwachsene, dachte Anna seufzend. Immer waren sie mit irgendetwas Wichtigem beschäftigt, immer im Einsatz … aber nie waren sie wirklich da.

»Und?«, fragte Myrrtel. Sie hatte ihren inneren Fröhlichkeitsgenerator noch um drei weitere Stufen hochgeschaltet. So, als könne sie Anna mit ihrer guten Laune anstecken, wenn sie diese nur verbissen genug in die Welt hinausposaunte. Mit ausgebreiteten Ärmchen sah sie sich in der Küche der Falkes um, als sei diese ein Abenteuerspielplatz. »Was wollen wir beiden heute Abend unternehmen, hm, Prinzesschen? Wir könnten einen Brykka-Auflauf backen. Was meinst du? Du hast dich doch schon immer so sehr für die Rezepte meiner Heimatwelt interessiert.«

Anna schluckte schon wieder, wenn auch aus anderen Gründen. Brykka-Auflauf war ein altes Bimmi-Gericht und bestand aus Zutaten, die das Mädchen schon einzeln nie im Leben gegessen hätte – ganz zu schweigen von ihrer Mischung. Wann immer Myrrtel den machte, stank es noch drei Tage später im gesamten Treppenhaus. Anna wusste wenig über die Küche der Bimmi, und das wenige war ihrer Ansicht nach schon viel zu viel. Bimmi mochten ihre Nahrung am liebsten furchtbar scharf und furchtbar schleimig. Außerdem kochten sie fast ausschließlich mit Zutaten, die extra von ihrer Heimatwelt importiert wurden und längst nicht für jede andere Spezies bekömmlich waren. Normalerweise wagte sich kaum einmal ein Nicht-Bimmi an derartige Speisen. Aus irgendeinem Grund, den Anna nie verstanden hatte, war Myrrtel seit jeher aber überzeugt, sie wolle diese ekligen Rezepte kochen lernen.

»Äh, nein danke«, sagte das Mädchen schnell. Dann hielt sie inne. Erst jetzt begriff sie, was Michiko ihr da eigentlich eingebrockt hatte! Noch schlimmer als ein Rezept von Myrrtel war sicher ein ganzer Abend – und eine Nacht – in Myrrtels Gesellschaft. So lieb und nett die alte Bimmi auch war, sie konnte ganz schön anstrengend werden! Anna beschloss zu handeln. »Und du brauchst auch nicht hierzubleiben und nach mir zu sehen, Oma. Ich bin doch schon zu alt für einen Babysitter, meinst du nicht auch? Und du hast immer so viel zu tun …«

Myrrtel, die im Geiste wohl schon überlegt hatte, wie sich in dieser minderwertigen Menschenküche ein halbwegs anständiger Brykka-Auflauf zubereiten ließ, zur Not auch mit irdischen Produkten, hielt verdutzt inne. »Was habe ich, bitte?«, fragte sie und bewies, dass sie nicht zugehört hatte. Ratlos blinzelte sie mit ihren großen, pechschwarzen Augen.

»Ich komme schon klar, wirklich«, sagte Anna freundlich. Sie ergriff Myrrtels Gehgestell mit beiden Händen und schob die alte Bimmi kurzerhand in Richtung Flur – sanft, aber bestimmt. Das Gestell quietschte bei jedem Zentimeter. »Du musst dir keine Sorgen machen. Aber falls ich ein Problem habe, komme ich einfach nach nebenan zu dir – versprochen!«

Inzwischen hatten sie die Wohnungstür erreicht. Anna öffnete sie und schob Myrrtel ins Treppenhaus. »Moment, Moment«, sagte die überrumpelte Bimmi. »Ich soll doch auf dich aufpassen. Das hat deine Mutter mir selbst gesagt. Und wir könnten zusammen koch…«

»Aber das tust du ja auch«, erwiderte Anna mit einem Lächeln, breit wie in der Zahnpastawerbung. »Von nebenan aus. Du passt auf, und wann immer ich etwas brauche, komme ich einfach rüber zu dir.« Langsam schob sie die Wohnungstür zu. »Gute Nacht, Oma. Und nochmals vielen lieben Dank für deine Hilfe. Echt toll von dir.«

»Aber …« Die alte Dame war noch immer zu verblüfft, um richtig zu begreifen, wie ihr geschah. »Aber ich habe dir gar nicht geholfen … oder doch?«

»Na klar«, sagte Anna. »Sehr, sogar. Vielen Dank dafür. Und jetzt schlaf gut, ja?« Ein weiteres strahlendes Lächeln später, schloss sie die Tür.

Sie wartete einen Moment ab, ob Myrrtel anklopfen, reinkommen oder gar schimpfen würde. Letzteres hätte Anna am meisten bedauert, denn sie wollte der gutherzigen, wenngleich anstrengenden Frau nichts Böses. Aber Myrrtel schien sich nicht weiter über ihren Quasi-Rausschmiss zu wundern: Es blieb still vor Annas Tür.

Das Mädchen schloss erleichtert die Augen.

Dann kehrte sie zurück in die Küche. Keine zwei Sekunden später wurde ihr langweilig, und der Abend fing gerade erst an.

Musik plärrte durch die kleine Wohnung der Hansen-Männer: satte Bässe, harte Riffs, gut abgehangener Rock-and-Roll. Finn, der soeben über die Schwelle getreten war, hörte die Klänge und schmunzelte. Sein Vater verlor sich gern mal in Oldies, wenn er sich allein fühlte, und vergaß dann darüber die Zeit. Aktuell verlor er sich an einen Mann namens Bieber, den Finn nur aus väterlichen und somit gleich doppelt uninteressanten Erzählungen kannte. Er selbst mochte weitaus modernere Künstler – *SickTRAXX* zum Beispiel, die waren cool –, aber von denen, wie überhaupt von Musik, verstand Ole Hansen nichts.

Bieber plärrte noch immer, als Finn die Schwelle zum Wohnzimmer übertrat. Ole Hansen – strohblonde Haare, schlaksiger Wuchs und nahezu immer eine aschgraue Schirmmütze auf dem länglichen Kopf – saß in seinem Lieblingssessel, einem abgewetzten Ding mit braunem Stoffbezug. Er hatte die Augen geschlossen, das Fenster zum Hinterhof aber weit geöffnet, und seine Füße wippten im Takt, den Biebers Schlagzeuger vorgab. Dass Finn nach Hause gekommen war, hatte Ole noch gar nicht bemerkt. Viel zu sehr steckte er in seiner Musik.

Finn zog seine Datenbrille aus der Tasche und setzte sie auf. Als er an den Rand der Brille tippte, erschien das Tastenfeld vor ihm in der Luft. »OMIKRON, BIST DU DA?«, tippte der Junge.

»IST EIN ATLANTIA-SHUTTLE EINE TODBRINGENDE FALLE?«, erwiderte die Künstliche Intelligenz sofort. Das sollte wohl ein Ja sein. Omikron hatte manchmal einen recht seltsamen Humor. »WAS KANN ICH FÜR DICH TUN, FINN?«

»ALSO, DAS KLINGT JETZT VIELLEICHT EIN BISSCHEN SELTSAM, ABER …«, begann Finn. Dann erzählte er Omikron 1 seine Idee. »GEHT DAS?«

»MUSST DU DAS WIRKLICH NOCH FRAGEN?«

Zwei Sekunden später passierte es.

Bieber verstummte plötzlich, und statt uralter Chartsmusik drang ein tiefes, lautes und fast schon feindlich wirkendes

Gegrunze aus den Boxen der Wohnung, durchsetzt vom sanften Plätschern eines trüben Gewässers.

Ole erschrak so sehr, dass er fast aus dem Sessel fiel. Er riss die Augen weit auf und sah sich nach allen Seiten um. Doch da war gar kein wildes Tier, das ihn angreifen wollte. Natürlich nicht. Da war bloß …

»Finn!« Halb erleichtert, halb entsetzt ließ Ole sich wieder in seinen Sessel sinken. Er hob die Hände an die Ohren, als wolle er sich sämtliche zehn Finger gleichzeitig reinschieben. »Du meine Güte, Junge, willst du mich zu Tode erschrecken? Was in aller Welt ist das für ein entsetzlicher Krach?«

»Justin Bieber«, antwortete Finn schmunzelnd. »Aber keine Sorge: Meine Datenbrille hat den abgeschaltet. Jetzt hören wir eine Aufnahme aus dem Zoo. Anna hat sie gemacht. Das ist Walburga Wabbelbauch, die karadeemische Seekuh. Dem Klang ihres Gegrunzes nach hat sie gerade ziemlichen Hunger.«

»Du und diese Datenbrille.« Ole schüttelte den Kopf. »Irgendwann übernehmt ihr zwei noch die ganze Welt.«

Finn, der noch immer die Brille aufhatte, sah plötzlich neue rote Buchstaben vor sich. »WELTHERRSCHAFT, HM?«, bemerkte Omikron 1 schelmisch. »GUTE IDEE. DAS SOLLTEN WIR MAL AUSPROBIEREN, FINDEST DU NICHT?«

Der Junge lachte leise.

»Wo kommst du eigentlich her?«, fragte Ole. Er sah auf die Zeitanzeige und dann zu seinem Sohn. »Sonst seid Anna und du doch nicht ansatzweise so lange unterwegs. Habt ihr euch in der Stadt herumgetrieben?«

Mit einem Mal machte irgendetwas in Finn »klick«, und Walburgas Gegrunze war so gut wie vergessen. Er versuchte erst gar nicht, seinem Vater ein Märchen aufzutischen. Stattdessen kam er ihm mit der Wahrheit. »Wir waren bei Mitch. Drüben bei *Atlantia*. Da sind wir ihm begegnet.«

»Mhm.« Ole verzog die Mundwinkel. Einen Moment lang sah er schweigend aus dem Fenster. Draußen ging der Abend allmählich in die Nacht über, und erste Sterne erschienen am Himmel von Aquaterra. »Beim Algenbauer höchstpersönlich. Schau an, schau an.«

Normalerweise riss Ole sich am Riemen, wenn das Gespräch auf Mitchell Sanders kam. Er wollte vor Finn nicht zugeben, wie wenig er den Mann leiden konnte. Doch Finn wusste es natürlich trotzdem – mehr noch: In diesem Fall war er ganz einer Meinung mit Ole. Genau deswegen berichtete er ja so ehrlich von seinem Tag.

»Der ist echt … übel«, gestand Finn. »Wir hatten ein Problem, bei dem er uns helfen sollte, aber er hat uns nicht einmal richtig geglaubt. Nach fünf Minuten hat er uns einfach rausgeworfen, Paps.«

»Schätze, er hatte wichtigere Dinge zu tun.« Ole nickte ebenso wissend wie spöttisch. »Wenn Mitch nämlich eins ist, dann das: wichtig.«

»Findet Mitch.«

Nun musste Ole lachen. Staunend betrachtete er seinen Sohn. »Du magst ihn nicht besonders, oder?«

»Du etwa?«, erwiderte Finn. So offen hatten sie beide noch nie über den neuen Freund seiner Mutter gesprochen, und er genoss den Moment. Finn wusste, dass sein Vater Claire vermisste – auch da ähnelten sie einander sehr. Doch Ole war auch verletzt und wütend auf sie. Darüber sprach Finn *nicht* gern mit ihm.

Eigentlich nie. Weil es einfacher war, aber auch, weil Ole es so wollte.

»Das ist etwas anderes, Finn. Ich …«

»Ist es nicht«, hielt Finn dagegen, mitgerissen von der Ehrlichkeit des Augenblicks. »Du hältst ihn für einen arroganten Schnösel, und ich tue das auch.«

Da. Endlich war es raus. Endlich gab es keinen Grund mehr, um das Thema herumzutänzeln. Finn musste nicht länger auf Ole Rücksicht nehmen, der meinte, ihm etwas vorspielen zu müssen. Die Hansen-Männer waren endgültig richtig offen zueinander.

Finns Vater stand ächzend aus seinem Sessel auf und trat zum Fenster. Er schloss es, drehte sich um und legte Finn eine Hand auf die Schulter. »Sag ihr aber nichts, okay?«, bat er leise. »Deine Mutter wäre sicher traurig, wenn sie wüsste, wie du über ihn denkst. Dass ich ihn nicht mag, ist kein Geheimnis. Aber du … du solltest es besser für dich behalten. Wenigstens ihr gegenüber. Um sie zu schützen, okay?«

Der Junge versprach es sofort. Mehr noch: Er verstand, was Ole meinte.

»Und jetzt mach endlich diesen Krach aus«, sagte Ole. »Sonst bekomme ich auch noch Hunger, genau wie diese Walburga aus dem Zoo. Und ich glaube, wir haben nichts im Haus. Hab irgendwie vergessen einzukaufen.« Er kratzte sich verlegen am Kopf.

Finn seufzte und deaktivierte Annas Grunz-Aufnahme. »Döner von Ahmet?«, schlug er vor, während sein Magen zu knurren begann. Ahmets Dönergrill, der die Straße runter bei der Schwebebahnstation stand, war an Tagen wie diesen regelmäßig ihre Rettung.

Sein Vater nickte. »Döner geht immer!«

Kapitel 7

Zeit der Albträume

Laute Sirenen schallten durch die nachtschlafende Unterwasserstation. Rote Warnlampen blinkten im Sekundentakt. Drüben in der Messe zeigten die großen Panoramafenster aus transparentem Stahl schon erste Risse, und an einer Handvoll weiterer Stellen tropfte inzwischen eisig kaltes Meerwasser durch die Decke und ins Innere der schmalen Korridore hinein.

Finn hielt den Atem an. Er stand mitten in einem der metallgrauen Gänge, mitten im Zentrum des Alarms. Rechts und links von ihm rannten die Angestellten von *Atlantia* vorbei: Männer und Frauen in einfarbigen Overalls oder weißen Laborkitteln und mit Gesichtern voller Angst. Er sah Menschen, Atherier, Grobb und sogar Bimmi. Manche von ihnen trugen Harpunenpistolen in den Händen. Sie riefen einander warnende Worte zu, auch Befehle. Einige weinten. Sie wussten, was ihnen bevorstand. Sie wussten, was geschah.

Als Finn den Kopf zur Seite drehte, sah er den Eingang zum gläsern wirkenden Fahrstuhl vor sich, den Lailani ihnen gezeigt hatte. Den Lift zur Chefetage der Anlage, oben in der hellen Schwebekugel. Dort herrschte aktuell kein Betrieb. Nur ein einziger Mann hielt sich noch vor der Kabine auf, niemand sonst.

Es war Mitch. Er stand mit dem Rücken zum Korridor und achtete nicht auf die Panik und die Sirenen. Statt eines dunklen Anzugs hatte er Taucherkleidung an, so wie die mysteriösen Schützen aus Lailanis Erzählung. Allein der Helm fehlte.

»Mitch!«, rief Finn über den Lärm, die Hektik und all das Chaos hinweg. »Mitch!«

Der Angesprochene reagierte nicht. Finn konnte nicht sagen, ob Mitch ihn nicht hörte oder nicht hören wollte. Er schien auf den Fahrstuhl zu warten, nur der interessierte ihn.

Finn rannte los. Aus irgendeinem Grund, den er selbst nicht ganz verstand, musste er Mitch erreichen, bevor es zu spät war. Schnell lief er den Korridor hinab, vorbei an den panischen Angestellten und ihren Harpunen, vorbei an den grauen Schotts und schmucklosen Wänden.

Würde er es schaffen? Schon konnte er die Kabine sehen! Der Fahrstuhl kam an, die Tür öffnete sich, und Mitch stieg ein.

»Nein«, schrie Finn, so laut er nur konnte. Die Angst, die auch ihn gepackt hatte, wurde immer größer. Er rannte und rannte. »Mitch, nicht! Ich bin doch hier!«

Es nützte nichts. Die Tür des Lifts schloss sich hinter Mitch, und sofort setzte sich die Kabine in Bewegung. Finn sah noch, wie Mitch sich im Inneren des Lifts zu ihm umdrehte und ihn ansah – ihm direkt ins Gesicht blickte, durch die transparente Röhre des Fahrstuhls hindurch. Mitch lächelte böse, und in seinen Augen lag ein wissendes, überlegenes Funkeln!

Inzwischen hatte auch Finn die Röhre erreicht, doch es war zu spät. Der Junge konnte der Kabine nur noch hinterherschauen, die über ihm aufstieg und sich vom Meeresboden entfernte.

Dann stutzte er. Was war das? Die Röhre endete ja gar nicht länger in der leuchtenden Kuppel mit den vielen Büros. Stattdessen führte sie zu einem besonders prachtvoll aussehenden Tauchboot. Es hatte kreisrunde Bullaugen, hinter denen es hell und freundlich leuchtete, und seine Außenhülle schien aus purem Gold zu bestehen. Finn sah, wie die Fahrstuhlkabine mitsamt Mitch im Bauch des hell glänzenden Bootes verschwand. Das Boot löste sich daraufhin von der Röhre, und sofort begann es den Aufstieg zur fernen Wasseroberfläche. Sein Ziel schien Aquaterra zu sein, das rettende Ufer.

Der haut ab, begriff Finn. Fassungslos blickte er über sich, bis das Tauchboot im Dunkel des Meeres verschwand. *Der lässt uns allein … mit* ihm.

Dann hörte er das Monster! Einmal mehr brachte sein wildes, wütendes Gebrüll die Wände und Decken von *Atlantia* zum Erbeben. Es klang wie Walgesang, der mit dem Brodeln und Zischen eines ausbrechenden Vulkans durchsetzt war. Wie ein Gruß aus der Hölle.

Finn wirbelte herum und sah, dass die Angestellten in ihren Overalls zusammenzuckten. Einige von ihnen bauten sich an den Schleusen auf, die Harpunenpistolen im Anschlag, als könnten sie das Unvermeidliche so aufhalten. Andere, darunter auch der Neptyne Alowan, verkrochen sich ängstlich in Nischen, in leer stehenden Lagerräumen oder in der benachbarten Messe.

Finn lief Alowan nach, bis auch er den großen Speise- und Aufenthaltsraum der Station erreichte. Dort blieb er keuchend stehen.

Die Risse in den Panoramafenstern waren noch breiter geworden! Wie ein strahlend weißes Spinnennetz zogen sie sich über die dicken Scheiben. Nicht mehr lange, und die Fenster würden zerbersten. Dann würde das Wasser ungehindert in die Station eindringen und alles überfluten. Doch weitaus erschreckender als die Risse war, was Finn *jenseits* des Fensters erblickte.

Der Leviathan war riesig. Majestätisch ragte das Ungeheuer aus den Tiefen des Ozeans dort draußen auf, gerade noch im Lichtkegel der äußeren Stationslampen. Finn konnte seine langen und mit Saugnäpfen bewehrten Tentakel erkennen, seinen schuppigen, grünen und mit Geschwüren bedeckten Leib, seinen großen Schädel mit dem weit aufgerissenen Maul voller spitzer Zähne. Und seine Augen voller Hass.

»Es ist vorbei«, hauchte Alowan, der Neptyne, irgendwo rechts von Finn. »Er kommt. Nichts kann ihn mehr aufhalten, Junge. Verstehst du? *Er kommt aus dem Abgrund!*«

Abermals ließ der Leviathan sein unfassbares Gebrüll hören. Die Fensterscheiben bebten, Geschirr fiel von den Tischen der Kantine und zerschellte am Boden. Finn schwankte, und seine Knie wurden weich.

Dann nahte das Untier, schoss direkt auf die Station zu. Größer und größer wurde es vor den Panoramafenstern. Mit unvorstellbarer Gewalt schlug es ein.

Und Finn wachte auf.

Die Straße war leer und still. Nirgends rührte sich mehr etwas. Einzig der Mond wachte noch über die Nachbarschaft. Finn stand am Fenster seines Zimmers und sah hinaus in die Nacht. Stundenlang hatte er versucht, Schlaf zu finden. Es war ihm kaum gelungen, und wenn doch, hatten ihn übelste Albträume heimgesucht. Er wusste, dass das nicht allein an dem riesigen Döner lag. Kein Döner der Welt ließ das Herz so wild pochen.

Es lag an Lailani. Die Geschichte der freundlichen Neptyne ging Finn einfach nicht aus dem Sinn. Mehr noch: Auch die anderen Erlebnisse und Erfahrungen des vergangenen Tages beschäftigten ihn zu sehr, als dass er hätte schlafen können. Der Besuch auf der faszinierenden Station, die Gewächshäuser voller Algen, der große Hangar mit seinen Shuttles, vor allem aber auch die erschreckend riskante Tauchfahrt mit dem Boot von *Atlantia* sowie die frustrierend nutzlose Begegnung mit Mitch – all das arbeitete hinter seiner Stirn. Es nagte an ihm.

Wir müssen etwas unternehmen, dachte er grimmig. Ich *muss etwas unternehmen.*

Diese Taucher hatten etwas zu verbergen, daran bestand für ihn kein Zweifel. Was immer sie dort unten trieben, es war bestimmt verboten. Und vielleicht schadete es weit mehr als nur unliebsamen Zeugen wie Lailani!

Finn drehte sich zum Bett um. Die *VisoStar 3000* lag auf dem Nachttisch, wo er sie gestern Abend hingelegt hatte. Finn nahm die Datenbrille, setzte sie auf und beendete damit den Schlummermodus, in den sie verfiel, wenn sie längere Zeit nicht genutzt wurde. Mit gezielten Bewegungen seiner Augäpfel rief er das Menü auf und öffnete das Informationsnetz der Stadt. Sofort erschien ein Tastenfeld vor ihm in der Luft. Finn hob die Hände und begann seine Eingabe.

Es fiel ihm nicht schwer, sich alle Informationen über die Unterwasserstation zusammenzusuchen, die er auf die Schnelle finden konnte. *Atlantia* war ein globales Unternehmen, so las er, und die Anlage im Meer vor Aquaterra war ihre wichtigste und größte Produktions- und Forschungsstätte. Nirgends waren mehr Personen beschäftigt. So viel wusste er ohnehin schon. Manche

Angestellten lebten an Land und pendelten mit den kleinen Shuttles zum Meeresgrund und zurück, wann immer sie dort unten gebraucht wurden. Viele von ihnen, vor allem die Arbeiter in den Produktionsanlagen sowie einige Wissenschaftler, wohnten aber lieber im Habitatbereich der Station, der auch Lailanis Zuhause war. An Land gingen sie eher selten, denn sie bekamen alles, was sie zum Leben brauchten, direkt vor der Wohnungstür.

Unzufrieden klickte Finn die Quellen weg. Sie verrieten ihm nichts Neues. So erfuhr er nie, was die Taucher im Schilde führten.

Als Nächstes sah er sich ein paar kurze Vids über Algenzucht an, die in einer der Quellen verlinkt gewesen waren. Einmal mehr staunte er, dass man aus diesem Zeug tatsächlich Nahrung machen konnte – erst recht Nahrung, die gesund war. Im Rohzustand sahen die Algen nämlich aus, als könne allein Walburga Wabbelbauch sie schmackhaft finden, und auch sie nur an einem guten Tag. Aber natürlich gab es auch andere Nutzungen für die Erzeugnisse von *Atlantia*. Darüber gaben die Vids ebenfalls Auskunft. In einem der Beiträge kam sogar Mitch zu Wort. Der neue Freund von Finns Mutter sah direkt in die Kamera und beschrieb in epischer Breite, wie erfolgreich sein Unternehmen in den letzten Jahren geworden sei, auch an der Börse.

Finn schaltete das Vid ab. Er hatte genug gesehen. Vor allem hatte er wenig Brauchbares gelernt, und er war keinen Deut schlauer geworden, wie sie Lailanis Rätsel lösen konnten.

Schweigend zog er die Brille aus und sah wieder aus dem Fenster. Die Straße lag in fahlem Mondlicht, und der Morgen war noch fern. Ungeduld packte den Jungen, und er nahm sich die Brille ein zweites Mal. In Windeseile hatte er ein Chat-Fenster geöffnet. Seine Finger flogen über die virtuelle Tastatur, als er seine Nachricht schrieb.

»HEY ANNA. BIST DU WACH?«

Er hätte die Freundin auch einfach anrufen können, aber falls sie schlief, wollte er sie nicht wecken – und vor allem nicht ihre Mutter, die ihm die nächtliche Störung sicher deutlich mehr übel nehmen würde.

Sekunden verstrichen und wurden zu Minuten. Noch immer erschien keine Antwort.

»ANNA?«, versuchte Finn es erneut. Die Buchstaben leuchteten im Chat-Fenster, und darunter blinkte ein ungenutzt abwartender Cursor.

Er blieb ungenutzt. Anna reagierte nicht auf Finns späte Nachricht. Vermutlich – ach was: wahrscheinlich! – lag sie schlicht im Bett und schlief tief und fest. Schließlich war morgen ein Schultag, und Anna mochte die Schule.

Finn löschte seine Eingabe, zog die Brille aus und legte sie wieder auf den Nachttisch. Dann ließ er sich mit einem Seufzen rücklings ins Bett fallen und starrte die Decke an, während die Zeiger der Uhr neben ihm fast stillzustehen schienen.

Wir müssen etwas unternehmen, dachte er wieder, entschlossener denn je. *Und das werden wir. Gleich morgen früh!*

Er musste plötzlich gähnen, und wenige Minuten später versank er in einen gnädigen, traumlosen Schlaf.

Der nächste Morgen begann mit einem stattlichen Sommergewitter, einer fünfzehn Minuten verspäteten Hyperloop-Bahn … und mit jeder Menge Schule. Finn ließ die ersten drei Stunden nahezu teilnahmslos über sich ergehen. Während die

Lehrer seiner Klasse von den Hauptstädten fremder Kontinente und den Feinheiten der atherischen Botanik berichteten, wanderten seine Gedanken immer wieder ab. Er konnte sich einfach nicht konzentrieren. Lailanis Geschichte vom Vortag spukte ihm im Kopf herum. Was taten diese unheimlichen Taucher nur dort unten am Riff? Was war so streng geheim, dass man deswegen auf ein Kind schoss? Steckte vielleicht sogar Mitch in einem der Taucheranzüge? Zuzutrauen wäre es ihm …

Sosehr er sich auch anstrengte, Finn kam zu keinen Antworten. Im Gegenteil: Je länger er grübelte, desto rätselhafter kam ihm Lailanis Erlebnis vor. Irgendein Mysterium lauerte im Meer vor Aquaterras Küste. Kein *Leviathan* wie in seinem Albtraum, kein Untier mit langen Tentakeln und gierigem Maul. Aber doch ein Monster, irgendwie. Eines, das kleine Neptynen fressen wollte.

Als es endlich zur großen Pause schellte, war Finn der Erste auf dem Hof. Die *Ray-Bradbury-Schule* lag in der Nähe des Regierungsviertels und somit in einer der besten Gegenden der Stadt. Entsprechend schick war auch ihr Pausenhof ausgestattet: Es gab kleine Grünflächen, in denen die Schülerinnen und Schüler selbst Kräuterbeete anlegen konnten. Die Tischtennisplatten und das Fußballtor waren ebenfalls immer sehr gefragt. Gleiches galt für die klobigen Grobb-Schaukeln am rechten Rand des Geländes, die zwar ein bisschen wie mittelalterliche Folterinstrumente aussahen, aber verdammt viel Spaß machten.

An diesem Morgen hatte Finn keinen Blick für die Schaukeln. Auch wollte er sich nicht mit der Brille ins Schulnetz einloggen und eines der dort verfügbaren virtuellen Spiele starten, die zwar ziemlich lahm, jedoch besser als nichts waren. Nein, sein Blick suchte nach etwas ganz anderem. Besser gesagt: nach jemandem.

»Na endlich«, schimpfte er statt einer Begrüßung, kaum dass Anna aus dem Gebäude und ins Freie trat. »Ich dachte schon, du kommst gar nicht mehr.«

Die Freundin, die gerade mit dem kleinen rothaarigen Mädchen aus der Parallelklasse tuschelte, drehte sich zu ihm um. »Geht das auch freundlicher?«, blaffte sie zurück. »Wir sind ein bisschen beschäftigt.«

»'tschuldigung.« Finn riss sich innerlich am Riemen. »Ich bin wohl ein wenig zu ungeduldig. War keine Absicht.«

Anna lächelte, beendete ihr Gespräch und verabschiedete sich kurz von ihrer Freundin. Dann widmete sie sich Finn. »So. Du hattest also Sehnsucht nach mir. Obwohl wir uns schon den ganzen Vormittag lang in der Klasse gesehen haben.«

»Gesehen schon«, hielt er dagegen. »Aber nicht gesprochen. Und ich denke da jetzt schon seit letzter Nacht drüber nach. Es *muss* doch Antworten geben ...«

»Moment, Moment.« Anna hob abwehrend die Hand. »Ganz von vorne, bitte. Was genau willst du?«

Finn nickte. »Noch mal 'tschuldigung. Also: Was sagt deine Mutter? Hast du mit ihr über Lailanis Geschichte gesprochen? Hat sie einen Verdacht, was diese Taucher getrieben haben?«

»Leider nein«, antwortete Anna. Sie wirkte niedergeschlagen. »Meine Mutter ist gestern nicht an Land und auch nicht nach Hause gekommen. Sie musste wieder auf der *LabOcean* bleiben, weißt du? Zu viel Arbeit.«

Ein Tischtennisball flog vor Finns Füße. Dicht darauf kam ein kleiner Atherier mit noch ganz kleinem Blätterhaar und ganz großer Datenbrille in sein Sichtfeld, der den Ball aufhob und kommentarlos wieder verschwand.

Finn ignorierte beide. »So ein Mist«, murmelte er. »Wir hätten Michikos Einschätzung echt brauchen können. Sie kennt sich ja im Meer aus. Und eins ist sicher: Die Taucher haben irgendwas zu verbergen!«

Anna schien gerade etwas erwidern zu wollen, da erklang die ebenso laute wie brüchige Stimme des Atheriers in Finns Rücken. »Was?«, krähte der Kleine. »Wieso das denn?«

Auch an anderen Stellen des Pausenhofs brandete ratloses Gemurmel auf. Spiele und Gespräche wurden unterbrochen. Ein Grobb mit kahlem Schädel und kastanienbrauner Kleidung, der soeben in sein Pausenbrot beißen wollte – es war belegt mit fragellanischen Mehlwürmern in Zuckerguss-Marinade; die Grobb mochten es süß und eklig – hielt mitten in der Bewegung inne und schaute sich um, den Mund sperrangelweit geöffnet. Finn sah fragende Gesichter, hier und da setzten sich einzelne Grüppchen auch in Bewegung, allesamt in dieselbe Richtung.

»Die haben irgendetwas über's Netz erfahren«, sagte Anna.

Erst jetzt begriff Finn, was all diese Mitschüler gemeinsam hatten: Sie trugen zum Spielen ihre Datenbrillen, Stirnbänder oder Ähnliches. Sofort zückte er seine *VisoStar 3000*, doch die Schulleitung war schneller.

»Achtung, Achtung«, plärrte es aus den Lautsprechern, die eigentlich für die Pausenglocke gedacht waren. Gleichzeitig erschienen die Worte als unterarmgroße holografische Buchstaben in der Luft über dem Schulhof. Finn erkannte die Stimme sofort: Das konnte nur Herr Schlubb-4-Schlobb sein, ihr ebenso strenger wie ungewöhnlicher Direktor. »Liebe Schülerinnen und Schüler. Bitte findet euch unverzüglich in der Aula ein. Ich wiederhole: Bitte kommt alle umgehend in die Aula. Vielen Dank.«

Finn sah zu Anna. Die zuckte mit den Schultern. »Gehen wir.«

Die Aula der *Ray Bradbury* lag im rechten Flügel des Gebäudes, etwa ein Dutzend Schritte vom Pausenhof entfernt. Sie war groß und hell. Sie umfasste eine kleine Bühne, einen kleinen Thekenbereich, einen abdeckbaren Orchestergraben und jede Menge Fläche für Sitzmöbel. Als Finn und Anna eintrafen, sahen sie Dutzende von Stuhlreihen, die in kerzengeraden Linien vor der Bühne standen. Erste Mitschüler hatten bereits dort Platz genommen, weitere folgten. Finn und Anna suchten sich Sitze in der zweitvordersten Reihe.

Auf der Bühne standen nur ein Rednerpult, ebenfalls ein paar Stühle und eine einsame Topfpflanze im Licht zweier Scheinwerfer. Ein Mikrofon schwebte bereits vor dem Pult, als warte es auf einen Redner. Als Finn sich umdrehte, sah er einige Lehrer, die zwischen den ganzen Schülern in die Aula strömten. Einer, der Sportlehrer Gunnar Schwaiß, setzte sich in die erste Reihe, direkt vor Anna und ihn.

»Psst, Herr Schwaiß«, sagte der Junge leise. »Haben Sie eine Ahnung, was hier los ist?«

Schwaiß drehte sich um. Er war ein durchtrainierter Menschenmann mit grauem Haar und buschigem Bart. »Wir haben überraschend Besuch bekommen«, wusste er. »Eigentlich hätte das erst nächste Woche passieren sollen, aber der Zeitplan unseres Gastes hat sich wohl kurzfristig geändert, und da ist er eben jetzt zu uns gefahren. Ich glaube, er hat sogar seinen kleinen Sohn mitgebracht. Das gab's tatsächlich noch nie, Leute: Ein Botschafter, der seinen Sohn mitbringt. Find ich absolut super!«

Finn und Anna wechselten einen ahnungsvollen Blick. »Der meint doch wohl nicht …«, wisperte Finn.

»Das klang ja fast wie …«, hauchte Anna gleichzeitig.

Einen Augenblick später raschelte der Vorhang, der den hinteren Bereich der Bühne verdeckte. In seiner Mitte öffnete sich ein Spalt, und heraus waberte Direktor Schlubb-4-Schlobb. Er gehörte zum Volk der Blobmaten, von denen es in ganz Aquaterra nur eine Handvoll gab, und wirkte ein bisschen wie ein anderthalb Meter großer Berg Wackelpudding. Sein Körper bestand komplett aus einer gallertartigen Masse von grünlich schimmernder Farbe. Er hatte kein Gesicht im menschlichen Sinne, konnte aber einen Mund bilden, wenn er sprechen wollte. Ähnlich verhielt es sich mit Armen und Händen. Blobmaten hatten die formwandlerische Fähigkeit, sich all diese und noch viele andere Körperteile ganz nach Bedarf zu erschaffen. Und wenngleich Schlubb-4-Schlobb keine Augen und Ohren besaß, wusste doch jeder Schüler der *Ray Bradbury* sehr genau, dass dem Direktor absolut nichts entging. Erst recht nicht im Unterricht.

»Meine, äh«, begann der Blobmat ein wenig wirr. Das Schwebemikrofon kam zu ihm herübergeschwebt und hielt kurz vor seinem soeben gebildeten Mund an. »Meine lieben Schülerinnen und Schüler.«

Das Gemurmel der vielen Kinder verstummte allmählich. Finn blickte über die Schulter und stellte fest, dass die Aula nahezu bis auf den letzten Platz gefüllt war. Alle waren sie dem Aufruf der Schulleitung gefolgt.

Schlubb-4-Schlobb räusperte sich. Irgendwie wirkte er angespannt. Sein Wackelpuddingleib glänzte heute noch grünlicher als sonst. Er schien nervös zu sein und wollte vor seinen Gästen wohl keine schlechte Figur machen. »Dies ist ein besonderer Tag für die *Ray Bradbury*«, verkündete er stolz. »Heute erhalten wir hohen Besuch. Niemand Geringeres als der neue Botschafter der Karadeem hat sich auf den Weg gemacht, uns von seiner spannenden Arbeit hier in Aquaterra und von seiner faszinierenden Heimat draußen im All zu berichten. Mehr noch: Er hat sogar seinen Sohn mitgebracht, einen Jungen genau in eurem Alter! Einen großen Applaus, bitte, für Botschafter Manurr … und für Desk!«

»Desk?«, wisperte Anna. Ihre Mundwinkel zuckten amüsiert.

»Na ja«, erwiderte Finn leise. Auch ihm war der Versprecher ihres nervösen Direktors nicht entgangen. »Desk« war das englische Wort für Tisch, und Schlubb-4-Schlobb war Englischlehrer. »Vielleicht hat er ja recht, und wir haben Tresk die ganze Zeit falsch verstanden.«

Anna lachte leise. »Meinst du wirklich?«

Abwehrend hob er die Hände. »He, Lehrer machen keine Fehler!«

Die ganze Schule klatschte laut, als sich der Vorhang ein weiteres Mal bewegte, und Manurr auf die Bühne trat. Finn sah ihn zum ersten Mal, kannte ihn bislang nur aus Erzählungen. Tresks Vater war ein großer Mann – zumindest für einen Karadeem – mit goldbraunem Fell und langen, aristokratisch wirkenden Schnurrhaaren. Er trug zeremonielle Kleidung seiner fernen Welt: ein Gewand, das gleichzeitig weit und militärisch wirkte.

Dann folgte sein Sohn. Tresk sah an diesem Morgen aus, als stünde er viel lieber in einem steuerlos gen Meeresboden sinkenden *Atlantia*-Shuttle als hier. Auch er trug edle, sandfarbene Gewänder, doch sein Gesichtsausdruck war alles andere als edel. Der katzenhafte Junge hasste es, seinen Vater auf diplomatische Anlässe zu begleiten – eine Eigenschaft, die er sich mit Anna teilte. Und dieser spezielle Anlass, ein Schaulaufen an der Schule seiner beiden besten Freunde, war offensichtlich besonders unangenehm für ihn.

»Guten Morgen«, sagte Botschafter Manurr. Er sprach so laut, dass seine Stimme mühelos bis ans hintere Ende der Aula reichte. Als das Schwebemikrofon zu ihm herübergeflogen kam, wischte er es mit einer sanften, aber bestimmten Handbewegung beiseite. »Danke, dass wir hier sein dürfen, Herr Direktor.«

Schlubb-4-Schlobb erbebte vor Begeisterung.

»Ich«, fuhr Manurr fort, den Blick auf die Reihen der Zuhörer gerichtet, »bin ein Karadeem. Mein Volk lebt auf einem Planeten, weit entfernt von der Erde. Viele von euch werden uns kennen, denn wir gehören schon lange zur Gemeinschaft hier in Aquaterra. Manche von euch kennen uns vielleicht aber noch *nicht* – und vor allem: Manche von euch haben vielleicht Fragen an und über uns. Als irdischer Botschafter meines Volkes gehört es zu meinen Aufgaben, dabei mitzuhelfen, dass wir uns alle gut verstehen. Deswegen sind mein Sohn und ich heute Morgen zu euch gekommen. Wir wollen auch den Kindern Aquaterras gern für Fragen zur Verfügung stehen. Fragen über uns, unsere Welt, unsere Aufgaben und Ziele ... Kurz: über alles, was euch interessiert. Na? Wer möchte anfangen?«

Schweigen. Die Schülerinnen und Schüler wirkten total überrumpelt. Niemand traute sich, den Anfang zu machen, obwohl das Angebot des Botschafters wirklich interessant war.

»Autsch«, murmelte Anna. »Ich fürchte, das wird peinlich.«

»Keine Fragen?« Manurr lächelte breit. »Das glaube ich nicht. Nur zu. Traut euch ruhig.« Er deutete nach links, wo Tresk ziemlich verloren neben dem Direktor auf der Bühne stand. »Ihr dürft auch gern mit meinem Sohn sprechen, wenn ihr mögt.«

Wieder Schweigen. Finn wollte gerade selbst die Hand heben, um die Situation zu retten, da hellten sich Manurrs Züge auf. »Ah«, sagte der Botschafter. »Der erste tapfere Held. Ja, du da in Reihe dreizehn? Was möchtest du wissen?«

Finn sah hinter sich. Der Grobb von vorhin war aufgestanden. Ratlos blinzelnd blickte er in Richtung der Gäste. »Äh«, begann er so langsam, als drehten sich hinter seiner Stirn sattsam eingerostete Zahnräder, die ihm beim Denken halfen. Seine Stimme war ofenrohrtief wie bei den meisten Vertretern seines Volkes. »Ich hab Frage. Ann Jungn, mein ich. An den.«

»Natürlich«, sagte Manurr und nickte auffordernd. »Nur zu, mein Freund.«

Der Grobb legte den kahlen Schädel leicht schief. Wieder blinzelte er. Dann platzte es endlich aus ihm heraus. »Willsu vielleicht meine Milch ham?« Dabei griff er in seinen Ranzen und nahm eine schmale Flasche Milch hervor, vermutlich ein Überbleibsel aus der großen Pause. Freundlich und stolz präsentierte er sie Tresk. »Ich wollt sie mit heim nehmn un meiner Miez innen Freßnapf schüttn, aber wenn du mags, kannste sie ham.«

Das Gelächter, das der ersten, kurzen Schrecksekunde nachfolgte, war absolut ohrenbetäubend. Die komplette Aula schien sich auf die Schenkel zu klopfen. Selbst Herr Schwaiß konnte es sich nicht verkneifen und prustete los. Jedem schien bewusst zu sein, dass der Junge unabsichtlich in ein Fettnäpfchen getreten war – nur dem Grobb nicht.

»Nein, nein«, antwortete Manurr. Er hatte die Hände erhoben und wiegelte ab. Sein Lächeln war keinen Deut kleiner geworden, seine Miene nicht weniger offen und herzlich. »Das ist sehr nett von dir, mein Junge. Aber gib die Milch ruhig deinem Kätzchen.

Wir Karadeem sind zwar katzenhafte Wesen, aber wir unterscheiden uns nicht nur in der Körpergröße von Haustieren wie dem deinen. Wir sind ein stolzes, starkes und traditionsreiches Volk. Mein Sohn Tresk ist beispielsweise nach einem alten Helden aus unserer mythenreichen Heimat benannt.« Hier sah er nach links. »Und mein Sohn, so scheint mir, wächst hier in Aquaterra ebenfalls zu einer Art Held heran. Nur zu, Tresk. Sag ruhig auch mal was.«

Der Angesprochene wirkte wie zehn Tage Regenwetter. Seine Schultern hingen lustlos herab, als er den Kopf hob und zur noch immer kichernden Menge schaute. »Hallo.«

Manurr zuckte mit den Schnurrhaaren, überspielte seine Verwunderung allerdings ebenso schnell wie gekonnt. »Kurz und effizient«, sagte er, und das breite Lächeln kehrte zurück »Gesprochen wie ein echter Held.« Er wandte sich wieder an die Zuschauer. »Gut. Wer von euch hat die nächste Frage?«

Kapitel 8

Der Zweck heiligt das Flunkern

Nach den Hausaufgaben trafen sie sich in ihrem Geheimversteck im Zoo. Tresk war bereits dort, als Finn mit Anna ankam. Sie hatten sich etwas verspätet, weil Anna noch Heisenberg hatte abholen müssen. Nun saß das blaue Limuri-Äffchen auf ihrer rechten Schulter und glotzte neugierig durch die Gegend.

»Na, Miez-Miez?«, grüßte Finn den pelzigen Freund.

Tresk lehnte an einer Seitenwand des kleinen Häuschens. Ihm schien nicht der Sinn danach zu stehen, sich an den Kletterstangen entlangzuhangeln. Das war sehr untypisch für den sonst so aktiven Jungen. »Hör bloß auf«, sagte er brummend. »Eure ganze Schule hat über mich gelacht. Ich gehe nie wieder mit Manurr irgendwohin. Nie mehr!«

»Nicht über dich«, entgegnete Anna. »Über den Fehler unseres Direktors. Und vor allem über Quekk.«

Das musste der Grobb sein. »Du kennst den?«, staunte Finn.

Sie nickte. »Klar. Ist ein netter Kerl. Ein bisschen langsam, aber nett. Der meinte das nicht böse.«

»Alle Grobb sind langsam«, sagte Finn.

Anna runzelte tadelnd die Stirn. »Das stimmt nicht. Das ist ein Vorurteil, weiter nichts.«

»Ach ja? Nenn mir einen, der es nicht ist.«

Seufzend sah das Mädchen zu Tresk. »Siehst du? Genau deswegen ist es wichtig, dass dein Vater und du auch in Schulen gehen: um Vorurteile abzubauen und Trotteln wie Finn zu erklären, was wahr ist und was nicht.«

»Einen Grobb, Anna«, beharrte Finn. Doch er grinste schelmisch. »Nur einen einzigen, und schon bin ich still.«

»Ein Spinner bist du, weiter nichts«, erwiderte sie streng, grinste aber ebenfalls.

»Vorurteile abbauen.« Tresk verzog das Gesicht. »Das sagt Manurr auch immer. Dass wir hier in Aquaterra Brücken schlagen, über die dann neue Generationen von Karadeem schreiten werden. Dass es unsere Aufgabe ist, die Freundschaften der Karadeem mit anderen Welten zu festigen und zu sichern.« Er seufzte. »Aber eigentlich ist es seine Aufgabe, nicht meine. Er ist der Botschafter. Ich … Ich will doch bloß klettern.« Endlich griff er nach einer der Stangen und zog sich in die Höhe.

»Unsere Eltern machen wichtige Dinge«, sagte Anna. »Deine genau wie meine.«

Tresks Mutter war Raumschiffkommandantin in der Armee der Karadeem. So viel wusste Finn. Sie lebte aber nicht auf der Erde, weil sie im Einsatz war und irgendeinen Sternenkrieg ausfechten musste. Tresk vermisste sie, auch wenn er das nicht zugab.

»Und im Gegensatz zu mir«, fuhr Anna fort, »siehst du deinen Vater wenigstens hin und wieder.«

»Mhm.« Tresk ließ von einer besonders hohen Stange die Beine baumeln. »Dafür muss ich nur zum Witz des Tages werden.«

»Eltern«, sagte Finn und nahm auf dem Fußboden Platz. Wieder musste er an Lailani denken, deren ängstlicher Vater ihr auch nicht gerade eine Hilfe gewesen war. Er beschloss, das Thema zu wechseln. »Sagt mal, was meint ihr, war das für eine Fracht war, die Lailanis Taucher transportierten?« Die Frage nagte schon seit Stunden an ihm, und er war froh, sie endlich mit seinen Freunden zu teilen.

Tresk plumpste geschickt zu Boden und kam auf den Pfoten auf. »Darüber denke ich schon die ganze Nacht nach«, gestand er. »Was ist so wichtig, dass man dessentwegen auf Kinder schießt?« Er sah zu Anna. »Was meint deine Mutter denn?«

Anna gestand, dass sie nicht mit Michiko hatte sprechen können.

»Das geht so nicht«, murmelte Finn. Er hob den Kopf und sah seine Freunde an. »Wir warten seit gestern Nachmittag darauf, dass irgendjemand etwas unternimmt. Wir haben Mitch angesprochen, Lailani hat ihren Vater informiert, du wolltest mit Michiko reden … Und? Wir sind keinen Schritt weiter.« Frustriert hielt er inne. Heisenberg sprang von Annas Schulter und kam zu ihm herübergeeilt, als wolle er ihn trösten. Finn strich dem blauen Äffchen über den kleinen Kopf. »Schöne Freunde sind wir! Lailani braucht unsere Hilfe, und wir tun absolut gar nichts.«

»Das stimmt nicht, Finn«, protestierte Anna. »Wir haben schon einiges versucht.«

»Aber nur versucht«, betonte er. »Das genügt nicht. Das siehst du ja selbst. Niemand kümmert sich um diese Sache, wenn wir sie nicht selbst übernehmen.«

»Ich könnte warten, ob meine Mutter *heute* heimkommt und …«

»Das hieße, abermals einen Tag zu vergeuden«, unterbrach Tresk das Mädchen sanft. »Finn hat recht, Anna. Da unten im Meer gehen gefährliche Dinge vor, und je länger wir das nicht unterbinden, desto gefährlicher werden sie vielleicht.« Er nickte entschlossen. »Ich sage, wir sehen uns dieses Korallenriff einmal genauer an. Aus nächster Nähe. Legen wir uns auf die Lauer, und beobachten wir diese mordlüsternen Taucher selbst.«

Finn traute seinen Ohren kaum. »Du willst zurück in Wasser?«, staunte er. »Ausgerechnet du?«

»Warum nicht?«, gab der pelzige Junge zurück. »Einer muss es tun.«

»Aber du bist ein Karadeem«, wunderte sich nun auch Anna. »Du hast Angst vor dem Meer.«

»Unfug.« Tresk schüttelte den Kopf. »Wir Karadeem haben vor nichts und niemandem Angst.«

»Außer vielleicht vor einer lachenden Aula?«, scherzte Finn leise, doch Anna sah ihn sofort tadelnd an, und er entschuldigte sich.

Tresk fuhr fort. »Wir *müssen* zum Riff. Anders werden wir Lailani nicht unterstützen. Wir müssen herausfinden, was dort vor sich geht. Und wenn die Erwachsenen uns dabei keine Hilfe sind, dann helfen wir uns eben selbst.«

»Sehe ich genauso«, stimmte Finn seinem Freund zu. »Wir sitzen hier herum, anstatt zu handeln. Kein Wunder, dass wir unzufrieden sind.«

Anna seufzte. »Ihr habt ja recht, aber wie stellt ihr euch das vor? Wie sollen wir das Riff erreichen? Dort hält keine Hyperloop-Bahn!«

»Wir leihen uns ein *Atlantia*-Shuttle«, schlug Finn vor.

»Ohne den Datenstick, der es startet?« Anna schnaubte kopfschüttelnd. »Diese Tauchboote mögen automatisiert sein, aber sie sind nicht dumm, Finn. Die merken es, wenn man kein Angehöriger von *Atlantia* ist. Da kommen wir nie und nimmer allein rein – und Lailani ist nicht hier.«

Selbst wenn, hätte wahrscheinlich nicht sie den Stick, sondern ihr Vater. Und ob der ängstliche Alowan ihn nach der Beinahekatastrophe vom Vortag noch einmal an seine Tochter verleihen würde, bezweifelte Finn stark. »Okay«, gab er niedergeschlagen zu. »Aber hast du vielleicht eine bessere Idee?«

Anna hatte keine. Auch Tresk schwieg ratlos und nachdenklich.

Minuten vergingen, ohne dass den Freunden eine Erleuchtung kam. Irgendwann hatte Finn genug. Das musste doch zu lösen sein, verdammt! Er zog seine Datenbrille aus der Tasche, setzte sie auf und weckte die Elektronik durch ein sanftes Tippen gegen den Brillenträger.

»Hey Finn«, meldete sich Omikron 1 sofort. Die Künstliche Intelligenz klang so fröhlich und interessiert wie immer. »Alles klar bei dir?«

Mit wenigen Worten beschrieb Finn ihr Dilemma. »Wir müssen zu Lailanis unterseeischem Riff«, endete er, »und das so schnell wie möglich.«

»Aber uns Kindern wird bestimmt niemand ein Tauchboot anvertrauen«, ergänzte Anna.

»Hast du vielleicht eine Idee, Omikron?«, fragte Tresk, wenn auch wenig zuversichtlich. »Gibt es im Netz eine Liste herrenloser Tauchboote, oder so ähnlich?«

Die Computerstimme schwieg eine Sekunde lang. Finn sah,

wie Bilder und Texte auf der Innenseite seiner Brillengläser erschienen. Sie kamen und gingen in so rascher Folge, dass er sie nicht einmal richtig erkennen konnte. Doch er verstand, was sie bedeuteten: Omikron 1 hatte sich mal wieder in Datennetze der Stadt eingeloggt und stellte in Windeseile Nachforschungen an.

Dann kam die wirre Abfolge zum Stehen, und ein letztes Bild füllte die Gläser der Brille komplett aus. Es handelte sich um eine Luftaufnahme des Hafens von Aquaterra, genauer gesagt eines einzelnen Anlegepiers.

»Eine Liste mit Tauchbooten?«, wiederholte Omikron 1. »Nein, Tresk. Ich fürchte, damit kann ich nicht dienen.« Er zögerte kurz, als wolle er aus dem Augenblick alles an Effekt herausholen, was nur ging. »Aber ich habe in der Tat eine Idee für euch, und zwar eine ganz hervorragende, wie es sich für ein Programm meiner Klasse gehört.«

»Ach ja?« Anna hob verblüfft die Brauen. »Welche denn?«

»Ja, genau«, sagte Tresk und beugte sich vor. »Raus damit, Omikron. Wir wollen sie hören.«

Die Künstliche Intelligenz hatte keinen Körper und daher auch keinen Mund. Dennoch war Finn, als könne er sie zufrieden lächeln hören, als sie weitersprach. »Ich gebe zu, der Plan ist ziemlich … ungewöhnlich. Vielleicht sogar ein wenig unfein. Aber ich bin mir fast zu hundert Prozent sicher, dass er funktionieren wird. Also, liebe nichtdigitale Lebensformen, passt einmal auf …«

Die Mauer des Lagerhauses war rau und kalt. Überall lag Dreck, und die Hafenluft roch an diesem Nachmittag deutlich salziger als sonst. Oder bildete er sich das ein? Finn sah sich in der engen und ufernahen Seitengasse um, die soeben ihr Versteck geworden war, und schluckte hörbar. »Glaubst du wirklich, dass dein Plan funktioniert? Falls nicht, verpfeift der Typ uns nämlich vielleicht an unsere Eltern.«

Anna, die neben ihm kauerte und unauffällig die Hafenpromenade beobachtete, drehte sich zu ihm um. Doch seine Worte hatten nicht ihr gegolten.

»Glaube ich es?«, erwiderte Omikron 1. »Ja, ohne jeden Zweifel. Falls du aber wissen möchtest, ob ich es mit Sicherheit *weiß* … Nein, Finn. Ich habe viele Fähigkeiten, aber die Zukunft kann selbst ich nicht vorhersagen. Was ich durchaus bedaure, nebenbei bemerkt.«

Anna musste schmunzeln. »Erklärst du es uns noch ein letztes Mal, Omikron?« Sie schenkte Finn einen mitleidigen Blick. »Und sei es nur als Beruhigung für Finns sichtlich überstrapazierte Nerven.«

Finn schien protestieren zu wollen, doch Omikron 1 kam ihm zuvor. »Gern, Anna«, antwortete die Künstliche Intelligenz aus der Datenbrille. »Also, in ganz Aquaterra gibt es genau ein Dutzend Personen oder Firmen, die am Hafen ansässig sind und dort Tauchboote an Touristen vermieten. Manche nur stundenweise, die meisten aber auch für ganze Tage oder sogar für länger. Angeboten werden kleine Boote, ähnlich den Shuttles von gestern, sowie größere Modelle für mehrere Reisende und längere Fahrten. Einige von ihnen sind schlicht und zweckmäßig ausgestattet, andere wirken so luxuriös wie ein kleiner Königspalast.«

»Und wirklich nur eine von diesem ganzen Dutzend an Personen ist ein Bimmi?« Sie runzelte die Stirn. Diesen Teil der Recherchen bezweifelte sie noch immer. »Ein Einziger aus zwölf?«

»So ist es«, bestätigte das Programm aus Finns *VisoStar*. »Herr Synk leitet das Unternehmen *Synk-Tauchfahrten*. Und er gehört zum Volk der Bimmi.«

»Sink-Tauchfahrten?« Trotz seiner sichtlichen Anspannung musste Finn lachen. »Klingt nicht gerade vertrauenerweckend. Ich weiß nicht, ob ich mit Booten fahren will, die ›Sink‹ heißen.«

Anna knuffte ihn in die Seite. »Synk, nicht Sink, du Witzbold. Lass Omikron gefälligst ausreden, ja?«

»Herr Synk ist Chef und einziger Angestellter seiner kleinen Firma«, fuhr Omikron 1 fort. »Auch das kommt unserem Plan zugute.«

Nun musste Finn nicken. »Weil niemand sonst da ist, der Herrn Synk berichtigen könnte.«

»Ganz genau«, sagte das Programm. »Er allein trifft bei *Synk-Tauchfahrten* die Entscheidungen, er allein verleiht die Boote. Deshalb muss Tresk auch nur ihn überzeugen. Und das wird er. Statistisch gesehen, spricht alles dafür.«

Statistisch gesehen. Anna schüttelte den Kopf.

»Von so einer Statistik habe ich noch nie gehört«, warf Finn ebenfalls ein. »Bimmi, die Karadeem nicht erkennen können?«

»Natürlich können sie sie erkennen«, korrigierte Anna ihn streng. Eine sanfte Meeresbrise spielte mit ihrem langen Haar, und Heisenberg kletterte von ihrer Schulter. Schnell fing sie das Limuri-Äffchen wieder ein. »Sie sind ja nicht blind, Finn.«

»Korrekt, Anna«, sagte die Künstliche Intelligenz. »Wie die Wissenschaft aber herausgefunden hat, bereitet es den Bimmi ernste Schwierigkeiten, einzelne Karadeem voneinander zu trennen. Ich will euch nicht mit den biologischen Details langweilen, doch die meisten Vertreter dieser Spezies sind schlicht nicht in der Lage, mit Pelz bedeckte Gesichter zu unterscheiden. Für sie sieht ein Karadeem so aus wie der nächste.«

»Davon hätten wir doch sicher längst erfahren«, beharrte Finn. »Die Bimmi gehören zu den Gründervölkern von Aquaterra, und die Karadeem ebenfalls. Die leben doch nicht erst seit gestern zusammen hier. Wie kommt es, dass diese angebliche Eigenschaft von ihnen nicht überall bekannt ist?«

»Vielleicht ist sie den Bimmi peinlich«, meinte Anna. »Wer gibt schon gern zu, dass er nicht weiß, wer gerade vor ihm steht.« Sie schmunzelte wissend. »Mein Vater trifft jeden Tag ganz viele Leute – im Rathaus, auf Empfängen, bei öffentlichen Auftritten und so weiter. Auch er kann sich nicht immer merken, wen er bereits von früheren Terminen her kennt und wen nicht. Das darf er aber nicht zugeben, weil manche Leute beleidigt sein könnten, wenn sich ihr Bürgermeister nicht an sie erinnert. In Regierungskreisen, so sagt mein Vater immer, hält sich jeder Hinz und Kunz für den wichtigsten Einwohner der Stadt und möchte auch so behandelt werden. Leider.« Wenn es stimmte, was Omikrons Quellen behaupteten, dann wollten die Bimmi ihre Schwäche vermutlich einfach nicht zugeben. Auch um niemandem auf die Füße zu treten.

»Aber Tresk ist kein Erwachsener«, gab Finn zu bedenken, was ihn auch schon vorhin im Affenhaus an diesem Plan am meisten beunruhigt hatte. »Er ist gar nicht groß genug, um als ausgewachsener Karadeem durchzugehen. Wenigstens das muss Herrn Synk doch stutzig machen.«

»Es kann«, korrigierte Omikron 1 ihn. »Wenn wir Pech haben. Aber es muss keineswegs. Bimmi sind mitunter … recht impulsiv.«

Nun musste sogar Finn schmunzeln. *Die* Beschreibung traf auf jeden Fall ins Schwarze.

»Vielleicht haben wir Glück«, stimmte Anna zu. »Es ist einen Versuch wert. Zumal wir echt keine Alternative haben, Finn. Wenn das hier nicht klappt, dann war's das mit unserem Tauchboot.«

Sie hatten bereits vergeblich versucht, Lailani zu kontaktieren. Die junge Neptyne war vermutlich beschäftigt. Oder sie hatte wegen der Abenteuer vom Vortag Hausarrest bekommen – was Anna nicht hoffte.

Endlich nickte Finn. »Dann hängt jetzt also alles an Tresk, dem Meeresfeigling«, murmelte er. »Und an einem Bimmi mit unpassendem Namen. Na bravo.« Er duckte sich in Annas Schatten und wartete einfach ab.

Wie ging man eigentlich lässig? Finn hatte Tresk geraten, er müsse unbedingt lässig und entspannt auftreten, doch je mehr sich der junge Karadeem darauf konzentrierte, desto verkrampfter kam er sich vor. Verflixt, so *musste* er doch auffliegen!

Langsam überquerte Tresk die Hafenpromenade in Aquaterras Osten. Sie unterschied sich ziemlich vom künstlichen Strand mit seinen Sandburgen, Sonnenschirmen und harkonnatischen Superspeed-Surfbrettern. Um diese Stunde herrschte am Hafen ein ziemlicher Betrieb. Schiffe wurden be- und entladen, Frachtcontainer warteten vor den Piers, große Hallen standen offen, und Möwen kreischten in der sommerwarmen Luft. Überall eilten Arbeiter herum, Antigrav-Staplerfahrzeuge drehten ihre Kreise. Aber auch der ein oder andere Spaziergänger, dem der Sand und die Imbissbuden der Strandpromenade vielleicht zu touristisch waren, hatte sich hierherverirrt, um einmal echte Hafenatmosphäre zu genießen. Tresk sah Menschen in luftigen Kleidern, Atherier mit ernsten Mienen und sogar den ein oder anderen Grobb unter den Spaziergängern, die so unbekümmert an den Hallen, Schiffen und Arbeitern vorbeiflanierten, als seien sie noch immer von Urlaubern und Freizeitgenießern umgeben.

Ein Grund dafür mochte Herr Synk sein. *Synk-Tauchboote* lag verblüffend weit von den meisten anderen Bootsverleihern entfernt. Die kleine Anlegestelle war gewissermaßen ein Bindeglied zwischen dem industriellen Hafen hier und dem spürbar entspannteren Sandstrand mit seinen Souvenirläden, Holo-Spielen und Sportfeldern dort. Sie bestand im Grunde nur aus einem ebenso langen wie schmalen Pier und einem kleinen, ein wenig zerbeult wirkenden Fertigcontainer an dessen vorderem Ende. Auf dem Dach des Containers prangte das Firmenlogo als grell blinkende Holo-Projektion, dreidimensional und mehrfarbig: eine stilisierte Meereswelle, auf der eine goldene Kugel ritt; darunter der Schriftzug mit dem in Tresks Augen vielleicht ein wenig unglücklich wirkenden Namen des Unternehmens.

Ein breites Fenster in der Frontseite des Häuschens stand weit offen. Schon aus mehreren Schritten Entfernung hörte Tresk jemanden darin schimpfen. »Verflixt, wie oft soll ich es noch sagen«, drang die wütende Stimme an seine Ohren. »Ich habe kein Geld für euch, weil ich euch keines mehr schulde! Das wisst ihr so gut wie ich, und das könnt ihr Baba Umpa auch getrost von mir ausrichten, ja? Das bisschen, das er mir letzten Monat geliehen hat, habe ich längst zurückgezahlt – und von Zinsen war nie die Rede.«

Tresk stutzte. Baba Umpa? So hieß doch dieser halbseidene

Ondrakaner aus dem Galaktischen Viertel der Stadt, dem er, Anna und Finn kürzlich bei ihrem Abenteuer um Omikrons Erbauer begegnet waren. Damals hatte nicht viel gefehlt, und der tentakelbewehrte Ganove wäre ihnen richtig gefährlich geworden! Und mit so jemandem machte Herr Synk Geschäfte?

Der Bimmi im Inneren des Häuschens redete wieder. »Doch, es *war* nie die Rede davon. Selbstverständlich nicht. Ich bin ein Synk, verstanden? Und ein Synk lügt nicht!« Eine Pause. »Das wüsstet ihr aber? Bitte schön, was soll das denn jetzt heißen? Nennt ihr mich etwa einen Lügner, ihr …?« Abermals wurde die Stimme unterbrochen.

Inzwischen war Tresk an dem vielleicht zwei Mal vier Meter großen Bau angekommen. Durch das Fenster sah er den Mann in seinem Inneren. Herr Synk trug ein kunterbuntes Hawaii-Hemd, das ihm viel zu groß war, und eine merklich in die Jahre gekommene Kapitänsmütze auf dem kahlen Schädel. Seine großen Augen versteckten sich hinter einer Datenbrille mit getönten Gläsern – dem Gerät, mit dessen Hilfe er offenbar telefonierte. Statt in einem typischen Bimmi-Gestell fläzte sich Synk auf ein paar Kissen, die einen kleinen Tisch bedeckten. In der rechten Hand hielt er eine schmale Zigarre, die leicht qualmte.

Und genau diese fiel ihm gerade aus den Fingern. »Ihr wollt *was*?«, fragte der Bimmi keuchend. Er schoss aus den Kissen hoch. Sein Blick verlor sich im Inneren seiner Brillengläser. Entsetzen sprach aus jeder seiner Bewegungen. »Hört mal, das … Das ist vollkommen unnötig! Niemand muss sich meinetwegen herbemühen, okay, erst recht nicht …« Abermals zuckte Herr Synk zusammen. »Hallo?«, fragte er die Personen am anderen Ende der Verbindung. »Hallo? Seid ihr noch da?«

Dem schien nicht so zu sein. Die Gegenseite hatte das Gespräch wohl kurzerhand beendet. Mit zitternden Fingern zog Synk sich die Datenbrille vom Kopf. Seine Miene war ganz grün vor Entsetzen. »Mister Razzor«, kam es über seine Lippen, wispernd und voller Furcht.

»Ähm, Entschuldigung?«, machte Tresk vorsichtig.

Der Bimmi erschrak abermals. Dass sich ein Kunde an sein Häuschen gewagt hatte, war ihm offensichtlich komplett entgangen. Ruckartig wirbelte er herum und sah Tresk an. »Wa... Was?«, fragte er stockend und ein bisschen zu laut. »Wer sind *Sie* denn?« Dann blinzelte er und erstarrte. »Nein!«

»Nein?«, wiederholte Tresk verwirrt. »Was meinen Sie?«

Synk hob abwehrend die dünnen Ärmchen. »Hören Sie, ich ... Ich will keinen Ärger, in Ordnung? S... Sie können das Geld haben. Hier, meine Kasse steht gleich unter diesem Tisch. Sehen Sie sie? Sagen Sie Baba Umpa, es sei alles nur ein dummer Scherz gewesen, okay? Nur ein Scherz unter Freunden.«

Verwirrt zuckte Tresk mit den Schnurrhaaren. »Ähm, ich glaube, Sie verwechseln mich mit jemandem. Ich möchte doch nur ...«

Doch der ängstliche Bimmi hörte gar nicht zu. »Schon klar, schon klar«, sagte Synk schnell und deutete eine untertänig wirkende Verbeugung an. »Mein Humor ist nicht der Beste. Sagt man mir immer wieder, hehe.« Sein Lächeln wirkte so falsch wie sein erzwungen fröhlicher Tonfall. Seine Stimme zitterte. »Aber Baba versteht das doch. Baba kann das ab. Baba und ich sind ja uralte Kumpels.« Er schluckte. Mit jedem weiteren Wort wurde er leiser, flüsternder, flehender. »Und Kumpels spießen einen nicht mit den Krallen auf, oder?«

Tresk verstand gar nichts mehr. Er beschloss, einfach den Text aufzusagen, den er sich vorhin schon in Gedanken zurecht gelegt hatte. Dann würde er ja sehen, was geschah. Mehr konnte er sowieso nicht tun. »Guten Tag«, begann er. »Mein Name ist Tahatza, und ich bin ein erwachsener Karadeem. Ich würde gern ein kleines, günstiges Tauchboot mieten. Können Sie mir da helfen?«

Synk starrte ihn aus großen Augen an. Sekunden verstrichen. »W…«, stammelte er schließlich. »Wie bitte?«

»Ein Tauchboot«, wiederholte Tresk hilflos. »Für mich, den Karadeem-Mann namens Tahatza. Ginge das vielleicht?«

»Tahatz…« Synk keuchte vor Erleichterung. Unendliche Anspannung schien von ihm abzufallen, und er sank wieder auf sein Bett aus weichen Kissen. »Beim Panzer des großen Didakten! Sie sind gar nicht Mister …? Oh, Sie sind es wirklich nicht!«

Restlos verwirrt hob Tresk die Schultern. Er lebte nun schon seit Wochen auf der Erde, doch erst in diesem bizarr anmutenden Augenblick am Hafen fühlte er sich wirklich wie auf einem fremden Planeten. »Wer bin ich nicht?«, fragte er sein Gegenüber.

Doch Synk hörte schon nicht mehr zu. Eine bemerkenswerte Verwandlung ergriff den kleinen Bimmi. Wo er eben noch panisch und schockstarr gewirkt hatte, kehrte nun das Leben in ihn zurück. Synks Gesichtsfarbe näherte sich wieder ihrer gesunden grauen Blässe, sein Lächeln wurde breiter und ehrlicher, und in seine Augen trat das Funkeln eines Geschäftsmannes, der einen willigen Kunden vor sich ahnte. Einen Kunden mit Geld. »Sie möchten ein Boot«, begriff er endlich. »Ganz hervorragend, Herr Tahatza. Wirklich ganz hervorragend. Ich darf Sie beglückwünschen, denn Sie sind zur richtigen Stelle gekommen. Einzig und allein *Synk* verleiht die besten Boote der Stadt!« Dabei bückte er sich nach seiner Zigarre und hob sie auf, als wäre nichts geschehen. »Darf ich Ihnen ein paar unserer schönsten Fahrzeuge zeigen?«

Tresk nickte so erleichtert wie nie zuvor.

Wenige Minuten später war der Handel abgeschlossen. Um ein Taschengeld ärmer, dafür aber mit einem Shuttle-Zugangsstick in der Pfote kehrte Tresk zu seinen Freunden zurück, die sich in der nahen Seitengasse versteckten, um nicht von Synk bemerkt zu werden.

»Es hat tatsächlich geklappt!«, jubelte Anna, als er ihr voller Stolz den Stick hinhielt.

Finn ließ die Schultern sinken. »Puh, das freut mich.«

»Das Boot liegt gleich dort vorn«, wusste Tresk. »Es fasst mühelos drei Personen, sagt der Bimmi. Und wir müssen es erst heute Abend zurückbringen, uns bleibt also Zeit.« Dann stutzte er. »Aber, sagt mal: Kennt einer von euch vielleicht den Namen Razzor? Mister Razzor?«

Die zwei Menschen schüttelten die Köpfe. »Nie gehört«, antwortete Anna.

Plötzlich hob Finn, der noch immer seine *VisoStar 3000* trug, die Hand. »Moment, bitte. Omikron 1 zeigt mir gerade ein paar Bilder aus den Netzen und ... Ist das ein Karadeem? Ui, der sieht aber verschlagen aus!«

»Verschlagen ist das richtige Wort, Finn«, drang die Stimme der K.I. aus der Brille. »Mister Razzor ist der Tarnname eines gefährlichen und mysteriösen Geldeintreibers. Die Polizei von Aquaterra war bislang nicht in der Lage, ihn zu schnappen. Angeblich arbeitet Razzor für den Ganoven Baba Umpa.«

»Warum fragst du denn nach *dem*?«, wunderte sich Anna.

Tresk verkniff sich ein Schmunzeln. »Och, nur so«, antwortete er ausweichend. Er war stolz, das Tauchboot bekommen zu haben. Nun aber war er noch mehr stolz darauf, mit wem Synk ihn verwechselt hatte, auch wenn das albern klang. Es stimmte offenbar wirklich: Für die Bimmi sah ein Karadeem aus wie der andere.

Kapitel 9

Angriff aus dem Nichts

Das Boot des Bimmi war ganz anders als die *Atlantia*-Shuttles vom Vortag. Zum einen war es deutlich größer, mindestens doppelt so groß, und zum anderen war es alt. Annas Blick wanderte über Konsolen, die zu keinerlei Holo-Technologie fähig waren, über Monitore mit dünnen Rissen im Glas, über Sitze, aus denen die Polsterung quoll, und über einen Fußboden, der seit Ewigkeiten nicht mehr geschrubbt worden zu sein schien. Vielleicht, so dachte sie, hatte Finn doch recht, und ein Unternehmen namens Synk konnte nur sinken.

»Was für eine Schrottkiste«, murmelte Finn. Halb entsetzt und halb belustigt sah er sich im Cockpit des Bootes um, das die Freunde soeben betreten hatten. »Und dieser Synk hat tatsächlich behauptet, er hätte die sichersten und flottesten Boote von ganz Aquaterra?«

»Er versicherte mir sogar, er gäbe mir das Beste von allen«, bestätigte Tresk. Der Sohn des karadeemischen Botschafters trat an die Steuerkonsole und nahm die Armaturen in Augenschein. »Da wird er allerdings ein wenig übertrieben haben.«

»Aber wirklich nur ein wenig«, sagte Anna trocken. Seufzend ließ sie sich in einem der Sessel nieder, woraufhin das Sitzmöbel umgehend ein bisschen quietschte. »Leute, meint ihr wirklich, dass wir das tun sollten? Dieser Kahn sieht nicht gerade sicher aus. Vielleicht finden wir irgendwo doch noch einen Bootsverleiher, der uns hilft. Oder wir erreichen Lailani endlich, und sie kommt uns abholen.«

»Kein Erwachsener in ganz Aquaterra würde drei Kindern ein Tauchboot anvertrauen«, widersprach Tresk. »Das hast du vorhin selbst gesagt, Anna, und du hattest recht. Absolut niemand.«

»Und Lailani ist nach wie vor offline«, wusste Finn. Er hatte die Brille auf der Nase und es offenbar soeben erneut bei der Neptyne versucht. »Leider. Ich erreiche sie nicht, und wir haben schon viel zu lange gewartet.«

»Also nehmen wir Synks bestes Boot«, fasste Tresk zusammen, »oder wir bleiben an Land. Und so schlau wie vorher.«

Finn nickte. »Was nicht besonders schlau *ist*.«

»Exakt«, fand Tresk. »Wir müssen zum Korallenriff, Anna. Nur dort finden wir die Antworten, die wir so dringend brauchen. Das weißt du. Nur dort kommen wir endlich vorwärts. Je mehr Zeit wir ungenutzt verstreichen lassen, desto länger können Lailanis unheimliche Taucher ihren gefährlichen Schurkereien nachgehen. Wie auch immer die aussehen.«

Für einen kurzen Moment verlor sie die Geduld. »Seit wann bist du eigentlich so wild darauf, unter Wasser zu sein?«, blaffte sie ihren pelzigen Freund an. »Ausgerechnet du!«

»Ich bin ein Karadeem«, antwortete er schulterzuckend. »Wir fürchten uns vor nichts.«

Ha ha, dachte sie, verkniff sich aber eine Bemerkung. Zumal sie zu verstehen glaubte, was Tresk umtrieb. Der Junge vom anderen Planeten hatte das Boot besorgt, obwohl nicht einmal Finn gedacht hatte, dass es ihm gelänge. Klar, dass Tresk auf diese Leistung stolz war. Durfte es sie dann wirklich überraschen, dass er nun loslegen wollte? Karadeem hatten nicht nur ein Problem mit dem Meer und seinen Untiefen, sie waren auch für ihren sturen Kopf und ihr Ehrgefühl bekannt. Hatten sie sich ein Ziel gesetzt, dann verfolgten sie es mit aller Kraft. Und Tresks aktuelles Ziel war offensichtlich Lailanis Riff unten am Meeresgrund.

Finn nahm den Stick und schob ihn in den entsprechend beschrifteten Schlitz in der Mitte der Steuerkonsole – ein Scan-Feld gab es in diesem alten Boot genauso wenig wie ein ordentlich breites Sichtfenster. Sofort erwachte das Pult zu hell leuchtendem Leben. Die Monitore flackerten auf, und das Triebwerk des Tauchshuttles begann leise und beruhigend stetig zu summen.

»WILLKOMMEN BEI *SYNK-TAUCHFAHRTEN*«, erschienen grün schimmernde Worte auf dem zentralsten und größten Monitor des Cockpits, direkt vor Finn. »DANKE, DASS SIE SICH FÜR UNSER UNTERNEHMEN ENTSCHIEDEN HABEN. BITTE GEBEN SIE DAS ZIEL IHRER REISE EIN – UND DANN LEHNEN SIE SICH EINFACH ZURÜCK. UNSERE TOPMODERNE BORDELEKTRONIK ÜBERNIMMT ALLE WEITEREN ARBEITEN FÜR SIE.«

»Topmodern?« Finn grinste schwach. »Wann soll das gegolten haben? Vor fünfzig Jahren?«

»Eher vor hundert«, murmelte Anna grimmig.

Das Leuchten der Anzeigen und das Brummen des Antriebs übertönten ihren quietschenden Sessel und versöhnten sie ein wenig mit dem Boot. Außerdem hatte sie noch nie davon gehört, dass Touristenboote vor Aquaterras Küste in Seenot geraten wären. Auch das schien beruhigend. Gäbe es Unfälle bei der Firma

Synk, hätte das Rathaus – und somit auch ihr Vater – davon fraglos Kenntnis.

»Ihr wollt wirklich starten, hm?«, fragte sie und sah ihre zwei Freunde an.

Tresk nickte sofort.

Finn deutete auf die Steueranzeigen, die zwar alt waren, bislang aber fehlerfrei wirkten. »Dürfte klappen«, sagte er schlicht.

»Also dann«, ergab sie sich seufzend. »Stechen wir in See. Aber falls wir heute ertrinken, komme ich als Gespenst zu euch und spuke, bis ihr vor Angst nicht mehr schlafen könnt!«

»Müssen Gespenster überhaupt schlafen?«, gab Finn zurück. Seine Mundwinkel zuckten. »Denn wenn du ertrinkst, ertrinken wir ja auch, und dann …«

»Halt die Klappe und fahr einfach los«, unterbrach sie ihn.

Finn lachte kurz auf und gehorchte.

Das Korallenriff am Rand des Abgrunds war absolut atemberaubend. Nun, da er es in Ruhe betrachten konnte, fielen Finn beinahe die Augen aus dem Kopf. Wie ein felsiger Unterwassergarten erstreckte es sich quer über den unterseeischen Bergrücken, ein vergessenes Wunderland direkt vor Aquaterras Randpromenaden. Da waren hohe und doch fein verästelte Korallen, wuchernde Schwämme und sich in der Strömung wiegendes Seegras. Fischschwärme zogen ihre Bahnen, einer bunter und fremdartiger als der andere. Finn sah milchig weiße Quallen, träge Tintenfische und allerlei weitere Lebewesen, die er nicht einmal dem Namen nach zu kennen glaubte.

Echt erstaunlich, dachte er. Da wohnte er nun schon sein ganzes Leben lang nur wenige Hyperloop-Minuten vom Wasser entfernt, und doch wusste er so gut wie nichts darüber, wie es im Meer tatsächlich zuging. *Erstaunlich … und ganz schön blamabel.*

»Wenn das hier vorbei ist«, murmelte er gedankenverloren vor sich hin, »dann komme ich viel öfter zum Meer. Versprochen. Und nicht nur in die *OceanWorld*.«

»Was brummst du da?«, fragte Tresk. Der Karadeem saß im Sessel neben Finn und steuerte die beiden großen Scheinwerfer, die an der Vorderseite des Tauchboots angebracht waren, gemütlich von links nach rechts und wieder zurück. Wo ihr Lichtkegel hinfiel, da wurde der Ozeanboden hell, und die drei Freunde konnten ihn auf dem Monitor sehen.

»Nichts, nichts«, wehrte Finn sanft ab. »Mich wundert nur, wie wenig ich über manche Dinge weiß, obwohl sie direkt vor meiner Nase liegen.«

Tresks spitze Katzenohren zuckten amüsiert. »Ich verstehe, was du meinst.«

»Das ist schon eine Welt für sich, hm?« Anna war von ihrem Sessel in der hinteren Reihe des Cockpits aufgestanden und lugte den Jungs nun über die Schulter. Auch ihr Blick hing an dem Monitor. »Das Meer hat bestimmt schon früher die Menschen enorm fasziniert. Ihr habt auch Meere auf Katharrlon, richtig?«

»Klar«, bestätigte Tresk. »Ohne Meere keine Küsten, und ohne Küsten keine Mioww-Seekühe.« Er zögerte kurz. »Aber als faszinierend hat sie auf meinem Planeten vermutlich noch nie jemand bezeichnet. Eher als unnütz.« Auffällig unauffällig warf er der Anzeige einen Seitenblick zu, die die Funktionen des Lebenserhaltungssystems zeigte, also der Sauerstoffversorgung und dergleichen. Dort schien aber alles in Ordnung zu sein. Das Tauchboot tat genau, was es sollte.

Heisenberg sprang von Annas Schulter und auf die Steuerkonsole. Sorglos spazierte das blaue Limuri-Äffchen dort drauflos. Finn hatte Mühe, es von den Tastaturen und anderen Bedienelementen fernzuhalten. »He«, murrte er. »Die Steuerpulte sind allein dem Piloten vorbehalten.«

»Und dem Co-Piloten«, betonte Tresk.

Anna schmunzelte und nahm das Äffchen wieder. »Allmählich macht's dir hier unten richtig Spaß, hm?«

»Ich bin nicht zum Vergnügen gekommen«, widersprach Tresk sofort, obwohl Finn nicht so sicher war, ob Anna ihn anstelle des Äffchens gemeint hatte. Schon allein der Gedanke, dass er Gefallen am Meer finden könnte, schien den Karadeem zu entsetzen. »Sondern wegen Lailani.«

»Gutes Stichwort«, fand Finn. Nachdenklich betrachtete er die Anzeigen des Monitors und der übrigen Displays. »Fällt euch hier vielleicht etwas Ungewöhnliches auf? Etwas, weswegen man extra Taucher mit einem Lastschlitten herschickt und mit Waffen ausrüstet? Mir nämlich nicht, ehrlich gesagt ...«

Anna schüttelte den Kopf. »Wenn die hier unten etwas versteckt haben, dann kann es überall sein«, sagte sie. »Hat Lailani nicht erzählt, sie wären in der Nähe des Abgrunds gewesen? Wahrscheinlich haben sie ihre Fracht einfach hineingeworfen.«

»In die würde ich nur ungern hinuntertauchen und nachsehen«, sagte Finn. »Herrn Synks Boot wird dafür auch bestimmt nicht geeignet sein, oder?«

»Untersteh dich, darüber auch nur nachzudenken!«, entfuhr es Tresk erschrocken. »Wir bleiben schön hier oben, klar?«

»Keine Sorge.« Finn nahm die Finger vom Steuerpult. Er tat dort ohnehin nichts, weil das Boot selbsttätig arbeitete, doch die

Geste sprach Bände. »So abenteuerlustig bin ich auch nicht, dass ich viertausend Meter tief bis zum Meeresgrund tauchen wollte.«

»Dann hatte Lailanis Vater sogar noch recht, als er die Hände in den Schoß legte, anstatt zu handeln?«, fragte Anna sich laut. »Gibt es hier tatsächlich nichts zu entdecken?«

»Dem würde ich widersprechen«, erklang eine vertraute Stimme aus zwei in der Steuerkonsole verborgenen kleinen Lautsprechern. »Ja, das würde ich. Sogar mit Nachdruck.«

Finn staunte nicht schlecht. »Omikron?« Auch Tresk und Anna sahen sich verdutzt um. »Bist du das?«

»Hallo, Finn«, erwiderte die Künstliche Intelligenz. Sie klang dabei ziemlich amüsiert. »Alles klar bei dir?«

»Aber …« Anna runzelte die Stirn. »Deine Stimme kommt ja aus dem Bordcomputer, nicht aus Finns Brille!«

Finn, der sich die *VisoStar* soeben von der Nase zog, betrachtete das Gestell voller Verblüffung.

»Ganz recht«, bestätigte Omikron 1. »Weil ich mich ein wenig langweilte, solange ihr meine Dienste nicht brauchtet, habe ich mir gedacht, ich mache mich einfach nützlich.«

»Indem du den Bordcomputer von Herrn Synks Boot enterst?«, witzelte Tresk. Omikron 1 hatte schon ganz andere Computer angezapft.

»So ist es.« Das intelligente Programm ließ eine winzig kurze Pause verstreichen – vermutlich, damit seine drei Freunde bewundernd innehalten konnten. Dann fuhr es fort. »Ich dachte mir, so ein Tauchboot müsse ja irgendwo auch Sensoren haben. Und mit meiner Hilfe, das dachte ich mir danach, könnten diese Sensoren bestimmt deutlich mehr leisten als ohne mich.«

»Eine logische Annahme«, fand Anna.

»Danke«, freute sich die K.I. »Und: Ja, sie ist logisch. Mehr noch, sie war goldrichtig!«

»Demnach hast du etwas herausgefunden?«, fragte Finn und Hoffnung schwang mit. Einmal mehr sah er zum Monitor, doch das Riff ließ sich seine Geheimnisse von zwei läppischen, ziellos umherwandernden Scheinwerfern nicht entlocken. »Über Lailanis Taucher und ihre Absichten?«

»Gewissermaßen«, antwortete Omikron 1.

Einen Moment später veränderte sich das Summen des Antriebs, und auf dem Monitor kippte der Meeresboden abrupt nach links.

»Hey«, erschrak Tresk. Aus weit aufgerissenen Augen sah er zu den Konsolenanzeigen.

»Keine Sorge, das bin nur ich«, versicherte die Künstliche Intelligenz. »Ich habe kurz das Steuer übernommen, weil ich euch etwas zeigen möchte. Etwas, das die bedauernswert schlichten Sensoren dieses Bootes soeben erst bemerkt haben, und das auch nur dank meiner überlegenen Speicherkraft. Wartet kurz, wir sind gleich da.«

Ganz schön gespannt verfolgten Finn, Tresk und Anna, wie das kluge Computerprogramm Herrn Synks Tauchfahrzeug in eine neue Position brachte. Diese lag mehrere Meter von der alten Stelle entfernt und direkt am Rand des Abgrunds.

Finn zog die Brille wieder an und kniff die Lider enger zusammen. Doch sosehr er sich auch anstrengte, konnte er nichts Ungewöhnliches erkennen. Nur Wasser, Steine, Schwämme und … »Moment mal.«

»Siehst du es?«, fragte Omikron 1. »Da vorn rechts. Neben dem Büschel Seegras.«

»Was ist denn da?«, wunderte sich Anna. Sie beugte sich noch weiter vor. Fast hing sie schon mit der Nasenspitze am Monitor. »Ich sehe absolut gar nichts.«

Aber Finn. Mittels eines Bewegungsbefehls hatte er das Menü der *VisoStar 3000* aufgerufen und den Zoom aktiviert, der den entsprechenden Bildausschnitt um ein Vielfaches vergrößerte. So fiel ihm das Detail auf. »Ich kann's nicht genau erkennen, denn die Auflösung dieses Monitors ist echt nicht besonders gut«, klagte er und deutete auf den in Herrn Synks Steuerpult. »Aber da liegt etwas. Gleich neben dem Gras. Kannst du es näher heranholen, Omikron?«

»Ich dachte schon, du fragst nie«, antwortete das Programm zufrieden. Das Bild auf dem Bordmonitor flackerte, dann wurde die Auflösung deutlicher und detailreicher. Nicht perfekt, denn die Technik des alten Tauchboots hatte offensichtlich Grenzen und war weit von der eines Holo-Vids entfernt, aber fraglos besser. »Ab jetzt kontrolliere ich die Kameras dieses beklagenswerten Stücks Technik«, fuhr Omikron 1 fort. »Ich kann mit ihnen zwar kein Hexenwerk vollbringen, aber für den Augenblick sollte es auch so gehen. Also: Seht ihr, was ich sehe?«

Da lag etwas, das wie ein Blatt Papier aussah, am Rand des Abgrunds, fast gänzlich von den sanft im Wasser wogenden Stängeln Seegras und den Felsen verborgen. Es war weiß und irgendwie unförmig.

»Was ist das?«, fragte Anna nachdenklich. »Irgendeine Art von Abfall?«

»Sieht eher aus wie ein *Un*fall«, meinte Tresk. »Wie etwas, das sich von etwas Größerem gelöst hat.«

»Vielleicht ein Klebeetikett?«, überlegte Finn. »Etwas, das uns mehr über die Fracht verraten kann, die von den Tauchern transportiert wurde.« Er dachte kurz nach. »Omikron, kannst du uns sagen, was wir da sehen?«

Die K.I. zögerte nicht. »Zum gegenwärtigen Zeitpunkt: Nein. Aber ich kann euch sagen, wie wir es herausfinden.«

»Nämlich?«, hakte Anna nach.

»Tresk«, wandte Omikron 1 sich an den Jungen. »Richte die Scheinwerfer bitte auf die Koordinaten aus, die ich dir nun nenne.« Eine kurze Reihe aus Zahlen folgte, der Finn nicht zuhörte. Danach wandte Omikron 1 sich an ihn, und er horchte auf. »Und du aktivierst bitte den Nachtsicht-Filter deiner *VisoStar*. Und dann gehe auf die höchste Vergrößerungsstufe, die die Brille zu bieten hat. Einverstanden?«

Finn, der die Datenbrille noch immer auf der Nase trug, gehorchte. Konzentriert sah er zum Monitor in der Steuerkonsole … und stieß prompt einen leisen Pfiff aus.

»Was ist denn?«, fragte Anna ungeduldig.

Er deutete auf den Monitor. »Es ist wirklich ein abgelöstes Etikett«, antwortete er. »Und da steht etwas. Irgendeine Art von Beschriftung, ein Logo oder so. Ich kann es sehen.« Der vermeintliche Abfall war doch nicht so unauffällig, wie sie gedacht hatten. Finn zoomte so nah heran, wie er nur konnte. Die *VisoStar 3000* stellte das Bild automatisch schärfer. Da Finn aber den Monitor von Synks Tauchboot betrachtete, dessen Auflösung eher unterirdisch war, und nicht das Trümmerstück selbst, ließ auch die nachgeschärfte Version des Bildes noch allerhand zu wünschen übrig. »Na ja, ich sehe es recht verschwommen«, gab der Junge bedauernd zu verstehen. »Wirklich lesen kann ich da nichts. Eher erahnen.«

»Also müssen wir raus?« Tresk schluckte hörbar. »Zum Meeresboden, um das Ding da aufzuheben und an Bord zu nehmen? Ich … Ich halte das für keine gute Idee.«

»Es wird auch nicht nötig sein«, beruhigte Omikron 1 den nervös gewordenen Karadeem. »Auch wenn Finn die Beschriftung nicht entziffern kann, lässt sich ihre Form analysieren.«

»Wie meinst du das?«, fragte Anna. Ratlos sah sie Finn an, der nur mit den Schultern zuckte.

Mit einem Mal verschwanden das Blatt und der Meeresboden vom Monitor. Stattdessen sahen die Freunde verschiedene Firmenlogos, die sie zum Teil schon aus Aquaterra kannten, und die nun in rascher Folge über den Bildschirm zogen. Omikron 1 hatte erneut die Kontrolle über die Bordtechnik übernommen.

»Herrn Synks minderwertige Kameras mögen uns die Schrift nicht lesen lassen«, erklärte die Künstliche Intelligenz, »aber wir können die Umrisse und die Farben dieses Logos problemlos mit anderen vergleichen, die ich in meinen Datenspeichern habe. Genau genommen mit allen Firmenlogos, die es in Aquaterra, auf der Erde und im gesamten Galaktischen Bund gibt.«

Tresks pelzige Ohren zuckten amüsiert. »Ich schätze, das hast du auch längst getan.«

»So ist es«, bestätigte die K.I. Die Bildfolge stoppte, und ein einziges Logo prangte auf dem Konsolenmonitor. »Und ich verwette meine interne Matrix darauf, dass wir es mit genau dieser Firma zu tun haben!«

Finn staunte nicht schlecht. Omikron 1 zeigte ihnen ein Bild, das tatsächlich wie die nur verschwommen erkennbare Beschriftung des Trümmerstücks aussah. Das Firmenzeichen bestand aus einem spitz zulaufenden schwarzen Turm, an dessen oberen Ende eine schwarze Flüssigkeitsfontäne aufstieg. Darunter stand in meeresblauer Schrift der Name *Yutami Oil*.

»Und das ist noch nicht alles, fürchte ich«, fuhr die Künstliche Intelligenz fort. »Die Möglichkeiten dieses Tauchboots sind arg begrenzt, wie schon gesagt, aber ich glaube doch mit ziemlicher Sicherheit sagen zu können, dass das Wasser hier an dieser Stelle des Riffs überdurchschnittlich stark belastet ist.«

»Was bedeutet das?«, erkundigte sich Tresk.

Anna sagte es ihm. »Das Meer ist hier verunreinigt«, verstand sie. »Das meint er. Aber wie kommst du darauf?«

»Seht her«, sagte Omikron. Er steuerte das Tauchboot etwas zur Seite und richtete den Scheinwerfer auf einen Teil des Korallenriffs. Zunächst konnte Finn gar nichts daran bemerken, doch als die K.I. näher zoomte, fiel ihm auf, dass die Korallen spröde aussahen. Teilweise waren sie schon zerbrochen. Auch die Schwämme und das Seegras, die hier wuchsen, wirkten blass und krank.

»Was ist dafür verantwortlich?«, fragte Finn. »Hat das mit den Ölbohrungen zu tun? Wird das Wasser von Öl verschmutzt?«

Er wusste wenig über diesen Rohstoff. Noch vor weniger als hundert Jahren war Öl den Menschen immens wichtig gewesen. Ganze Kriege waren seinetwegen geführt worden. Man hatte es zu Treibstoff verarbeitet, Wohnungen mit ihm geheizt, Plastiktüten daraus produziert und noch vieles mehr. Große Unternehmen hatten sich goldene Nasen mit Öl verdient, und immer wieder waren der Umweltschutz und sogar die Menschenrechte seinetwegen – oder besser gesagt: wegen des Profits, den das Öl versprach – getrost ignoriert worden. Schwarzes Gold, so hatte man es damals genannt. Und dabei geflissentlich übersehen, welchen

Schaden man der Erde zufügte, indem man es ohne Rücksicht auf Verluste aus dem Boden holte.

Seitdem war viel geschehen, auch das hatte Finn im Unterricht gelernt. Umweltschutz wurde inzwischen auf der ganzen Welt großgeschrieben, und zur Energiegewinnung nutzte man vielerorts andere, nachhaltigere Methoden – etwa Solarzellen und Windräder. Trotzdem gab es nach wie vor Öl im Erdboden, und für manche Industriezweige war dieser Rohstoff noch immer wichtig. Mit Öl ließ sich auch heute ein Geschäft machen.

»Nein«, widersprach Omikron 1. »Ölspuren könnte man auf den Korallen sehen. Es muss eine andere Art von Belastung sein. Leider fehlen mir die Mittel, um das Wasser genauer zu untersuchen. Aber irgendeine Art von Gift ist hier draußen am Werk. Die Anzeichen sprechen dafür.«

»Hier draußen verunreinigt jemand das Meer«, kombinierte Tresk. »Indem er seinen Abfall in den Abgrund wirft, anstatt ihn anständig zu entsorgen. Das ist es, was Lailanis Taucher tun: Sie nutzen das Meer als ihre private Müllkippe. Direkt vor Aquaterras Ufern!«

»Das ist diese Bohrstation, die wir zufällig sahen«, dachte Finn laut. »Gestern, als wir mit dem Shuttle vom Kurs abkamen. Diese leuchtende Kuppel drüben in der Ferne, erinnert ihr euch?«

Der Karadeem nickte sofort.

Auch Anna wusste, wovon er sprach. »Als deren Taucher Lailani sahen, fühlten sie sich ertappt«, fuhr das Mädchen fort. Annas Augen waren groß, und ihr Blick wanderte von Finn zu Tresk und zurück. »Kein Wunder, dass sie auf sie schossen. Sie sahen in ihr eine Zeugin, die ihr Geheimnis kannte und sie hätte verraten können!«

»Wir müssen da raus.« Finn stand auf und schaute sich im Inneren der Kabine um. »Jetzt sofort.«

Tresk erschrak erneut. »Wie bitte?« So scheinbar lässig er auch mit Herrn Synks Boot umgegangen war, so besorgt schien er nun.

»Ich glaube, in diesem Boot gibt es gar keine Taucheranzüge«, warf Anna ein. »Ich habe zumindest nirgends welche gesehen.«

»Aber wir müssen dieses Etikett bergen«, beharrte Finn. »Es ist ein Beweisstück, Freunde. Versteht ihr das nicht?«

Tresks Ohren zuckten nachdenklich. »Und wenn wir schnell ein Foto davon machen?«

»Es würde nicht genügen«, erklärte Finn, »denn Fotos kann man fälschen, aber echte Beweise nicht! Wenn wir dieses Etikett hier liegen lassen, glauben die Erwachsenen uns wieder kein Wort. Oder irgendjemand von *Yutami* kommt und räumt es weg. Nein, wir brauchen mehr als nur Argumente, um Leute wie Mitch oder auch Alowan zu überzeugen. Wir brauchen diesen Papierfetzen. *Yutami* muss dringend gestoppt werden, und das geht nur, indem wir beweisen, welche Verbrechen sie begeht!«

Einen Herzschlag später prallte etwas Großes gegen das kleine Tauchboot. Die ganze Welt schien sich zu drehen, und Finn, Tresk und Anna stürzten zu Boden.

Da war Blut in seinem Mund. Tresk spuckte aus und griff nach der Lehne des vor ihm stehenden Cockpit-Sessels, um sich daran hochzuziehen. Das Kabinenlicht flackerte, und die Luft roch nach Rauch. »Was … Was war das?«, keuchte er.

Anna saß bereits an der Steuerkonsole, aus der eine dünne Qualmsäule aufstieg. Das Mädchen schüttelte den Kopf. »Gute Frage«, antwortete sie seufzend. »Die Anzeigen spielen verrückt.

Ich kann dir nur sagen, dass es uns nicht gerade gutgetan hat. Irgendetwas in der Konsole ist wohl verschmort oder so«

»Die Frage ist auch eher, ob das, was uns getroffen hat, noch mal wiederkommt«, sagte Finn brummend. Er war bis ans andere Ende der Kabine geschlittert und kroch nun wieder nach vorn. »Omikron, was ist hier los?«

Die Künstliche Intelligenz antwortete zwar, doch ihre Stimme kam nicht länger aus den Lautsprechern des Tauchboots, sondern aus der Datenbrille. »Ich fürchte, wir wurden angegriffen«, informierte sie ihre Begleiter. »Wären die Sensoren dieses Bootes besser, hätte ich es vermutlich gemerkt, aber so … Nein, das kam vollkommen überraschend – auch für mich.«

»Angegriffen?« Tresk ballte die Pfoten. »Von wem?«

»Rate mal«, sagte Anna. Sie klang besorgt.

Finn hob entsetzt die Brauen. »*Yutami Oil* hat uns gefunden?«

»Wir sind hier in ihrem Reich, Finn«, meinte das Mädchen. »Zumindest in einer Gegend, in der sie ihre bösen Geheimnisse versteckt. Kein Wunder, dass sie früher oder später hier auftaucht.«

»Später wäre mir lieber gewesen«, murmelte Tresk. Zorn wallte in ihm auf. Wie konnten diese Öl-Bohrer es wagen, den Sohn eines Diplomaten zu attackieren? Noch dazu einen Karadeem! »Wo sind die Angreifer jetzt, Omikron?«

Es dauerte einen kleinen Augenblick, dann stellte Annas Monitor das Flackern ein. Anfangs noch unscharf und voller Schlieren, zeigte er den Freunden nun das Meer. Die Scheinwerfer des Tauchboots wurden neu ausgerichtet, und Tresk begriff, dass sie nicht länger auf das Riff, sondern auf den Bereich schräg oberhalb des Bootes wiesen. Omikron 1, der sie bewegen musste, suchte dort nach etwas.

Oder nach jemandem.

Er musste nicht lange suchen. Das Licht der Scheinwerfer fiel auf die Außenhülle eines schlanken, gelben Tauchboots, das gespenstergleich über dem Riff aufstieg. Es war länglich und hatte ausfahrbare Landekufen, an denen kleine Positionslampen leuchteten. Zwei metallene Greifarme gingen von seiner leicht abgerundeten Frontseite aus, in der sich ein breites Fenster aus Transparentstahl befand. Auf den Seiten des Bootes prangte das *Yutami Oil*-Logo. Ebenfalls vorne und direkt unter dem Fenster war das offen stehende Rohr.

»Das … Das ist für Torpedos!«, rief Tresk keuchend. »Die schießen auf uns!«

Finn runzelte die Stirn. »Wenn das Torpedos wären, gäbe es Herrn Synks altes Boot bestimmt längst nicht mehr«, murmelte er. »Nein, die haben andere Waffen. Nur welche?«

»Ich habe keine Lust, das herauszufinden«, fand Anna. Mit grimmiger Miene betrachtete sie die Steuerkonsole. »Omikron, kannst du uns von hier fortbringen? Die Zeit drängt, und ich habe leider keine Ahnung, wie dieses Pult bedient werden muss.«

»Mit Vergnügen, Anna«, antwortete die K.I.

Im selben Moment erbebte das Boot abermals. Finn und Tresk kamen ins Schwanken. Anna hielt sich in ihrem Sitz. Das Kabinenlicht ging aus, und ein, zwei unheimliche Herzschläge lang war es so gut wie stockfinster. Dann kehrte das Licht zurück, und Tresk spürte, wie das Boot neue Fahrt aufnahm.

»Ich nehme nun Kurs auf die Meeresoberfläche«, meldete Omikron 1. »Haltet euch fest, Freunde. Das könnte unbequem werden.«

Finn setzte sich. Auch Tresk nahm wieder Platz. Der Karadeem sah konzentriert zu dem kleinen Monitor. »Wo sind unsere Verfolger?«, wollte er wissen.

»Verfolgen sie uns überhaupt?«, fragte Anna und in ihrer Stimme schwang die Hoffnung mit, es möge nicht so sein.

»Ich fürchte ja«, antwortete Finn. Er deutete auf das gelbe, längliche Boot, das just in diesem Moment auf den Bildschirm kam. Dann hob er die Stimme. »Achtung!«

Aus dem vermeintlichen Torpedorohr kam eine neue Salve! Tresk sah Luftblasen und rasche Bewegungen im Dunkel. Er schloss die Augen und hielt sich mit aller Kraft an seiner Sitzkante fest. Wie viele Treffer würde Synks U-Boot wohl noch aushalten? Wann drang das erste Wasser in die Kabine ein? War es nun soweit? Sanken sie wirklich?

Doch Omikron 1 war schneller. »Ich sehe es«, sagte die Künstliche Intelligenz, und ihr Gefährt scherte abrupt nach rechts aus – genau aus der Schusslinie. »Puh, das war knapp.«

Von nun an tauchten sie im Zickzack auf. Omikron 1 und Anna, die sich immer besser an der Konsole zurechtfand, steuerten Herrn Synks kleines Unterwassergefährt, so schnell und so unvorhersehbar sie nur konnten. Auf dem Tiefenmesser sah Tresk, dem von dem ganzen Geschaukel allmählich übel wurde, dass die Wasseroberfläche immer näher kam. Noch hundertfünfzig Meter, noch hundertdreißig, dann hundertzehn. Sie hatten es beinahe geschafft, waren fast in Sicherheit.

Doch immer wieder mussten sie den Geschützen ihres unheimlichen Gegners ausweichen.

»Hört der auch mal auf?«, fragte Finn wütend und ängstlich zugleich. »Wie lange klebt der uns denn *noch* an den Fersen?«

»Nicht mehr lange«, murmelte Tresk, eher hoffend als wirklich überzeugt. »Der will nicht auffallen, wo ihn mehr als nur wir sehen könnten. Der bleibt unter Wasser.«

»Das fände ich ziemlich gut«, sagte Anna. Ihre Stimme zitterte, und als Tresk zu ihr schaute, sah er, wie blass sie vor lauter Schreck geworden war. »Doch, echt gut.«

Kapitel 10

Auf der Spur der Verbrecher

Es folgte ihnen nicht länger. Finn, Anna und Tresk hatten die Wasseroberfläche kaum erreicht, da war von *Yutamis* Boot schon nichts mehr zu sehen. Von einem Moment zum anderen änderte ihr Verfolger den Kurs und verschwand wieder in den Tiefen des Ozeans – so schnell und so plötzlich, wie er daraus erschienen war. Vermutlich hielt er die Insassen des Bootes für Touristen, die sich verirrt hatten und die nun erschrocken genug waren, um nie wieder an dieses Riff zurückzukehren. Anna konnte das gut verstehen, denn der Schreck saß ihr ganz sicher in den Knochen.

Omikron 1 und sie schafften es, das Tauchboot zurück an Aquaterras Hafen zu steuern. Dort legten die Freunde an und stiegen aus. Am Pier hatte sich nichts verändert. Der Himmel war so strahlend blau wie bei ihrem Aufbruch, und vom Meer wehte ein kühler Wind herüber, der die nachmittäglichen Temperaturen sehr angenehm machte. In den Frachthallen wurde weiterhin gearbeitet, an den Landungsstegen flanierten Spaziergänger vorbei, und am fernen Horizont fuhr ein luxuriös anmutender Ozeanriese gerade langsam in Richtung Süden.

Es war ein friedliches, durch und durch normales Bild. Eines, das beruhigend wirken konnte, erst recht auf überstrapazierte

Nerven. Doch bei Anna zeigte es keine Wirkung. Ihre Knie zitterten noch, als sie schon wieder festen Boden unter den Füßen hatte. Auch die beiden Jungs wirkten ziemlich verunsichert.

Erst recht, als sie die Schäden bemerkten.

»Ist das etwa …« Tresk stand am sonnenbeschienenen Pier und starrte auf die Außenhülle von Herrn Synks kleinem Gefährt, die halb aus dem Wasser des Hafens ragte. »Das waren Harpunenpfeile, oder?«

»Und die Kratzer dort hinten müssen von den Greifarmen stammen«, sagte Finn. Auch er deutete auf das Boot. »Du meine Güte!«

Der Anblick war ziemlich ernüchternd. Fünf dünne Striemen an der Außenhülle ließen kaum einen Zweifel daran, dass scharfe Pfeile – vermutlich die von Lailani bereits erwähnten Harpunen – das Boot gestreift, aber nicht gänzlich getroffen hatten. Mehrere Beulen und lang gezogene Kratzer bewiesen zudem, dass auch die metallenen Greifwerkzeuge des unheimlichen Gegners Kontakt zu Herrn Synks Eigentum gehabt haben mussten. Anna fuhr ein kalter Schauer über den Rücken. Deswegen hatte das Boot also derart heftig gebebt!

»Die sind echt nicht zimperlich mit uns umgegangen«, murmelte Tresk. Nun, da er wieder an Land war, kehrte sein karadeemischer Stolz zurück. »Was für Monster!«

»Die wollten uns Angst machen.« Finn blickte grimmig. »Damit wir nicht wiederkommen.«

Anna musste schlucken. Der Plan war aufgegangen: Ihr kleiner Ausflug an Lailanis Lieblingsort hatte tatsächlich Licht ins Dunkel und die erhofften Antworten gebracht – sogar noch einiges mehr. Dennoch hatten sie und die beiden Jungs nun keine

Beweise für die Machenschaften der Bohrfirma. »Wir müssen es jemandem sagen«, meinte sie und schlang trotz der wärmenden Sonne die Arme um den Oberkörper. »Der Polizei, beispielsweise. Oder meinem Vater.«

»Der ist doch gar nicht in der Stadt«, sagte Finn. Misslaunig schüttelte er den Kopf. »Und ohne Beweise wird uns auch die Polizei nicht glauben. *Yutamis* Existenz ist ja kein Geheimnis. Die dürfen dort unten arbeiten.«

»Aber ihren Müll dürfen sie bestimmt nicht ins Meer kippen!«, beschwerte sich Anna. »Und niemanden angreifen, der ihnen dabei zu nahe kommt.«

Er nickte. »Das stimmt. Nur weiß niemand außer uns davon. Und auf uns wird man nicht hören. Drei Kinder, die sich unerlaubt ein Boot erschwindelt haben? Nein, Anna. Kein Erwachsener kauft uns das ab. Mein Vater würde wahrscheinlich mit mir schimpfen und mir zwei Wochen Netzverbot aufbrummen, Tresks Vater hat sowieso keine Zeit. Und was die Polizei angeht …« Niedergeschlagen deutete er auf die Schäden am Tauchboot. »Wir sind Lügner, das Boot beweist es. Wir haben es uns unter falschen Angaben besorgt. Daher sind wir bestimmt nicht gerade die perfekten Zeugen.«

»Klingt einleuchtend«, fand auch Tresk. »Zumal eure irdische Polizei ohnehin nicht so clever wie die königliche Garde auf Katharrlon ist.«

Abermals staunte Anna, mit welch selbstverständlicher Leichtigkeit dem Jungen derartig arrogant klingende Behauptungen über die Lippen kamen. Dass Tresk diese Aussagen gar nicht arrogant oder beleidigend meinte, war ihr natürlich klar. Es änderte aber wenig daran, wie sie für Nicht-Karadeem klangen.

»Trotzdem müssen wir bekannt machen, was *Yutami* treibt«, beharrte sie. »Diesen skrupellosen Ganoven gehört das Handwerk gelegt.« Dann straffte sie die Schultern. Der Anflug eines Plans formte sich hinter ihrer Stirn. »Ich weiß auch schon, wie.«

Finn sah sie fragend an. »Nämlich? Jetzt sag nicht, ich soll wieder mit Mitch sprechen, denn das kannst du vergess–«

»Ich denke da eher an meine Mutter«, unterbrach sie ihn. »Mein Vater mag unterwegs sein, aber Mama ist hier. Und sie liebt das Meer mindestens so sehr wie Lailani!«

Tresks Schnurrhaare kräuselten sich vor Verwirrung. »Hast du nicht gesagt, sie sei draußen auf See und käme nie nach Hause?«

»Sicher«, sagte Anna. »Aber deswegen ist sie ja nicht aus der Welt. Falls sie nicht zu uns kommen kann, dann gehen wir einfach zu ihr.«

Der Plan wurde immer konkreter, und mit jedem neuen Detail gefiel er ihr mehr.

»Moment, Moment.« Fragend runzelte Finn die Stirn. »Du willst zu deiner Mutter? Etwa raus auf ihr schwimmendes Labor?«

Sie sah ihm an, wie sehr der Gedanke ihn begeisterte. »Genau das will ich. Kommt ihr jetzt mit oder nicht?«

»Was ist das für ein Ding?«, erkundigte sich Tresk.

Anna wollte antworten, doch Finn war schneller. »Der vielleicht coolste Ort der Welt«, sagte der Junge beinahe ehrfurchtsvoll. »Ich kenne ihn leider nur aus Annas gelegentlichen Erzählungen und ein paar kurzen Vids aus dem Netz. Aber in echt habe ich ihn noch nie gesehen.« Abermals stutzte er. »Und da kommen wir wirklich hin? Drei Kinder?«

»Verlass dich drauf«, erwiderte sie und hoffte inständig, sie versprach nicht zu viel.

Wenige Minuten später lag der Hafen hinter ihnen. Herr Synk hatte erwartbar entsetzt reagiert, als Tresk das Boot zurückgab. Die Schäden durch die Begegnung mit dem Shuttle von *Yutami Oil* verlangten nach kostspieligen Reparaturen, und so ganz glaubte der Bimmi es nicht, als Tresk ihm versprach, das Büro des karadeemischen Botschafters komme für die Reparaturen auf. Doch Tresk stand zu seinem Wort, so viel wusste Finn. Denn auch das war die Art der Karadeem. Irgendwie würde der pelzige Junge es schon deichseln, dass Herr Synk angemessen entschädigt wurde.

»Hat der wirklich nicht gefragt, wie die ganzen Kratzer entstanden sind?«, wunderte sich Anna. Sie und die beiden Jungs saßen auf einer strandnahen Bank, mehrere Häuserblocks von *Synk-Tauchfahrten* und den Frachthallen entfernt. »All die Beulen und so weiter. Wollte er echt nichts darüber wissen?«

Tresk verneinte. »Ich hatte mir schon eine Geschichte über Navigationsprobleme und scharfkantige Felsen ausgedacht, aber dazu kam ich gar nicht. Vor lauter Entsetzen über den Zustand seines ›besten Bootes von allen‹ hat Herr Synk nicht daran gedacht, mich zu fragen.«

»Umso besser«, fand Finn. »Er hätte dir vielleicht sowieso kein Wort geglaubt. Wir hatten ja keine Navigationsprobleme.«

»Aber eins ist sicher«, warnte Tresk. »Von dem Bimmi bekommen wir nie wieder ein Boot. Und einen zweiten Bootsverleiher, der mich mit einem Erwachsenen verwechselt, gibt es in ganz Aquaterra nicht.«

»Dann müssen wir uns eben etwas Neues überlegen«, sagte Anna entschlossen. »*Falls* wir je wieder ein Tauchboot brauchen.« Fürs Erste hatte sie hörbar genug von riskanten Ausflügen unter Wasser, so faszinierend das Meer auch war.

Finn sah hinaus auf das glitzernde Blau, das sich vom Ufer bis zum Horizont erstreckte. Möwen kreischten, und die Nachmittagssonne stand hoch am Himmel. Es war noch immer Zeit. »Rufen wir sie an?«, fragte er.

Anna nickte. »Aber klar.« Sie hob die Hand zu ihrem dünnen Stirnband und aktivierte die darin eingearbeitete Computertechnik. Einen Sekundenbruchteil später erschien ein winzig kleines, bläulich schimmerndes Licht vorn in der Stirnbandmitte. Der Holo-Emitter hatte seinen Betrieb aufgenommen. Anna hob die Hände von den Oberschenkeln und bewegte sie durch die Luft. Dabei ging ihr Blick ins Leere, schrieb sie doch auf einer Tastatur, die nur sie sah. »Ich kann nicht garantieren, dass Mama gleich rangeht«, warf sie dabei entschuldigend ein. »Sie ist leider sehr beschäftigt und …« Von einem Moment zum anderen hellte sich ihre Stimme auf. »Ach, hallo! Das ging ja schnell.«

Schnell zückte Finn seine *VisoStar*. Mit wenigen Blickbefehlen hatte er die richtige Stelle im Menü des Geräts gefunden und loggte sich in das Gespräch ein, das Anna gerade führte und zu dem sie ihn zeitgleich übers Netz einlud. Nun konnte Finn sie und Michiko Kobayashi in seiner Brille sehen, und Mutter und Tochter sahen auch ihn.

»Hallo, Anna, hallo, Finn.« Annas Mutter wirkte erschöpft. Ringe lagen unter ihren dunklen Augen, und ihre sonst makellos sitzende Kurzhaarfrisur war zerzaust. Sie trug ein blaues Poloshirt und darüber eine Jacke mit dem Namen ihres Laborbootes auf Brusthöhe. »Gibt's ein Problem?«

»Du bist immer noch auf See, hm?«, sagte Anna. Sie klang traurig.

Michiko seufzte angestrengt. »Ja, das bin ich.« Ihr Blick wanderte nach rechts, wo jemand ihr irgendeine Information zu geben schien, die ihr missfiel, und dann nickte sie. »Hör mal, Anna«, wandte sie sich wieder an ihre Tochter. »Ich hab echt viel zu tun. Wenn du nur anrufst, um mit mir zu plaudern, dann freut mich das zwar, aber ich fürchte, es wird warten müssen. Diese engstirnigen Narren in der Stadtverwaltung haben uns mal wieder einen gehörigen Bärendienst erwiesen, und jetzt liegt es an uns, bis heute Abend einen neuen ...«

»Es *gibt* ein Problem«, sagte Anna schnell.

Michiko verstummte. Ihr gestresster Blick wurde zu einem besorgten Blick. Dann kniff sie die Lider enger zusammen. »Anna Falke«, sagte sie streng. »Was habt ihr beiden Chaoten angestellt?«

»Was sagt sie?«, hörte Finn die Stimme von Tresk an seinem Ohr. Der Karadeem bekam nur die Hälfte des Gesprächs mit. Ohne Netzzugang konnte er Michiko weder sehen noch hören. »Hey, was sagt sie denn?«

»Gleich«, wehrte Finn ihn schnell ab. »Warte mal kurz.«

Anna fuhr derweil fort. »Nichts, Mama. Obwohl ... Können wir dir das bitte selbst erklären? Können wir zu dir rausfahren, meine ich? Nur ganz kurz?«

Ihre Mutter atmete tief ein. »So schlimm, ja?«, fragte sie in diesem typischen Zornige-Mutter-Tonfall, den Finn gut von seiner eigenen Mama kannte. Michiko sah kurz zur Seite, vermutlich auf einen Monitor, dann nickte sie. »Also gut. Geht zum Hafen, und sucht den Anleger 339. Dort startet in knapp fünfundvierzig Minuten ein Versorgungsschiff, das uns kurzfristig ein paar dringend benötigte Vorräte und Unterlagen bringt. Ich sage dem Kapitän Bescheid, dass auch zwei Kinder an Bord gehen werden. Dann können wir uns kurz sehen, und wenn das Schiff zurückfährt, bringt es euch noch vor dem Abendessen wieder an Land. Einverstanden?«

»Drei«, sagte Anna erleichtert. »Wir sind zu dritt.«

Michiko schüttelte den Kopf. »Klar«, sagte sie seufzend. »Nur zu. Wir haben hier ja allen Platz der Welt.« Es klang ziemlich ironisch. Danach wurde sie aber wieder ernst. »Ich hoffe, ihr habt einen guten Grund für diese Sonderbehandlung, Anna.«

»Den haben wir«, versicherte das Mädchen. »Bis nachher, okay?«

Michiko nickte, lächelte schwach und trennte die Verbindung.

»Kneif mich mal jemand«, sagte Finn. Er zog sich die Brille von der Nase und sah Anna und Tresk begeistert an. Er würde tatsächlich die *LabOcean* besuchen. Jetzt, hier und heute! »Wirklich, kneift mich mal. Denn ich glaube, ich träume.« Einen Augenblick später zuckte ein stechender Schmerz durch seinen rechten Oberarm, und er zuckte zusammen. »Au!«

Tresk zog die krallenbewehrte Pfote zurück und lächelte freundlich. »Keine Ursache. Geht's dir jetzt besser?«

Finn rieb sich die schmerzende Stelle. Er hatte Mühe, die aufsteigenden Tränen zurückzukämpfen. »Das … Das ist doch nur eine Redewendung«, beschwerte er sich bei dem Karadeem. »Das meinte ich doch nicht wörtlich.«

Anna hielt sich lachend die Hand vor den Mund.

»Nicht?« Tresks Schnurrhaare kräuselten sich. Er war sichtlich verwirrt. »Aber du hast doch gesagt …« Hilflos brach er ab und schüttelte den Kopf. »Ihr Menschen seid echt ein seltsames Volk. Erst wollt ihr gekniffen werden, dann wieder nicht. Erst wollt ihr einen gebratenen Storch, dann wieder nicht. Erst wollt ihr …«

»Erinnere mich bloß nicht an die Sache mit dem Storch«, sagte Anna warnend. »Tierpfleger Diego aus dem Zoo der Stadt ist heute noch sauer auf dich, weil du letzte Woche allen Ernstes einen Storch aus dem Gehege holen und braten wolltest.«

»He, ich habe nur angeboten, Diego zu helfen«, wehrte sich Tresk. »*Er* war derjenige, der den Storch haben wollte!«

Anna stemmte die Hände an die Hüfte. Wenn es um Tiere ging, verstand sie keinen Spaß. »Diego hat sich nur gewundert, dass du so viele Purzelbäume schlagen kannst.«

»Ein Karadeem kann alles«, verkündete Tresk so stolz wie ein König und so selbstverständlich, als rede er vom Atmen.

»Alles außer Redewendungen verstehen«, murmelte Finn. Schnell wechselte er das Thema. »Können wir jetzt endlich aufbrechen? Sonst fährt dieses Schiff nämlich noch ohne uns. Anleger 339 wartet nicht!«

Anna stand auf. »Finn hat recht. Lasst uns gehen und die 339 suchen. Meine Mutter ist so schon nicht gerade froh über unser Kommen. Was meint ihr, wie wütend sie wird, wenn wir das Schiff verpassen und gar nicht bei ihr auftauchen?«

Finn fragte sich, ob Michiko Kobayashi das überhaupt merken würde. So beschäftigt, wie Annas Mutter ausgesehen hatte, dachte sie vielleicht schon nicht mehr an ihren bevorstehenden Besuch. Wäre das nicht ohnehin typisch für eine Erwachsene?

Dennoch brach er auf. Gemeinsam mit seinen Freunden suchte er nach der genannten Schiffsanlegestelle.

Auf dem Meer war es besser als *im* Meer. Tresk stand an der Reling der kleinen Fähre und sah auf das Wasser hinaus. Obwohl er von jede Menge Nass umgeben war, fühlte er sich kein bisschen angespannt oder gar besorgt. Eher im Gegenteil: Wind wehte durch seinen Pelz, und die Luft roch ganz eigenartig warm, irgendwie erdig und salzig zugleich. Hinter ihm, im Osten, wurde die Skyline Aquaterras immer kleiner. Vor ihm lag der weite, breite Atlantik. Der Anblick des gewaltigen Meeres war nur mit einem einzigen Wort zu beschreiben.

»Majestätisch.«

»Wie bitte?« Finn, der neben ihm stand, schaute zu Tresk hinüber. »Was hast du gesagt?«

»Majestätisch«, wiederholte Tresk. Er atmete tief durch, genoss die frische Brise und das Gefühl von Weite und grenzenlosen Möglichkeiten. »So langsam ahne ich, warum ihr Menschen immer so viel Aufsehens um eure Meere macht. Die sind großartig, echt. Man muss es nur erst einmal verstehen … und sich an sie gewöhnen.«

Anna lachte. »Unser Wasserfeind wird zum Wasserfreund.« Die Tochter des Bürgermeisters saß auf dem Deck der Fähre und ließ die Beine über die Reling baumeln. Ihr blondes Haar wehte im Wind, und das kleine Äffchen Heisenberg kletterte fröhlich an ihrem rechten Arm hinauf. »Pass auf, dass dir nicht auch noch Haare wachsen oder du deinen pelzigen Schwanz verlierst«, scherzte Anna weiter. »Du klingst, als würdest du dich allmählich vom Karadeem zum Menschen verwandeln.«

»Ich glaube, da besteht keine Gefahr«, sagte Tresk lächelnd.

»Sagt der, der gestern früh noch lieber gestorben wäre, als auch nur an den Strand zu fahren.« Auch Finn konnte sich ein Schmunzeln nicht verkneifen.

Die drei Freunde hatten den Anleger 339 vor wenigen Minuten verlassen. Der Kapitän der Versorgungsfähre kannte die Koordinaten, an denen sich die *LabOcean* aktuell aufhielt, und steuerte zielsicher darauf zu. Nicht mehr lange, so hatte er seinen drei Passagieren versprochen, und sie würden das Forschungsboot vor sich aus den Fluten des Ozeans aufsteigen sehen. Anna sah der Begegnung mit merklich gemischten Gefühlen entgegen, während Finns Begeisterung so grenzenlos schien wie die See.

»Wir drei auf der *LabOcean*, cooler geht's kaum«, fand der Menschenjunge. »Ich garantiere euch, das wird der Knaller!«

»Versprich dir nicht zu viel«, warnte Anna. »Wir sind nicht auf einer Besichtigungstour, ja? Und auf dem U-Boot wird gearbeitet. Das ist kein Museum und auch kein Spielplatz.«

Tresk wandte sich ihr zu. »Ihr sagtet ja schon, die *LabOcean* sei ein Forschungsschiff, aber was genau erforscht sie denn?«

»Na, das Meer«, antwortete Anna. »Sein Wesen, seinen Zustand, seine Geheimnisse. Mama ist gelernte Biologin und untersucht den Ozean vor Aquaterras Küsten schon länger, als ich auf der Welt bin. Sie ist Teil eines Teams von Wissenschaftlern, die es sich zur Aufgabe gemacht haben, das Meer zu schützen und zu erkunden. Sie sagt immer, die Menschheit könne zwar durch das Weltall reisen und fremde Planeten besuchen, habe aber noch längst nicht alle Geheimnisse gelüftet, die ihr eigener Planet bereithält. Ich schätze, das haben Mama und ihre Kollegen sich dann einfach selbst zur Aufgabe gemacht.«

»Klingt vernünftig.« Finn nickte. »Wusstet ihr, dass es unzählige verschiedene Lebensformen im Meer gibt? Sogar welche, die der Mensch noch gar nicht kennt?«

»Genau das meine ich«, sagte Anna.

Tresk verschränkte die Arme vor der Brust. Einmal mehr wunderte er sich über dieses Volk, das ins All aufbrach, ohne seine eigene Welt je ganz erforscht zu haben. Es war gut, dass es Annas Mutter und diese *LabOcean* gab. Einer musste ja mal den Anfang machen. Er wollte gerade etwas sagen, da hörte er, wie sich hinter ihm eine Tür öffnete.

»Geradeaus vor uns«, sagte Kapitän Pierre Delacroix III. »Seht ihr sie? Wir sind so gut wie da.«

Tresk drehte sich um. Delacroix war der Kapitän und zugleich das einzige Besatzungsmitglied der kleinen Fähre. Er stand im Türrahmen der Brücke, einer rechteckigen, schmalen Kabine mitten auf dem Oberdeck, die mit allerhand Technik vollgestopft war. So alt, wie diese Technik schien, so alt musste auch Delacroix sein. Der gebürtige Franzose war spindeldürr und weißhaarig. Sein hageres Gesicht wies bestimmt mehr Falten auf, als es Wellen auf dem Meer gab. Wo er ging und stand, umgab ihn eine Aura aus kaltem Tabakgeruch und dem süßlich-ekligen Duft irgendeines Alte-Männer-Rasierwassers. Er trug eine abgewetzte blaue Latzhose, ein quer gestreiftes Hemd mit hochgekrempelten Ärmeln und eine schwarze Kapitänsmütze mit goldenem Anker auf der Stirnseite. Auf seinen Unterarmen prangten Tätowierungen, in seinem Gesicht ein ebenso breiter wie buschiger Schnurrbart. Sein linkes Auge war künstlich und surrte leise, wenn er es bewegte.

»Na, da vorn!« Delacroix lachte. »Guckt der Kerl zu mir, obwohl die Musik gleich vor ihm spielt. Dreh dich um, du Landratte.«

Tresk wandte sich von dem gut gelaunten Kapitän ab und sah wieder hinaus aufs Meer. Doch sosehr er die Lider auch enger zusammenkniff, er konnte nirgends eine *LabOcean* erkennen.

In diesem Moment brach die *LabOcean* aus den Fluten empor: ein kleiner Koloss aus Metall, Transparentstahl und Schweißnähten. Sie sah aus wie eine Art überdimensionierte Zigarrenröhre, und Tresk schätzte sie auf etwa fünfzig Meter Länge. Wasser floss von ihrer mattgelben Außenhülle, und den kleinen Turm, der ihre obere Seite zierte, begrenzte ein kreisrundes Geländer.

Als das Wasser abgeflossen war, öffnete sich am oberen Ende des Turms eine Luke, und eine Gestalt stieg aus dem Bauch des Bootes. Sie trat ans Geländer und winkte der Fähre zu.

»Das ist sie«, rief Anna froh. »Das ist meine Mutter.«

Die Fähre fuhr längs zur *LabOcean*, und Kapitän Delacroix stellte die Antriebsmaschinen ab. Finn half dem Franzosen, das Ende eines Seils zur *LabOcean* hinüberzuwerfen. Michiko fing es auf und befestigte es an einem eigens dafür vorgesehenen Metallring nahe dem Turm. So vertäuten sie beide Wasserfahrzeuge miteinander. Dann trat Delacroix an die Reling der Fähre und drückte auf einen Knopf. Prompt fuhr ein gut drei Meter breiter Steg aus dem Deckboden hervor und auf die *LabOcean* zu. Nun konnten sie trockenen Fußes von einem Boot aufs andere gehen.

»Alle Mann von Bord?«, wandte sich der Kapitän schmunzelnd an seine Passagiere.

Doch Michiko war schneller. Ehe die Freunde die Fähre verlassen konnten, kam die Meeresbiologin ihnen schon entgegen. Sie umarmte Anna fest, und für einen kurzen Moment sagte niemand ein Wort. Nur Heisenberg quiekte fröhlich und strich Michiko über das kurze schwarze Haar.

Schließlich lösten sie sich voneinander. »Hallo, Finn«, grüßte Annas Mutter. »Und du musst Tresk sein, ja? Freut mich. Meine Tochter hat mir schon viel von dir erzählt.«

Tresk schüttelte ihr die Hand. Michiko Kobayashi ähnelte Anna kaum, fand er. Jedenfalls nicht optisch. Sie schien aber die gleiche »Packen wir's an«-Einstellung wie ihre Tochter zu haben. Außerdem sah sie müde aus.

»Also«, sagte sie und sah zu Anna. »Was ist passiert? Was ist so wichtig, dass es nicht warten kann und ihr extra hier raus kommen müsst?«

Hinter ihr stiegen weitere Personen aus dem Bauch des U-Boots. Tresk sah vier Männer – zwei Menschen, einen Grobb und einen Atherier – und eine weitere Frau. Sie alle trugen Jacken mit dem Namen des Bootes, genau wie Annas Mutter. Die Jacke des Grobb war so breit wie zwei. Die Besatzung und Delacroix begannen, die Frachtkisten aus den Lagerräumen der Fähre zu entladen und auf die *LabOcean* zu tragen. Dabei nickten die menschlichen Mitglieder des Forschungsteams Anna und ihren Freunden zu. Der Atherier hatte nur Augen für die Arbeit, und der Grobb tat es ihm gleich.

»Es geht um *Yutami Oil*«, sagte Anna und sah zu Michiko. »Wir glauben, die Firma verunreinigt das Meer, Mama.«

»Indem sie ihren Müll in den Abgrund versenkt«, ergänzte Finn, »anstatt ihn anständig zu entsorgen.« Er musste dem Grobb ausweichen, der mit zwei schweren Kisten beladen aus dem Bauch der Fähre kam und nicht sah, wohin er ging. Fast wäre der Junge dabei vom Steg und ins Meer gefallen, doch er fing sich schnell.

»Wissen Sie vielleicht mehr über *Yutami*?«, fragte Tresk – auch, um von Finns unfreiwilliger Akrobatikeinlage abzulenken.

Michiko runzelte die Stirn. »Was redet ihr da?«, wunderte sie sich. »*Yutami*? Wie kommt ihr denn plötzlich auf *Yutami*?«

Mit wenigen Worten berichteten die Freunde ihr von Lailani

und ihrem Besuch auf der *Atlantia*-Station. Sie schilderten auch, was die junge Neptyne vor wenigen Tagen unten am Korallenriff gesehen hatte. Dass dort scharf geschossen wurde und auch sie schon in Gefahr geraten waren, verschwiegen sie aber. Sie wollten Michiko nicht unnötig beunruhigen. Für den Moment genügten die anderen Informationen voll und ganz.

»Da liegt Abfall herum«, kam Anna zum Schluss. »Ganz bestimmt, Mama. Es muss jemand einschreiten und die Firma stoppen.«

Die Biologin hatte schweigend und mit wachsender Verwunderung zugehört. Ihr nachdenklicher Blick wanderte von Anna zu Finn und Tresk. Sie hatte die Arme vor der Brust verschränkt, und der Wind zerrte am Kragen ihrer Jacke. Es dauerte ein paar Sekunden, bis sie endlich etwas sagte. »Kommt mal mit«, bat sie knapp. »Ich will euch etwas zeigen.« Dann drehte sie sich um und ging zurück über den breiten Steg.

Die Freunde folgten ihr. Über metallene Sprossen, die in die Außenhülle der *LabOcean* eingelassen waren, kletterten sie zum Turm hinauf. Dort fanden sie die Einstiegsluke. Michiko ging voraus und führte ihre kleinen Gäste in den Bauch des U-Boots.

Tresk staunte nicht schlecht. Er hatte mit einer kargen und wenig ansehnlichen Innenausstattung gerechnet, ähnlich wie bei dem *Atlantia*-Shuttle und bei Herrn Synk. Nur ein paar Sitze, ein paar Konsolen und sonst nichts. Stattdessen fand er sich aber in einem vielschichtigen kleinen Reich wieder. Es gab einen gemütlich eingerichteten Gemeinschaftsraum mit Ecktisch und Kochnische, drei Kabinen mit Hochbetten für die Besatzung und sogar ein kleines Bad und eine winzige Krankenstation. Dahinter folgten die quadratische Kommandobrücke, mehrere kleine

Labors voller Monitore und holografischer Displays sowie allerhand technische Geräte, von denen der Karadeem nichts verstand, die aber wichtig und kostspielig aussahen. Überall surrte und summte etwas, wurden Wasserproben analysiert und Fischschwärme, Korallen sowie anderes unterseeisches Leben aus der Ferne beobachtet. Insgesamt erstreckte sich das Innere der *LabOcean* auf stolze zwei Etagen, wobei die untere Ebene vor allem als Lager und als Maschinenraum genutzt wurde. Und obwohl Tresk nirgendwo ein Fenster sah, fühlte er sich nicht eingeengt. Doch, fand er, hier konnte man es aushalten. Zumindest für eine Weile. Sofern man wusste, was man mit all den technischen Geräten anstellen konnte. *Ohne* Beschäftigung mochte eine Fahrt mit diesem Boot schnell langweilig werden.

Mit zielsicheren Schritten führte Michiko die Besucher durch ihr kleines Reich, vorbei an offenen Labortüren und an surrenden Geräten. Vor einem kleinen Konferenzraum hielt sie an. »Setzt euch«, bat sie und deutete auf den runden, schwarzen Tisch, der von fünf Stühlen umgeben war. In der Tischmitte stand ein flacher Holo-Emitter. Kaum hatten die Freunde Platz genommen, berührte Annas Mutter den Emitter, und eine leicht flimmernde Wand aus Licht erschien in der Luft über der Tischplatte. Michiko setzte sich eine Datenbrille auf und begann, auf einer Tastatur zu schreiben, die nur sie sehen konnte.

Einen Moment später sah Tresk die Ölbohrstation. Die Kuppel, die er im *Atlantia*-Shuttle nur aus der Ferne ausmachen konnte, prangte nun direkt vor ihm – als dreidimensionales holografisches Modell, das sich langsam um die eigene Achse drehte.

»Das ist *Yutami Oil*«, sagte Michiko. »Jedenfalls ihre hiesige Anlage. So sieht sie aus der Nähe aus. Dieses Unternehmen ist seit knapp anderthalb Jahrzehnten vor Aquaterras Küste aktiv.« Ihre Finger flogen durch die Luft, und das Bild veränderte sich. Nun zeigte es das Regierungsviertel von Aquaterra. Auf dem großen Platz vor dem Rathaus stand eine gewaltige Menschenmenge. »Und das«, fuhr Michiko fort, »war *vor* ihrem Bau. Als wir hörten, dass *Yutami* vor unserer Stadt nach Öl bohren wollte, gingen wir alle auf die Straße. Ich erinnere mich sehr gut daran, denn ich war dabei. Deswegen weiß ich auch ein wenig mehr über *Yutami* als andere Leute, schätze ich. Ich protestierte damals mit, und im Rathaus hörte man unseren Protest.«

Abermals wechselte das Bild. Nun sah Tresk einen langen Text, an dessen unterem Ende mehrere Unterschriften prangten.

»Ein Vertrag wurde aufgesetzt«, erklärte Annas Mutter. »Einer, der genau festlegte, was *Yutami* darf und was nicht. Die Bohrfirma verpflichtete sich damals, strenge Auflagen zu erfüllen und den Umweltschutz immer zur obersten Maxime zu machen. Im Gegenzug erlaubte Aquaterra ihr, sich dort unten am Meeresboden anzusiedeln.«

»Aber sie hält sich nicht an diesen Vertrag«, sagte Finn.

Michiko sah zu ihm. »Doch, das tut sie. Eine unabhängige Kommission überprüft das alle zwei Jahre, Finn. Würde *Yutami* das Meer verschmutzen, wäre das längst aufgefallen. Und es wäre ein Skandal, von dem sich die Firma nie erholen könnte.«

»Vielleicht *macht* sie es erst seit zwei Jahren«, murmelte der Junge trotzig.

Auch Tresk fiel es schwer, Michikos Gelassenheit zu teilen. »Wir … Ähm, unsere Freundin Lailani hat es doch selbst gesehen, Frau Kobayashi«, sagte er. »An diesem Korallenriff gleich neben der Bohrstation.«

Michiko rief eine dreidimensionale Karte der genannten Region des Meeres auf. Sie zeigte die breite Gipfelregion des unterseeischen Gebirges namens Mittelatlantischer Rücken, auf der sich die massiven Betonpfeiler von Aquaterra, die Algenzuchtstation, das Korallenriff und auch die Kuppel der Ölfirma befanden. Daneben ging es steil in die Tiefe, mehrere Tausend Meter weit bis zum eigentlichen Meeresboden. »*Yutami* kann keinen Abfall über den Rand werfen, Kinder«, sagte sie. »Aus einem ganz einfachen Grund: Sie produziert gar keinen.«

Nun war es an Anna, ungläubig die Stirn zu runzeln. »Wie bitte? Eine Industrieanlage, in der kein Müll entsteht?«

Michiko schmunzelte. Sie setzte die Brille ab, trat zur Tür des Konferenzraums und sah in den schmalen und von kleinen Lampen erhellten Flur der *LabOcean.* »Herr Schlukk, kommen Sie mal kurz?«, rief sie.

Fragend sah Tresk zu Anna und Finn, die nur mit den Schultern zuckten. Auch sie hatten keinen Schimmer, was nun passieren würde.

Im Flur wurde lautes Gepolter hörbar. Schwere Schritte stapften über die Bodenplatten, dann erschien der Grobb mit der extrabreiten Jacke im Türrahmen. »Ham Sie gerufn, Michi?«, fragte er mit für einen Mann seines Schlages erstaunlich sanfter Stimme. Selbst ihr Mitschüler Quekk redete lauter als Herr Schlukk.

»Ja«, antwortete Annas Mutter. Sie deutete auf den noch freien Platz am Konferenztisch. »Erklären Sie uns mal was, okay?«

Der Grobb grunzte, trat ein und nahm Platz. Der Sitz quietschte unter seinem beachtlichen Gewicht, hielt es aber aus. »Wasn?«, fragte er, und es klang, als bäte man ihn eher selten um Erklärungen. Ehrlich gesagt klang es für Tresk, als müsse der Grobb erst nachdenken, was genau eine Erklärung überhaupt *war*.

Michiko zog die Datenbrille wieder an und rief ein neues Bild auf. Ein grün leuchtender, eckiger Stein erschien in dem Hologramm über dem Tisch. Er sah aus, als bestünde er aus zersplittertem Glas oder aus gefrorenem Wasser.

»Das ist ein Cuttal-Stein«, sagte Annas Mutter. »Ein Kristall von der Heimatwelt der Grobb. Richtig, Schlukk?«

Ihr Kollege nickte eifrig. »Cuttal«, bestätigte er. »Die Dinger sinn mächtich, Michi. Speichern genuch Ennergieh fürn ganzes Menschnhaus.«

»So ist es.« Michiko deutete auf das sich langsam drehende Hologramm. »Cuttal-Steine sind gewaltige Energiespeicher, Kinder. Weit mächtiger als alles, was die Menschheit je hervorgebracht hat – oder die Karadeem, Tresk. Mächtiger als die größten Generatoren von Aquaterra.« Abermals änderte sie das Holo-Bild. Das Modell der Bohrstation kehrte zurück. »Und mit eben solchen Energiekristallen arbeitet *Yutami*. Ausschließlich! Sie speisen die Kuppeln mit Strom, sie treiben ihre Frachtboote an … und sie allein versorgen auch den Großen Larry mit Energie.«

Anna und Finn prusteten los. »Den großen … was?«

Die Kamera zoomte näher an das Modell der Bohrstation heran, bis ein kleiner Teil von ihm das gesamte Holo ausfüllte. Tresk sah eine kleine Kuppel außerhalb der großen – einen Bereich, der über eine schmale Röhre mit dem Hauptgebäude verbunden war.

»Den Großen Larry«, wiederholte Michiko. »Der befindet sich hier drin, in diesem Bereich der Anlage. Es ist der Laser, mit dem *Yutami* in den Meeresboden bohrt. Das Werkzeug, das dafür sorgt, dass die Firma an die unterirdischen Ölquellen herankommt.«

»Ein Laser?«, wunderte sich Finn. »Ich habe noch nie gehört, dass man dafür Laser benutzt. Gibt es überhaupt so starke Laser?«

»Hier in Aquaterra nur einen einzigen«, antwortete Annas Mutter, »nämlich den Großen Larry. Er allein ist der Grund, aus dem *Yutami* hier bohren darf. Denn Larry wird mit Cuttal-Steinen betrieben. Das macht ihn weit ergiebiger, präziser und sicherer als andere Bohrwerkzeuge – und weit weniger anfällig für Abfall. Bei Larry entsteht kein Abfall.«

Tresk zuckte mit den pelzigen Ohren. »Dann werden diese Kristalle also nie ganz aufgebraucht?«, kombinierte er.

»Doch«, sagte Michiko zu seiner Überraschung. »Nach zwei Bohrungen sind sie leer und müssen durch neue Cuttal-Steine ersetzt werden.« Anna wollte gerade zu einer Frage ansetzen, da sprach sie schon weiter. »Aber die verbrauchten Kristalle werden natürlich *nicht* einfach so ins Meer geworfen, Anna. Das ist die größte Auflage, zu der *Yutami* sich damals verpflichten musste. Die Steine werden aufwendig recycelt.«

»Wo denn?«, wunderte sich Finn. »Bis heute habe ich noch nie von Cuttal-Steinen gehört. Und auf den Taxifahrten meines Vaters war ich schon in so ziemlich jedem Winkel von ganz Aquaterra. Eine Recycling-Anlage für diese Dinger wäre mir da sicher aufgefallen.«

»Daheim«, sagte Herr Schlukk mit Stolz in der brummenden Stimme. »Cuttal fliegn heim.«

»So ist es«, wusste Michiko. »Die Steine kommen von der Heimatwelt der Grobb, und dorthin bringt *Yutami* sie auch wieder zurück, wenn ihre Energiereserven aufgebraucht sind. Du kannst keine Recycling-Anlage in Aquaterra finden, Finn, weil sie auf dem Planeten der Grobb steht. Alle vier Wochen startet ein

Frachtraumschiff von hier zu dieser fernen Welt – vollgepackt mit leeren Cuttal-Steinen.«

Tresk fuhr sich nachdenklich über die Schnurrhaare. Diese Geschichte wurde immer seltsamer. »Dann hätte *Yutami Oil* also gar keinen Grund, seinen Müll zu verstecken und beispielsweise in den Abgrund zu kippen«, schlussfolgerte er. Er und Finn wechselten einen Blick, der halb ratlos und halb hilflos war. Ihre Theorie schien ganz und gar nicht aufzugehen.

»Das hast du gut erkannt, Tresk«, lobte Michiko. Dann sah sie zur Uhr, die an der Wand des kleinen Konferenzraums hing. »Und jetzt müsst ihr wieder von Bord, Freunde. Kapitän Delacroix wartet bestimmt schon auf euch, und Herr Schlukk und wir anderen haben noch jede Menge zu tun.«

»Abbeit.« Der Grobb seufzte tief und erhob sich. »Immer nur Abbeit.«

Anna und ihre Mutter verabschiedeten sich herzlich. Auch Finn und Tresk gab Michiko die Hand und strich sogar Heisenberg über den blauen Kopf. Durch die kreisrunde Luke gerieten die Freunde wieder ins Freie, und über den Steg betraten sie die Fähre.

Kapitän Delacroix stand bereits an der Reling und schien bereit, den Steg zurückzufahren. »Ah, da seid ihr ja«, grüßte er seine Passagiere. »Dachte schon, ihr hättet auf der *LabOcean* angeheuert und wärt jetzt allesamt Seeleute geworden.«

Tresk, Anna und Finn beobachteten interessiert, wie die Fähre ablegte. Michiko winkte ihnen vom Turm des U-Bootes zu, während der Abstand zwischen ihnen immer größer wurde, und Anna winkte zurück. Dann setzte Delacroix Kurs auf den Hafen.

»Okay«, sagte Anna und sah zu ihren Freunden. »Und was

jetzt? Diese Spur hat sich als nicht gerade hilfreich erwiesen. Aber wir *wissen* doch, das *Yutami* Dreck am Stecken hat! Oder?«

»Und ob wir das wissen«, fand Finn. Nachdenklich schaute er aufs Meer hinaus. »Und ich glaube, ich weiß jetzt endlich, wie wir es allen zeigen können.«

Kapitel 11

Blinde Passagiere

»Das ist verrückt, hörst du? Verrückt und gefährlich.«

Finn duckte sich tiefer in die Schatten und drehte sich zu seiner Freundin um. »Das hast du vorhin auch schon gesagt, Anna«, flüsterte er, »aber da hatte Omikron vollkommen recht.«

»Vor allem hatte er Glück«, entgegnete sie schnippisch.

Tresk, der Dritte in ihrem Bunde, seufzte. »Jetzt seid endlich still, ihr beiden«, schimpfte er leise. »Sonst entdeckt uns doch noch jemand!«

Das saß. Finn schluckte die Erwiderung, die auf seiner Zunge gelegen hatte, runter und schwieg. Auch Anna beließ es dabei, war die Warnung des Karadeem doch keineswegs unangebracht. Ganz im Gegenteil!

Sie waren wieder am Hafen von Aquaterra. Der Ausflug zur *LabOcean* lag mehrere Stunden zurück, und inzwischen war es Nacht geworden. Sterne prangten am Himmel, und vereinzelte Wolken verschluckten den größten Teil des Mondlichts. Die Luft war erstaunlich kühl für die Jahreszeit, und Finn fröstelte ein wenig. Oder lag das an der riskanten Situation, in der sie sich befanden? Möglich wär's, fand er. Immerhin brachen sie nicht oft in fremde Schiffe ein. Genau genommen nie … bis heute.

Der Plan war ihm während des Gesprächs mit Annas Mutter am Nachmittag gekommen. Zu Hause hatte er mit der Hilfe von Omikron 1 die letzten Fragen dazu beantwortet, und dann hatte er seine beiden Freunde genauer informiert. Zunächst waren Tresk und vor allem Anna nicht begeistert gewesen. Die Freundin hatte die Idee sogar komplett abgelehnt. Doch nach ein paar klärenden Worten in ihrem gemeinsamen Online-Chat hatte auch Anna eingesehen, dass es ihre beste – und vermutlich auch letzte – Chance war, *Yutamis* Umweltverbrechen ans Tageslicht zu bringen.

Zweimal pro Woche, so hatten Finn und Omikron 1 es vorhin recherchiert, brach ein tauchfähiger Frachter vom Hafen Aquaterras auf, nur um die unterseeische Bohranlage mit Vorräten zu versorgen und geborgenes Öl sowie aufgebrauchte Cuttal-Steine von dort wegzutransportieren. Die Fahrt war immer kurz, der Aufenthalt an der Bohrstation aber deutlich länger. Genau das hatte Finn gehofft. Er wollte sich mit seinen Freunden als Blinde Passagiere auf diesen Frachter schleichen und so in die Kuppel gelangen, die *Yutami* am Meeresboden errichtet hatte. Dort würden sie sich nach den Beweisen umsehen, die sie bislang so erfolglos suchten. Bis der Frachter ent- und wieder beladen war und erneut aufbrach, vergingen laut Omikrons Informationen mehrere Stunden. Das war das Zeitfenster, in dem die drei fündig werden mussten – noch dazu, ohne von den Mitarbeitern der Bohrfirma bemerkt zu werden.

Anna hatte nicht ganz unrecht: Der Plan *war* verrückt! Aber er war auch ihre einzige Möglichkeit. Wie sonst sollten sie in die Kuppel gelangen? Sie konnten ja schlecht anklopfen und um eine Besichtigung bitten.

»Sogar Lailani findet die Idee übel«, murmelte Anna gerade und riss Finn so aus seinen Gedanken.

»Bitte?«, fragte er und schlug den Kragen seiner Jacke höher. »Du hast mit Lailani gesprochen?«

Anna – ein dunkler Schemen in den Schatten zwischen zwei Frachthallen, die ihr ebenso finsteres wie zugiges Versteck geworden waren – nickte. »Vorhin, als ich wieder allein zu Hause war. Ich habe sie endlich erreicht und ihr berichtet, was wir bislang alles herausgefunden und erlebt haben.«

»Und was sagt sie?«, erkundigte sich Tresk.

Der Karadeem kauerte am vorderen Ende der Gasse und behielt das nahe Ufer mit den Anlegestellen im Blick. Von seiner Position aus hatte er beste Sicht auf den Frachter, der zu *Yutami* aufbrechen würde. Es handelte sich um ein großes, eiförmiges Gefährt ohne Fenster. Es hatte auch keinerlei Besatzung, denn sein Bordcomputer übernahm die Navigation vollkommen selbstständig. Hier am Hafen liefen trotz der späten Stunde jedoch gleich fünf Personen herum – zwei Menschen und drei kräftige Grobb – und beluden die Lagerräume des Frachters mit allem, was *Yutami* unter Wasser so brauchte. Dazu benutzten sie moderne Antigrav-Hebegeräte. Diese musste man einfach nur auf das zu bewegende Objekt richten, und schon hob dieses scheinbar gewichtslos vom Boden ab und ließ sich mühelos von Punkt A nach Punkt B verfrachten – in diesem Fall ins Innere des Frachters. An der Außenhülle des Tauchschiffs stand *Scholle 1*. Das war dann wohl der Name des schwimmenden Gefährts.

»Sie sagt, dass wir wahnsinnig sind, wenn wir das durchziehen«, antwortete Anna auf Tresks Frage. »Dass wir uns in eine Gefahr begeben, die wir nicht einschätzen können.«

»Klingt wie mein Vater«, murmelte Finn. Er war es allmählich leid, überall ausgebremst zu werden. »Genau das hätte der auch gesagt. Und dann hätte er es mir verboten.«

Deswegen hatte Finn Ole nichts von seinem Vorhaben erzählt. Auch Tresk hatte seinem Vater nicht die Wahrheit gesagt. Beide Männer glaubten, ihre Söhne seien zu einer Pyjamaparty bei den Falkes eingeladen und schliefen in dieser Nacht bei Anna. Da morgen ein Feiertag und somit keine Schule war, hatten sie es ihnen sofort erlaubt. Tresk zufolge war Manurr sogar begeistert gewesen, dass sein Sohn an einem so irdischen Brauch teilnahm. Und Annas Eltern waren ohnehin nicht zu Hause, konnten den Betrug also nicht auffliegen lassen.

»Meiner auch«, fand Tresk. »Darauf könnt ihr wetten. Aber wir brauchen endlich Beweise.«

»Lailani macht sich wirklich Sorgen«, beharrte Anna. »Und ich mir auch. Finn, dieser Plan ist …« Seufzend brach sie ab.

»Es geht nicht anders«, erklärte Finn ein weiteres Mal. »Mir ist auch mulmig bei dem Gedanken, aber Omikron und ich sehen keine andere Möglichkeit. Kein Bootsverleiher dieser Stadt wird uns je wieder ein Shuttle geben. Und wenn wir mit Lailanis *Atlantia*-Booten vor der Kuppel auftauchen, lässt man uns bestimmt nicht rein.« Er straffte die Schultern. »Nein, wir müssen uns rein*schleichen*. Unbemerkt. Alles andere geht nicht.«

Schnell zog er seine Datenbrille aus der Jackentasche und setzte sie auf. Nachdem er sie aktiviert hatte, erschien das Menü vor seinen Augen, und er schaltete auf schriftliche Kommunikation. Sofort sah er rote Buchstaben vor sich in der Luft schweben.

»HEY FINN, ALLES KLAR BEI DIR?«

Zeitgleich erschien die virtuelle Tastatur. Finn hob die Hände und tippte seine Antwort ins Nichts. »NA, GEHT SO. WIR SIND AM HAFEN UND WARTEN AUF UNSEREN MOMENT. ABER … UNS GEHT GANZ SCHÖN DIE MUFFE, OMIKRON.«

»DAS IST NUR VERSTÄNDLICH«, fand die Künstliche Intelligenz. »ABER WIR SIND GUT VORBEREITET. ICH HABE DIE BAUPLÄNE DER ÖLSTATION IN MEINEN DATENSPEICHERN, DIE DIENEN UNS ALS ERSTE ORIENTIERUNG. UND IM NOTFALL HELFEN SIE UNS SICHER, SCHNELL WIEDER ZURÜCK ZUM FRACHTER ZU GELANGEN.«

»Was machst du da?«, hörte Finn Annas Stimme neben sich. »Redest du mit Omikron?«

»Psst«, bat er und winkte ab. »Gleich.« Dann schrieb er weiter. »IM FRACHTER SELBST KÖNNEN WIR GAR NICHT AUFFALLEN, RICHTIG?«

»JETZT NICHT MEHR«, las er umgehend Omikrons Antwort. Selbst wenn sie schrieb, klang die K.I. noch sehr von sich angetan. »ICH HABE DIE WARTEZEIT GENUTZT UND ERSTE BANDE ZUM BORDCOMPUTER DER SCHOLLE 1 GEKNÜPFT. WIE ERWARTET, IST ER NICHT SONDERLICH RAFFINIERT.«

»Was sagt er denn?«, meldete sich Anna wieder. Selbst wenn sie flüsterte, klang sie noch ungeduldig.

»Dass der Computer des Frachters kein Problem für ihn darstellt«, erklärte Finn leise und ohne den Blick von den Innenseiten seiner Brillengläser zu nehmen. »Mit dem kommt er schon klar.«

»STIMMT DOCH, ODER?«, ergänzte er schriftlich.

Zu seiner großen Erleichterung bejahte die K.I. »STIMMT VOLLKOMMEN. IHR MÜSST NUR UNBEMERKT AN BORD GELANGEN, FINN. ICH SORGE DANN SCHON DAFÜR, DASS DER FRACHTER NICHTS VON EUCH WEISS.«

»Hey, aufgepasst«, zischte Tresk plötzlich. »Ich glaube, gleich geht's los.«

Finn schaltete Tastatur und Kommunikationssicht ab und sah zu seinem pelzigen Freund. »Was ist?«, fragte er leise. Auch Anna horchte auf.

»Die Grobb und einer der Menschenmänner sind in der offen stehenden Lagerhalle da hinten verschwunden«, sagte Tresk. »Vermutlich holen sie die nächsten Kisten her, die an Bord sollen. Und jetzt ist der Vorarbeiter allein bei der *Scholle 1*. Niemand sonst ist auf dem Anleger.«

Anna brummte unzufrieden. »Das ist doch keine Chance, Tresk. Auch an dem *einen* Mann kommen wir nicht unbemerkt vorbei.«

»Das«, drang Omikrons Flüstern aus Finns Datenbrille, »sehe ich anders. Schaut mal nach rechts.«

Finn drehte den Kopf. Rechts vom Anleger und in der vorderen rechten Ecke der erwähnten Lagerhalle befand sich das kleine Büro der fünf Hafenarbeiter. Es war kaum größer als Finns Zimmer, hatte nur ein zur Seite weisendes Fenster und eine breite Tür, die ebenfalls offen stand und durch die gelbes Licht auf das Pflaster hinaus fiel.

Besser gesagt, tat es das nicht länger. Von einem Moment zum anderen ging das Licht im Büro aus.

Und dann wieder an.

Und sofort wieder aus.

Und wieder an.

»Was ist denn da los?«, murmelte der Vorarbeiter. Er kratzte sich am Kopf und betrachtete das wirre Spiel nachdenklich. »Spinnt jetzt meine Lampe?«

Wieder ging das Licht aus, nur um umgehend neu zu erstrahlen. Für etwa zwei Sekunden.

Finn grinste. »Bist du das, Omikron?«, fragte er leise.

»Aber sicher«, antwortete die K.I. ebenfalls im Flüsterton. »Die Gelegenheit ist günstig. Also sorge ich für eine kleine Ablenkung.«

»In Ordnung«, wandte sich Tresk an seine beiden Begleiter. Er deutete vor sich auf den Anleger, wo die Frachttore der *Scholle 1* weit offen standen. Offen … und verlassen. »Sowie der Vorarbeiter in seinem Büro verschwindet, um nach dem Rechten zu sehen, laufen wir los. So schnell wir nur können.«

Für einen kurzen Moment wünschte sich Finn, ebenfalls ein Karadeem zu sein. Die Pfoten dieses Volkes machten beim Rennen weit weniger Geräusche als Schuhsohlen oder auch nackte Füße. Doch es würde genügen müssen.

Das Licht im Büro ging wieder an, wieder aus, wieder an. Immer hektischer und flackernder wurde das Spektakel.

»Ja doch, ich komm ja schon«, schimpfte der Vorarbeiter. Er spuckte zu Boden und verließ seine Position am Anleger. Merklich ungehalten ging er zur Bürotür. »Nee, nee, nee. Immer ist irgendwas. Wenn die Grobb mal nichts verbocken, streikt die Technik im Büro. Echt ein Wunder, dass ich hier noch nicht wahnsinnig geworden bin.« Sprach's und war über die Schwelle.

»Jetzt!«, zischte Tresk.

Finn packte Anna an der Hand und rannte los. Sein Herz schlug ihm bis zum Hals, und es kam ihm vor, als wäre jeder einzelne seiner Schritte unfassbar laut. Doch niemand bemerkte die drei Freunde, als sie aus ihrem zugigen Versteck hinaus auf die Hafenpromenade und dann auf den Anleger eilten.

Immer wieder schaute Anna zur Frachthalle zurück, in der die vier anderen Männer sein mussten. Auch dort brannte Licht, und lautes Rumpeln drang aus der Halle ins Freie. Die vier schienen noch mit ihren Kisten beschäftigt zu sein.

Die *Scholle 1* wartete. Finn, Anna und Tresk rannten an Bord und sahen sich um. Das Innere des Frachters war ein einziger Lagerraum, etwa so groß wie die Aula der *Ray-Bradbury-Schule*. Drei breite Lampen an der Decke spendeten ausreichend Helligkeit, und überall standen bereits große Container und kleinere Stapel aus Holzkisten herum, teilweise mit Tauen und Netzen am Boden oder den Wänden befestigt.

»Schnell«, drängte Finn. »Wir verstecken uns zwischen den Containern. Macht euch so klein ihr nur könnt, verstanden? Und dann macht keinen Mucks. Diese Kerle sind bestimmt jeden Augenblick zurück!«

Die Warnung kam keinen Moment zu früh. Kaum waren die drei Freunde hinter den großen Lastbehältern in Deckung gegangen, wurden draußen auf dem Anleger auch schon wieder Stimmen laut.

»Wo isn Boss?«, fragte einer der Grobb.

»Kann uns egal sein«, antwortete sein menschlicher Kollege. »Lasst uns einfach die restlichen Kisten einladen. Wir sind sowieso schon spät dran, und ich würde gern noch 'ne Runde schlafen, bevor es wieder hell wird.«

»Binnauch müde«, fand ein anderer Grobb. »Rein mittem Zeuch. Na los.«

Finn hielt den Atem an. Jetzt durfte nichts passieren. Wenn die Arbeiter sie bemerkten, war alles aus. Er sah zu Anna hinüber, dann zu Tresk.

Beide machten große Augen und duckten sich noch tiefer hinter die großen Container.

Ein leises Surren drang an Finns Ohren. Das mussten die Antigrav-Geräte sein, mittels derer die vier Männer ihre restlichen Kisten in den Bauch des Frachters hievten. Staub knirschte, als die hölzernen Behälter auf dem Deck des Lagerraums abgesetzt wurden. Dann folgten Schritte, und mit einem Mal wusste Finn, dass es gut gegangen war. Die Männer hatten das Schiff verlassen.

»Also dann«, sagte der Mensch. Er klang zufrieden. »Das war's für diese Nacht. Brokk, du machst die Frachtluke zu und schließt ab, okay? Dann kann die *Scholle 1* ablegen.«

»Luhke auf, Luhke zu«, erwiderte ein Grobb brummend. »Immer mussich die schwern Ahbeitn machn. Ihr habt den ganzn Spahs.«

»Spahs?«, murrte sein Kollege. »Glaubsdu Kieselhirn etwa, Kistn schleppn is Spahs?«

»Mitten Antiglas-Dingern da? Abba sicher!«

Etwas klatschte. Vermutlich hatte Grobb eins dem zweiten eine Ohrfeige verpasst. »Anti*grav*, du Trottel. Dassinn Anti*grav*-Maschinen. Oder siehsdu da irgendwo Glas dran, hm?«

»Was weiß ich, weshalb die so heißn?«, beschwerte sich der frisch Geschlagene.

»Is doch logisch«, fand der andere. »Die heißn Antigrav, weil die diese Dings aufhebn. Diese Gravati … Nee, Grativa … Nee, auch nich … Griva … Gravi …«

»Gravitation, ihr Spinner«, unterbrach der Mensch die beiden Streithähne. »Das Wort heißt ›Gravitation‹. Das ist die Schwerkraft. Und jetzt mach endlich die Luke zu, Brokk, damit wir gehen können. Ich sag noch schnell dem Boss drüben im Büro Bescheid. Weiß der Geier, was da wieder los ist. Seht ihr, wie das Licht flackert? Nee, nee, nee …«

Einem lauten Knirschen folgte ein nur geringfügig leiseres Summen. Die *Scholle 1* schloss ihre Frachtluke. Das dauerte nur wenige Sekunden, und danach herrschte vollkommene Stille im Inneren des Schiffes von *Yutami Oil*. Die Blinden Passagiere hatten es unbemerkt an Bord geschafft.

»U… und jetzt?«, fragte Anna leise.

Finn stand auf. Zweifelnd, aber auch ein wenig stolz sah er sich zwischen den Kisten und Containern um. »Jetzt fahren wir gleich los, schätze ich«, antwortete er. »Und dann sehen wir weiter.«

Kapitel 12

In der Höhle des Löwen

Anna war nach wie vor der Meinung, dass sie einen riesigen Fehler begingen. Es war furchtbar gefährlich, sich bei *Yutami Oil* einzuschleichen. Wenn die Arbeiter dort unten wirklich Dreck am Stecken hatten, würden sie auf neugierige Eindringlinge sicher alles andere als gut zu sprechen sein. Wer konnte schon wissen, was sie taten, falls sie Finn, Tresk und sie erwischten. Vielleicht steckten sie die Freunde in ein kaputtes Tauchboot und ließen sie dann neben dem Riff im Abgrund verschwinden. Anna hatte in den letzten zwei Tagen in genug fragwürdigen U-Booten gesessen, um sich gut vorstellen zu können, dass so ein »Unfall« unter Wasser keineswegs undenkbar war.

»Alles okay?«, fragte Finn leise, der neben ihr zwischen den Containern kauerte, die von dem Frachter soeben zur Ölbohrstation gebracht wurden. Eigentlich hätte er nicht flüstern müssen. Außer ihnen dreien befand sich niemand an Bord. Aber auch wenn Omikron 1 versichert hatte, dass sich der Bordcomputer nicht an sie erinnern würde, hatten sie alle das Bedürfnis, sich zu verstecken. So als könnte plötzlich die Luke aufgehen und einer der Grobb-Hafenarbeiter hereinschauen, weil er seine Schirmmütze im Frachtraum vergessen hatte. Was natürlich Unsinn war. Sie befanden sich bereits hundert Meter unter dem Meeresspiegel. Wenn jetzt die Luke aufging, hatten sie ganz andere Probleme als das, von einem Erwachsenen entdeckt zu werden.

»Anna?«, wiederholte Finn, als sie nicht gleich antwortete. »Geht's dir gut? Du siehst ein bisschen blass aus.«

»Ich bin nicht blass«, widersprach Anna. »Das ist nur das Licht hier.« Sie sah ihn unbehaglich an. »Aber ich frage mich schon, was diese Leute von der Ölstation wohl mit uns anstellen, falls sie uns schnappen.«

»Sie sollen uns ja nicht schnappen«, mischte sich Tresk ein. »Es wäre schön blöd, sich irgendwo einzuschleichen, nur damit man geschnappt wird.«

»Wir werden einfach ganz vorsichtig sein«, sagte Finn. »Außerdem haben wir Omikron dabei. Der wird schon auf uns aufpassen. Stimmt's, Omikron?«

»Worauf ihr euren nicht-virtuellen Allerwertesten verwetten könnt.« Die Stimme der K.I. drang so fröhlich aus Finns Datenbrille, als wären sie auf dem Weg zu einem Picknick im Arboretum.

»Was genau müssen wir eigentlich finden, um *Yutami Oil* ihre Schweinerein nachzuweisen?«, überlegte Anna. »Wir haben den Bericht von Lailani, dass sich diese Taucher mit ihrem Lastschlitten am Rand vom Korallenriff herumtreiben. Was da drauf transportiert wurde, konnte sie aber nicht erkennen. Und dann haben wir das Etikett entdeckt, das vermutlich von einer Kiste oder Tonne stammt und das Logo von *Yutami Oil* zeigte. Weil die Taucher auf Lailani und uns geschossen haben und wir in der Gegend tote Korallen und Tiere gesehen haben, glauben wir, dass die Kerle Dreck am Stecken haben. Aber als Beweis reicht das alles noch nicht.«

»Nein«, stimmte Finn ihr zu. »Wir müssen die Puzzleteile noch zusammensetzen.«

»Ist doch klar«, sagte Tresk. »Wir müssen dieses Etikett, das sich im Seegras am Abgrund verfangen hat, irgendwo in der Station wiederfinden. Wenn es wirklich zu einer Frachtkiste gehört, erfahren wir so, was genau die Taucher transportiert haben. Irgendein Dreck muss es ja sein, wenn davon die Korallen sterben – auch wenn deine Mutter, Anna, behauptet, *Yutami* würde keinen Dreck machen.«

Ein Rumpeln ging durch die Hülle des Frachters, und er ruckelte ein wenig. Anna hob den Blick zur Decke. »Ich glaube, wir legen an der Ölbohrstation an.«

»Wird auch Zeit«, murmelte Tresk. »Mit gefällt das gar nicht, ständig in Fahrzeugen zu sitzen, die von irgendeinem Computer gesteuert werden – und dann auch noch unter dem Meer.«

»Traust du Computern etwa nicht?«, fragte Omikron 1 höflich.

»Nein«, brummte Tresk. »Also, dir schon, aber sonst nicht. Man sieht ja, was passiert, wenn Computer Fahrzeuge steuern. Plötzlich fällt was aus, und man treibt mit seinem Tauchboot hilflos im Meer herum.«

»Statistisch gesehen sind lebende Wesen für mehr Verkehrsunfälle verantwortlich als Computer«, informierte ihn die K.I. spitz.

»Könntet ihr euch später darüber streiten?«, ging Finn dazwischen. »Wir haben jetzt ganz andere Probleme.«

»Welche denn?«, wollte Tresk wissen.

Wieder rumpelte es und mit einem Ruck kam der Frachter

zum Stehen. Etwas brummte und gluckerte. Vermutlich wurde Wasser um die Frachtluke abgepumpt.

Anna sah, wie Finn das Gesicht verzog. »Hat mal jemand von euch daran gedacht, dass diese Kisten, hinter denen wir uns verstecken, gleich von irgendwelchen Arbeitern ausgeladen werden? Wie verhindern wir, dass die uns sehen?«

Erschrocken riss Anna die Augen auf. »Du hast recht!« Daran hatten sie wirklich gar nicht gedacht! Panisch blickte sie sich um. »Wir brauchen sofort ein besseres Versteck!«

Hektische Bewegung kam in die Freunde, als sie durch den Frachtraum eilten, um einen guten Platz zu finden, an dem sie sich vor den Arbeitern der Ölbohrstation verbergen konnten. Leider gab es weder ein Cockpit noch irgendwelche anderen Räume. Die Wartungsklappen in den Wänden und am Boden waren alle verschlossen, und der einzige Spind, in dem sich Putzzeug befand, war zu klein für sie drei.

Schließlich zog Anna in ihrer Verzweiflung an dem Griff in der Tür eines der Container – und zu ihrer Überraschung schwang die Tür auf. »Äh, Leute«, sagte sie. »Ich glaube, die Container sind gar nicht verschlossen.«

»Du willst dich in so einer Kiste verstecken?«, fragte Tresk.

»Warum nicht?«, gab Anna zurück.

»Wer weiß, wo die Dinger hingebracht werden.« Die Ohren des Karadeem-Jungen zuckten.

Ein metallenes Dröhnen erklang, als die Frachtrampe entriegelt wurde. Langsam und unter lautem Summen fing sie an, sich zu öffnen.

»Keine Zeit mehr«, zischte Anna.

Die Jungs nickten und huschten zu ihr. Alle drei stiegen in den

Container, und Anna zog ihn wieder zu. Im ersten Moment saßen sie im Stockdunklen. Dann glühte Finns Datenbrille auf, als er eine Einstellung änderte. Er zog sie ab und hielt sie wie eine digitale Kerze vor sich.

Im bläulichen Schein der Brille saßen sie beisammen, umgeben von irgendwelchen Kartons, in denen dem Etikett zufolge selbstdichtende Schaftbolzen enthalten waren – was immer das sein mochte. Sorgenvoll lauschten sie den Geräuschen draußen im Frachtraum. Es war ein Surren und Fauchen, ein Brummen und Klacken zu hören. Nur Stimmen vernahmen sie seltsamerweise nicht.

»Ob hier alles vollautomatisch abläuft?«, wunderte sich Finn leise.

»Es klingt fast so«, meinte Tresk, der die Ohren gespitzt hatte. Sein weicher Schwanz klopfte nervös auf den Boden.

»Vielleicht könnten wir einfach aussteigen und davonspazieren«, überlegte Anna. »Wenn keine …« Ihr entfuhr ein leiser Schrei, als ihr Container plötzlich hochgehoben wurde. Schwankend bewegte er sich durch die Luft, bevor er krachend auf etwas landete, das ein Frachtschlitten sein mochte.

»Zu spät«, sagte Tresk.

»Oje, ich frage mich, wohin wir gebracht werden«, murmelte Anna. Im Geiste malte sie sich aus, wie sie ganz am anderen Ende der Station landeten und sich auf dem Rückweg vollkommen verliefen.

Doch ihre Reise endete zu ihrer Überraschung bereits wenige Augenblicke später, als der Container mit einem Poltern wieder abgestellt wurde. Sie warteten noch eine Weile, bis alles ganz still war, dann wagte es Tresk, die Containertür wieder zu öffnen.

Finn hielt die *VisoStar* durch den Schlitz und schwenkte sie hin und her. Anschließend zog er sie wieder zurück. »Wo sind wir, Omikron?«, fragte er leise.

»Wie ausnehmend clever von dir, mich als Spion zu nutzen«, lobte ihn Omikron 1. »Wir befinden uns in einem Lagerraum, der anscheinend direkt an den Hangar angrenzt. Um uns herum stehen ganz viele Container. Unter der Decke verläuft ein Schienensystem mit einem Frachtkran. Durch die offene Tür ist der Frachter zu sehen.«

»Hast du irgendwelche Leute bemerkt?«, wollte Tresk wissen.

»Nein, mir ist niemand aufgefallen.«

»Dann los«, sagte Finn. »Wenn wir uns beeilen, sind wir wieder an Bord des Frachters, bevor er zurückfährt.«

Sie schlüpften ins Freie und sahen sich um. Omikron 1 hatte ihnen ihre Umgebung grundsätzlich treffend beschrieben. Was er vergessen hatte, waren die Details. Beispielsweise, dass alle Wände aus massivem, rostfarbenem Metall bestanden, dass die Beleuchtung schummrig war und dass die Luft nach Brackwasser und Maschinenöl roch.

»Was für ein trostloser Ort«, murmelte Tresk und rümpfte die pelzige Nase. »Die Station von *Atlantia* war viel hübscher.«

»Eine Ölbohrstation ist eben keine Algenzucht«, meinte Anna.

»Und wir wollen hier ja nicht einziehen«, fügte Finn hinzu. »Los, Freunde. Machen wir uns auf die Suche nach unseren Beweisen.«

So verstohlen wie möglich machten sich die drei an die Arbeit. Zunächst durchsuchten sie den Lagerraum selbst, aber sie fanden keine Kisten, Tonnen oder anderen Behältnisse, auf denen Frachtetiketten geklebt hätten, die ihrem Fundstück am Riff ähnelten. Sie hatten das Logo zwar unter Wasser nicht gut sehen können, aber hier kam ihnen Omikron 1 zu Hilfe, der natürlich Aufzeichnungen davon gemacht und seine Analyseprogramme darauf angesetzt hatte. »Wenn wir das Etikett irgendwo sehen, erkenne ich es«, behauptete die Künstliche Intelligenz – selbstbewusst wie immer.

Nachdem sie das Lager überprüft hatten, sahen sie sich im Hangarbereich um. Feuchtigkeit glänzte an den Wänden, und auf dem Gitterboden hatten sich an manchen Stellen Pfützen gebildet. Es war kalt, und von ferne war das Stampfen und Surren von Maschinen zu hören. Dieser Ort war wirklich alles andere als angenehm, fand Anna.

Es gab zwei Gänge, die tiefer in die Station hineinführten. Sie wählte denjenigen, der heller erleuchtet war. Dadurch stieg zwar das Risiko, dass sie von jemandem entdeckt wurden. Aber was hatten sie davon, zwischen irgendwelchen Maschinen im Inneren der Station herumzuirren? Dort fanden sie bestimmt keine Beweise für die Machenschaften von *Yutami Oil*.

Ihr Bauchgefühl erwies sich als richtig. Bereits nach wenigen Schritten den breiten Gang hinunter stießen sie auf einen weiteren Lagerraum, und dort machten sie eine Entdeckung. »Schaut mal da«, flüsterte Anna und deutete durch das offen stehende Tor. Da standen mehrere blaue Metalltonnen von etwa eineinhalb Metern Höhe und einem halben Meter Breite. Auf den Tonnen klebten weiße Etiketten, die ein wenig an das erinnerten, das sie beim Riff entdeckt hatten. Sorgsam aufgereiht ruhten die Behältnisse auf metallenen Schwebeschlitten.

»Ich bestätige, dass diese Etiketten mit hoher Wahrscheinlichkeit unserem Unterwasserfund entsprechen«, meldete sich Omikron 1 zu Wort. »Und ich analysiere die Daten. Oh, das ist wirklich interessant: Es scheint sich um Gefahrgutetiketten zu handeln!«

»Gefahrgut?« Anna stockte.

»Nicht die Tonnen sind gefährlich, nur der Inhalt«, beruhigte Omikron 1 sie sofort. »Da ist sicher Abfall drin. Er könnte stark gesundheitsschädlich sein – aber nur, wenn man ihn anfasst.«

Tresk, der sich den Schwebeschlitten genähert hatte, deutete auf ein Klemmbrett, das in einer Halterung an einer Ecke steckte. »Diese Fracht ist für Grubba bestimmt! Das ist die Heimatwelt der Grobb.« Aufgeregt drehte sich der Karadeem-Junge zu Anna und Finn um. »Ich wette mit euch, dass in den Kisten die verbrauchten Cuttal-Steine sind, die recycelt werden sollen.«

»So weit, so gut«, meinte Anna. »Davon hat uns ja auch schon meine Mutter erzählt.«

»Hm.« Mit nachdenklicher Miene trat Finn zu einer der Tonnen. Er klopfte mit dem Fingerknöchel dagegen. Ein hohles Geräusch war zu hören. Der Junge runzelte die Stirn.

»Was ist los?«, fragte Anna.

Finn ging zur Nachbartonne und klopfte ebenfalls dagegen. Auch dort erklang ein hallendes Geräusch. »Wenn ich es nicht besser wüsste, würde ich sagen, die sind leer.« Misstrauisch beäugte er die Behälter.

»Leer? Aber warum sollten die …« Kurzerhand schlang Tresk die Arme um eine Tonne und hob sie hoch. Seine Augen weiteten sich. »Huch, die Dinger wiegen ja so gut wie nichts.« Er schüttelte die Tonne. Kein Geräusch war zu hören. »Ich glaube, du hast recht, Finn. Entweder sind Cuttal-Steine total leicht und klingen kein bisschen wie Steine, wenn sie geschüttelt werden … oder in den Tonnen ist gar nichts drin.«

»Wir finden es nur auf eine Weise heraus«, sagte Finn. Er machte sich am Verschlussring seiner Tonne zu schaffen.

»Vorsicht, Finn!«, warnte ihn Anna. »Diese Steine sind giftig!«

»Keine Sorge«, entgegnete Finn. »Sollte da wirklich was in den Tonnen sein, fasse ich bestimmt nichts an. Aber ich glaube, dass ich gar nicht vorsichtig sein muss.«

Er hob den Deckel an. Sie schauten ins Innere und sahen … nichts. Gähnende Leere herrschte in der Tonne, deren blaue Metallhülle so sauber aussah, als käme sie frisch aus der Fabrik. Sie öffneten eine zweite Tonne und danach eine dritte. Überall zeigte sich das gleiche Bild. Die gesamte Ladung aus scheinbar hochgiftigen Bohrabfällen, die zur Heimatwelt der Grobb gebracht werden sollte, bestand in Wirklichkeit aus Luft.

»Bei den haarigen Ohren vom großen Schnubrr!« Tresk staunte. »Was ist das denn für ein seltsamer Betrug?«

»Das gibt's doch nicht.« Anna schüttelte fassungslos den Kopf, als sie begriff, was hier passierte. »Diese Mistkerle von *Yutami Oil* umgehen die Umweltbestimmungen, die ihnen das Rathaus von Aquaterra vorgeschrieben hat, damit sie bohren dürfen! Sie nutzen zwar diese tollen Cuttal-Steine, aber wenn die verbraucht sind, fliegen sie die nicht zum Recycling nach Grubba, weil ihnen das zu teuer ist. Stattdessen kippen sie sie hier heimlich in den Abgrund neben dem Korallenriff.«

»Verdammt, du könntest recht haben«, sagte Finn. »Das würde erklären, warum sie so allergisch auf Beobachter reagieren. Sie wollen bei diesem Betrug nicht erwischt werden. Und es würde die kranken Pflanzen erklären, die wir entdeckt haben. Auf dem Meeresgrund ganz unten muss es noch viel schlimmer aussehen, wenn die Abfälle wirklich so giftig sind.«

Tresk kratzte sich am Kopf. »Aber wundert sich auf Grubba denn niemand, dass die Erde ihnen leere Tonnen zur Weiterverarbeitung schickt? Grobb sind etwas einfach gestrickt, das stimmt, doch so blöd, dass sie Cuttal-Steine nicht von Luft unterscheiden können, sind sie nun auch nicht.«

»Vielleicht wurde dort jemand bestochen, um den Mund zu halten«, mutmaßte Finn. »Das wäre bestimmt immer noch billiger, als die vielen Abfälle ordentlich zu recyceln.« Er tippte seine Datenbrille an. »Omikron, zeichnest du das alles schön auf?«

»Hat ein Haifisch Zähne, Finn Hansen?«, fragte die Künstliche Intelligenz zurück. »Natürlich mache ich umfangreiche Aufnahmen. Wie sonst wollt ihr eure Geschichte später beweisen? Ich nehme nicht an, dass ihr diese Tonnen mit nach Aquaterra nehmt.«

»Eher nicht«, gab Finn zu.

»Na gut, jetzt haben wir leere Gefahrguttonnen mit Ziel Grubba gefunden«, sagte Anna. »Aber mal angenommen, *Yutami Oil* behauptet, die wären bloß noch nicht gefüllt gewesen? Dann stehen wir dumm da. Wir müssen also noch unbedingt Beweise dafür finden, welchen Weg diese Cuttal-Steine wirklich gehen.«

Finn nickte. »Da gibt's nur eins: Wir müssen zum Großen Larry!«

Es dauerte etwa eine Viertelstunde, bis sie sich einmal quer durch die Station geschlichen hatten. Die Baupläne, die Omikron 1 gespeichert hatte, waren ihnen eine riesige Hilfe, um auf selten genutzten Nebenwegen ungesehen vom Hangar zur Bohrstelle zu gelangen. Die Nachtstunde tat das ihre, um das heimliche Vorankommen der Freunde zu erleichtern, denn obwohl bei

Yutami Oil offensichtlich rund um die Uhr gearbeitet wurde, spazierte niemand um diese Zeit einfach so zum Spaß durch die Gänge.

Nur zweimal mussten sie sich in eine dunkle Nische zwängen, um entgegenkommenden Arbeitern zu entgehen. Wirklich in Gefahr gerieten sie dadurch jedoch auch nicht. Die Männer und Frauen, die auf der Station arbeiteten, wirkten mürrisch und blickten weder nach links noch nach rechts, während sie Finn, Tresk und Anna passierten.

Anna konnte ihnen das nicht verdenken. Der Ort war durch und durch trostlos, voller beschädigter Lichtpaneele, offen an der Decke verlaufender Rohrleitungen, stickiger Luft und Krach. Das alles wollte sich vermutlich niemand, genauer anschauen.

Sie huschten durch die Röhre, die den großen Stationsbereich mit der Bohrstelle verband, und plötzlich sahen sie ihn durch ein Sicherheitsfenster: den Großen Larry. Anna riss die Augen auf, und auch auf Finns und Tresks Mienen spiegelte sich ehrfürchtiges Staunen.

Das Innere der Bohrkuppel war mit irgendeinem grauen, nach Kunststoff aussehenden Material verkleidet und wurde von mehreren Strahlern in den Wänden hell erleuchtet. Der Boden dagegen war der Felsboden des Meeres selbst, fein säuberlich abgedichtet, damit kein Wasser in die Kuppel drang. Eine Galerie aus Metallstegen lief am Rand der Kuppel entlang, und einige Gerätschaften, die mit Schläuchen und Kabeln untereinander verbunden waren, standen in der Gegend herum. Einige Arbeiter, die Overalls, Schutzbrillen und Kopfhörer trugen, bedienten sie.

In der Mitte der Kuppel schließlich hing der Große Larry persönlich. Der starke Bohrlaser bestand aus einer riesigen, silbrigen Konstruktion, die in einem Gerüst aufgehängt war. Geriffelte Kühlleitungen hingen von der Decke und verschwanden in dem länglichen Gehäuse. Die Spitze sah aus wie ein Bündel besonders dicker, schwarzer Strohhalme, die kerzengerade zu Boden zeigten. Aus diesen Strohhalmen schossen in rasend schnellem Wechsel gleißend helle, rote Lichtblitze, die in einem kreisrunden Loch im Boden verschwanden. Ein selbst durch das Glas hörbares Summen lag in der Luft.

»Wow, so einen Laser habe ich seit der Flottenparade im Weltraum über Katharrlon nicht mehr gesehen«, flüsterte Tresk.

»Ja, der ist ziemlich beeindruckend«, pflichtete Finn ihm bei.

»Jungs und Technik.« Anna schüttelte den Kopf. »Vergesst nicht, warum wir hier sind«, schärfte sie den beiden ein.

»Schon klar, wir wollen der Spur der Cuttal-Steine folgen«, sagte Finn. Ein Grinsen breitete sich auf seinen Zügen aus, und er deutete durch die Scheibe. »Und ich glaube, wir sind genau zum richtigen Zeitpunkt hier aufgetaucht.«

Anna richtete den Blick wieder nach vorne – und sah, dass er recht hatte. Denn soeben hörte der Laser auf zu arbeiten. Rauch stieg aus dem Bohrloch auf, ansonsten war alles ruhig. Ein Mann und eine Frau – beides Menschen – kletterten auf eine Hebebühne und fuhren hinauf zu dem silbrigen Gehäuse. Eine gelbe Tonne, die denen glich, die nach Grubba verschifft werden sollten, stand zwischen ihnen.

Oben angekommen, öffneten sie eine Klappe. Während die Frau den Tonnendeckel löste, hob der Mann eine lange Zange und griff ins Innere des Lasers. Als er die Zange hervorzog, hing ein fast fußballgroßer, halb durchsichtiger grauer Stein darin. Schwacher rötlicher Dampf umwehte ihn.

»Das muss einer der Cuttal-Steine sein«, flüsterte Finn aufgeregt.

»Ich bestätige diese Annahme«, sagte Omikron 1. »Ich war so frei, mich in die öffentliche Website von *Yutami Oil* einzuklinken. Dort werden die Steine und der Große Larry ausführlich fürs interessierte Publikum beschrieben.«

»Dass sie die Steine ins Meer werfen, steht da aber nicht, oder?«, bemerkte Anna bissig.

»In der Tat, nein«, erwiderte die Künstliche Intelligenz.

»Passt auf«, warnte sie Finn. »Sie verschwinden mit der Tonne aus dem Raum! Sie kommen in den Gang!«

Rasch zogen sich Anna und die Jungs zurück und suchten sich ein Versteck hinter ein paar breiten Rohrleitungen. Gleich darauf waren hinter der nächsten Ecke leise Geräusche zu hören – Stimmen von einem Mann und einer Frau, die sich unterhielten – und ein Schaben, als würden sie die Tonne hinter sich herziehen. Die beiden liefen an ihnen vorbei. Statt sich jedoch dem schmalen Korridor zuzuwenden, der zum größeren Teil der Station – und zum Hangar – führte, verschwanden sie durch eine Luke.

»Ihnen nach«, flüsterte Finn.

Er huschte los, und Anna folgte ihm. Tresk bildete das Schlusslicht. Die Luke stand halb offen, also machten sie keinen Lärm, als sie hindurchschlüpften.

»Fahren wir morgen hinaus zum Riff?«, fragte die Frau.

»Übermorgen sollte genügen«, erwiderte der Mann. »Wir haben erst drei Tonnen. Und ich habe keine Lust, ständig da rauszugehen. Dieser Abgrund jagt mir echt Angst ein.«

»Warum das denn? Du schwimmst doch und kannst nicht abstürzen.«

»Das weiß ich, aber er ist so verdammt tief. Die Vorstellung, dass viertausend Meter Finsternis unter mir liegen …« Der Mann schauderte sichtlich. »Ich finde es einfach gruselig.«

»Jetzt komm mir bloß nicht wieder mit deinen Geschichten über Seeungeheuer und so.«

»Wer weiß schon, was da unten mittlerweile alles lebt!«, verteidigte sich der Mann. »Immerhin versenken wir giftige außerirdische Steine im Ozean. Stell dir vor, ein Walfisch verschluckt die … oder ein Tiefseekrake! Wer weiß, wie die sich verändern. Die mutieren vielleicht. Und dann könnten Monster draus werden – etwa eines, das Hunger auf arglose Taucher hat.«

»Du hast vielleicht eine Fantasie.« Die Frau seufzte geräuschvoll. »Sei endlich still und hilf mir, diese Tonne zu verladen.« Dann verschwanden sie durch die nächste Luke.

»Mann, wenn das kein Geständnis war«, raunte Finn zu Anna.

Die nickte. Das klang tatsächlich alles mehr als eindeutig. Sie hoffte, dass Omikrons Aufzeichnungen genügen würden, um ihre Mutter und vor allem ihren Vater im Rathaus zu überzeugen.

Sie erreichten ebenfalls die Luke und spähten hindurch. Wie es aussah, handelte es sich um die geräumige Vorkammer zu einer Außenschleuse. Im hinteren Bereich gab es eine Druckluke, die in die eigentliche Schleuse führte. Von dort aus kam man ins Freie. An der Wand neben der Luke hingen einige klobige Anzüge, die für Tauchgänge in mehreren Hundert Metern Tiefe geeignet waren. In der Mitte des Raumes hing ein Mini-U-Boot an einem Kran. Es wies eine kugelrunde Steuerkapsel aus Glas auf, eine kleine Frachtfläche, eine kreisrunde Schraube an der Hinterseite und zwei längliche und breite Landekufen. Im Boden unter dem U-Boot befand sich ein zweiter, kreisrunder Ausgang, der durch eine stabile Metallblende verschlossen war. Vermutlich konnte man das Gefährt dort zu Wasser lassen.

Auf der Ladefläche des U-Boots standen drei gelbe Tonnen. Daneben lag arglos zusammengeknüllt ein Frachtnetz zum Befestigen der Ladung. Ächzend hoben der Mann und die Frau ihre Tonne hoch und schoben sie dazu.

»Volltreffer«, raunte Finn kaum hörbar. »Genau wie Lailani es beschrieben hat.«

»Jetzt müssen wir nur noch mit den Beweisen zurück nach Aquaterra«, fügte Tresk hinzu. »Dann sind die Kerle dran.«

In diesem Augenblick wurden sie entdeckt.

Kapitel 13

Hetzjagd unter dem Meer

»He! Bei Neptuns Bart! Was macht ihr denn hier?«

Die Stimme war dunkel und volltönend und drang von hinter ihnen aus dem Gang. Als Finn sich umsah, erkannte er, dass sie einem stämmigen Arbeiter mit zerzaustem grauen Haar und dichtem Rauschebart gehörte. Normalerweise hätte Finn gegrinst, denn der Mann sah in seinem roten Arbeitsoverall ein bisschen wie ein Weihnachtsmann aus. Jetzt aber riss der Junge erschrocken die Augen auf. »Au, verflixt!«

»Drei Kinder mitten in der Nacht in dieser Station?«, polterte der Mann, als er näher kam. »So etwas habe ich ja noch nie erlebt.«

»Ab durch die Mitte!«, rief Finn seinen Freunden zu.

Die nickten. Auch auf Annas und Tresks Mienen stand blankes Entsetzen. Schnell rannten sie los.

»He! Was?« Der stämmige Arbeiter sah sie überrascht an. Eher hilflos als gezielt breitete er die Arme aus, um die drei unerwarteten Eindringlinge aufzuhalten.

Tresk, der schneller als Finn und Anna war, fuhr seine Krallen aus, fauchte und verpasste der linken Hand des Mannes einen blitzschnellen Hieb.

»Autsch!« Der Mann fluchte und zog rasch die Hand zurück. Dabei wich er unwillkürlich zur Seite und machte so den Weg frei. Finn und die anderen nutzten ihre Chance und huschten an ihm vorbei. Ihre Schritte hämmerten auf dem Metallgitter, während sie, so schnell sie konnten, flohen. Hinter ihnen schrie der bärtige Arbeiter irgendwelche unverständlichen Dinge. Vermutlich gab er Alarm.

»Was machen wir denn jetzt?«, rief Anna keuchend.

»Na, was wohl?«, gab Finn zurück. »Wir rennen zum Frachter und hauen ab.«

»Wie sollen wir den Frachter denn dazu bringen, zu tun, was du von ihm willst? Der hat kein Cockpit. Der bewegt sich doch automatisch!«

»Omikron wird das schon hinkriegen. Der hat den Bordcomputer doch schon einmal getäuscht.« Finn wandte sich an die Künstliche Intelligenz in seiner Datenbrille. »Stimmt's, Omikron? Du kannst den Frachter steuern.«

»Ich gebe auf jeden Fall mein Bestes, Finn«, erwiderte sein digitaler Begleiter. »Der Bordcomputer war ziemlich dumm. Es sollte mir nicht schwerfallen, ihn vollständig unter meine Kontrolle zu bringen.«

Finn grinste breit. »Super! Du bist unsere Rettung, Omi. Was würden wir nur ohne dich machen?«

»Das frage ich mich allerdings auch immer wieder«, sagte die K.I. gut gelaunt.

Hinter ihnen wurden Stimmen laut, und Fußgetrappel war zu hören. Als Finn einen raschen Blick über die Schulter warf, sah er den Mann und die Frau, die zuvor die Tonne geschleppt hatten, ihnen nachkommen. Sie wirkten eher überrascht als wütend –

aber Finn wollte dennoch nicht riskieren, von ihnen erwischt zu werden. Typen, die unmittelbar neben einer großen Stadt heimlich Giftabfälle im Meer versenkten, waren bestimmt zu allem fähig.

Sie erreichten das Ende des schmalen Verbindungskorridors und betraten den größeren Teil der Station. Finn staunte über Tresk, der ihnen vorauseilte. Ohne jede Hilfestellung fand er zielsicher seinen Weg durch die dämmrigen Gänge in Richtung U-Boot-Hangar. Finn hätte sich an seiner Stelle vermutlich heillos verlaufen. Zum Glück trug er seine *VisoStar 3000* auf der Nase, und Omikron blendete ihm den richtigen Weg in seinem Sichtfeld ein.

Vor ihnen öffnete sich eine Luke, und ein verschlafen dreinschauender Grobb blickte ins Freie. »Wasn los?«, grollte er. »Son Alaam mittn inne Nacht. Iss jemand tot oda was?« Im nächsten Moment erblickte er Finn, Anna und Tresk. Verwunderung malte sich auf seine Züge. »Kinners uffe Gang? Seit wann gibs hier Kinners?«

»Helfen Sie uns!«, rief Finn, einer spontanen Eingebung folgend, als er an dem Riesen vorbeiflitzte. »Wir werden verfolgt. Die Schurken wollen uns festnehmen!«

»Hä? Schuakn?« Wie erhofft, tappte der Grobb auf den Flur – und damit ihren Verfolgern direkt in den Weg. Mit einem Fluchen und Poltern rannten der Mann und die Frau in den Riesen und prallten von seiner massigen Gestalt ab.

»Du Idiot!«, schrie der Mann. »Sie entkommen uns doch!«

Mehr bekam Finn nicht mit, denn seine Freunde und er bogen im Eiltempo um die nächste Ecke. Weiter hetzten sie die Korridore entlang. Sie hatten wirklich Glück, dass tiefste Nacht herrschte.

Die meisten Stationsbewohner bekamen von der Verfolgungsjagd gar nichts mit. Und die paar, die aus ihren Kabinen schauten, waren zu verwirrt, um Finn, Anna und Tresk aufzuhalten.

Dann jedoch erwachten die Stationslautsprecher zum Leben. »Achtung! Achtung! Hier spricht die Stationssicherheit. Wir haben Eindringlinge an Bord. Ich wiederhole: Wir haben Eindringlinge an Bord. Es handelt sich um drei Kinder, zwei Menschen und einen Karadeem. Direktor Riggs befiehlt, sie umgehend dingfest zu machen. Wer sie schnappt, soll sie zum Büro des Direktors bringen. Achtung! Achtung! Hier spricht die Stationssicherheit. Dies ist keine Übung.«

»Jetzt wird es brenzlig!«, rief Tresk.

»Hoffentlich sind wir schnell von der Station runter«, fügte Anna hinzu.

Vor ihnen tauchte ein blauhäutiges Wesen mit hornbekränztem Gesicht und vier Armen auf. Es funkelte die Freunde aus roten Augen triumphierend an, als es sich – barfuß und nur in einen grauen Schlafoverall mit *Yutami*-Aufdruck gekleidet – in den Gang stellte und die kräftigen Arme ausbreitete. »Euch schnappe ich mir!«

Einmal mehr versuchte Tresk seinen Krallentrick, doch Finn sah, dass das Wesen nicht mal zuammenzuckte, als der Karadeemjunge ihm einen Hieb verpasste. Stattdessen packte der Arbeiter zu und erwischte Tresk am Arm.

Tresk fauchte und strampelte. »Lass mich los!«

Anna wollte Tresk helfen und warf sich gegen den Arm des Geschöpfs. Doch dieses fing ihren Ansturm mit zwei weiteren Armen ab. Nun hatte der Mann Finns Freunde fest umklammert.

Auf Finns Brille leuchtete das rechte Knie des Aliens rot auf, und darunter erschien eine Schrift. »VERPASS IHM EINEN SCHLAG HIERHIN …«

Ohne weiter darüber nachzudenken, leistete Finn der Aufforderung von Omikron 1 Folge. Er duckte sich, holte aus und schlug dem Blauen schwungvoll gegen die Kniescheibe – oder das, was Finn für seine Kniescheibe hielt.

Eigentlich rechnete er damit, sich bloß die Finger zu prellen und sonst keinen Effekt zu erzielen. Umso erstaunter war er, als der Fremde plötzlich die roten Augen aufriss und stocksteif wurde. Er ließ Tresk und Anna los, gab ein fiependes Geräusch von sich – und fiel um.

Verblüfft starrte Anna auf Finns Werk. »Was war das?«

Finn blinzelte. »Äh, keine Ahnung.«

Die polternden Schritte hinter ihnen rissen ihn aus seiner eigenen Starre. »Schnell weiter«, drängte er die anderen und zog Anna mit sich. Erneut nahmen sie die Beine in die Hand.

»Wie habe ich das gemacht, Omi?«, fragte Finn atemlos, als sie weiterrannten. »Ich habe ihm doch bloß gegen das Knie gehauen.«

»MANCHE WESEN SIND AN DEN ERSTAUNLICHSTEN KÖRPERSTELLEN EMPFINDLICH«, erwiderte Omikron 1.

Wenige Schritte später erreichten sie den Hangar. Zu ihrer Erleichterung stand der Frachter noch immer da und wartete auf die Ladung, die er mit zurück nach Aquaterra nehmen sollte. Hastig stürmten Finn, Anna und Tresk an Bord, und Finn schlug mit der flachen Hand auf den Schließen-Knopf der Laderampe. »Schnell, Omikron, übernimm den Bordrechner«, befahl er dem Programm.

»Bin schon dabei«, meldete der.

»Vielleicht sollten wir um Hilfe rufen«, überlegte Anna. Sorgenvoll sah sie sich um. »Das hier ist ja kein Spaß mehr.«

»Du hast recht.« Finn gefiel es zwar überhaupt nicht, seinen Eltern erklären zu müssen, was er mitten in der Nacht in einer Ölbohrstation unter dem Meer zu suchen hatte. Aber wenn die Stationsarbeiter dem Frachter folgten, um ihn abzuschießen – so wie sie auch das Tauchboot von Synks Bootverleih verfolgt hatten –, war es besser, wenn jemand wusste, was hier passierte.

Da er Omikron 1 nicht stören wollte, überließ Finn es Anna und Tresk, sich um den Hilferuf zu kümmern. Anna tippte wild mit ihren Fingern in der Luft herum, ein Zeichen dafür, dass sie eine virtuelle Tastatur bediente, die nur sie sehen konnte. Tresk hantierte an seinem schlicht aussehenden, aber hochmodernen Karadeem-Kommunikator herum.

Plötzlich hämmerte jemand mit etwas Hartem gegen die Frachtraumrampe. »Aufmachen!«, drang eine brüllende Männerstimme gedämpft durch das Metall. »Kommt da sofort raus!«

Tresk zischte etwas in seiner Muttersprache, was das Übersetzungsgerät, das Finn wie fast jeder in Aquaterra im Ohr trug, nicht übersetzen wollte. Sein pelziger Freund sah zu ihm herüber. »Ich bekomme keine Verbindung zur Oberfläche.«

»Ich auch nicht«, fügte Anna hinzu. Sie klang frustriert. »Kein Empfang. Warum sitzen wir ausgerechnet jetzt in einem Funkloch?«

»Wir müssen zu tief unter der Wasseroberfläche sein«, überlegte Finn. »Das stört den Funk. Oder die dicken Metallwände der Station sind schuld.«

Wieder hämmerte jemand an die Rampe. »Hört mit dem Unsinn auf!«, rief der Mann draußen. »Ihr kommt hier nicht weg.«

»Omikron?«, wandte sich Finn fragend an die Künstliche Intelligenz.

»Tja, ich habe eine gute und eine schlechte Nachricht«, verkündete diese.

»Und das heißt?«

»Ich habe den Bordcomputer des Frachters problemlos übernommen. Ich gab ihm den Befehl, nach Aquaterra zurückzukehren. Theoretisch könnten wir also von hier verschwinden.«

»Aber?«, hakte Anna nach.

»Praktisch geht es nicht. Wir haben eine Kleinigkeit vergessen.«

»Und was?«, fragte Finn ungeduldig.

»Der Frachter wurde mit Haltklammern gesichert, die man von Hand lösen muss, bevor er abdocken kann«, verkündete Omikron 1. »Und das geht nur von außen. Dazu brauchen wir die Hangar-Arbeiter.«

Stumm wechselten Finn, Anna und Tresk Blicke. »Oh, oh«, murmelte Tresk.

»Wir sind geliefert«, sagte Finn.

»Und was machen wir jetzt?«, fragte Anna.

»Kommt endlich raus, Donnerschlag Kanonenrohr!«, gab ihr Verfolger vor dem Frachter zeternd die Antwort.

»Wir sitzen hier fest und können nicht um Hilfe rufen«, fasste Finn ihre Lage zusammen. »Mir fällt echt nichts mehr ein. Es sei denn …« Seine Miene hellte sich auf. »Lässt sich die Funkanlage des Frachters nicht nutzen? Die ist stärker als unsere Komm-Geräte und Brillen.«

»Der Frachter besitzt nur ein System, um Peilsignale und Steuerbefehle zu verarbeiten«, nahm ihm Omikron 1 diese letzte Hoffnung. »Es ist nicht für Sprachbotschaften geeignet. Wozu auch? Es gibt keine menschliche Besatzung. Aber vielleicht gibt es noch eine andere Möglichkeit, um Kontakt mit der Außenwelt aufzunehmen.« Die Künstliche Intelligenz klang erneut sehr zufrieden mit sich selbst.

»Und welche?«, wollte Anna wissen.

»Der Computer dieses Stationsdirektors Riggs«, verkündete Omikron 1. »Bringt mich dorthin und ich sehe, was ich tun kann.«

»Das heißt, wir müssen uns ergeben«, erkannte Anna.

»Klingt riskant«, meinte Tresk.

Finn sah seine Freunde grimmig an. »Aber so, wie es aussieht, haben wir keine andere Wahl.«

Direktor David Riggs – so hieß er laut dem Schild, das auf seinem breiten Schreibtisch stand – war ein ziemlich rundlicher Mann mit dünner werdendem, schwarzgrauem Haar und herabhängenden Augenlidern. Er trug einen Goldring am Finger, hatte einen dunkelblauen Morgenmantel mit *Yutami Oil*-Logo auf der Brust übergestreift und schaute ziemlich mürrisch drein.

»Hm«, brummte er. »Ihr drei seid also mitten in der Nacht in meine Station eingedrungen und habt hier so ein Tohuwabohu veranstaltet, dass meine Leute mich wecken mussten. Ich bin müde und mies gelaunt. Also macht besser keine Faxen, sondern verratet mir gleich, was in Dreiteufelsnamen ihr hier zu suchen habt!«

Finn, Anna und Tresk hatten kaum Zeit gehabt, um sich abzusprechen, sich aber darauf geeinigt, dass Finn für sie reden würde. Immerhin war sein Vater auch ein einfacher Arbeiter, so wie die meisten an Bord der Ölbohrstation. Er kannte sich also mit dem Tonfall, der an solchen Orten herrschte, am besten aus.

»Es war eine Mutprobe, wissen Sie?«, erklärte Finn, der sich auf dem Weg ins Büro des Direktors eine kleine Geschichte zurechtgelegt hatte. »Michiko, Manurr und ich haben mit unserer Schulklasse einen Ausflug zu *Atlantia* gemacht. Dabei haben wir erfahren, dass es hier unten im Meer auch noch diese Ölbohrstation gibt. Und als wir auf Ihrer Website waren, haben wir den Großen Larry gesehen. Und da habe ich gesagt, dass ich mir den gerne mal aus der Nähe anschauen würde. Und, äh, Mitch – der ist auch bei uns in der Klasse – sagte, das könnte ich total vergessen, denn niemand dürfte die Station von *Yutami Oil* besuchen. Und da hat Manurr gesagt, dass einen Karadeem niemand aufhalten kann und er sich alles angucken könnte, was er wollte, auch den Großen Larry. Dann haben wir uns ein bisschen mit Mitch und den anderen gestritten ... und am Ende haben wir gewettet, dass wir es bis zum Großen Larry schaffen und dort ein Foto von uns mit ihm machen können. Die Gewinner müssen die Verlierer in die *Ocean World* einladen. Die haben da jetzt so ein neues Spiel, *Leviathan*, kennen Sie das?«

Riggs starrte ihn fassungslos an. »Was?«

»Na, *Leviathan*. Da geht es um den Angriff eines Monsters auf Aquat–«

»Mir ist schnurzpiepgal, was es für eine seltsame neue Attraktion in der *Ocean World* gibt«, unterbrach ihn der Direktor. »Ich kann nur nicht fassen, dass ihr drei wegen einer dämlichen Schulwette bei uns einbrecht.«

»Ist aber wahr!«, beteuerte Finn. Er schielte kurz zu Riggs Computer, der neben ihm auf dem Schreibtisch stand, und tippte mit einer Hand heimlich »Und?« auf eine virtuelle Tastatur. Zu seiner Erleichterung hatte Riggs den Freuden ihre Datenbrillen und Komm-Geräte gelassen, weil sie nach Aussage des Direktors damit eh hier unten nichts anfangen konnten. Woher sollte der Typ auch wissen, dass Finns *VisoStar* einen sehr ungewöhnlichen Untermieter aufwies.

»DAS KOMMUNIKATIONSSYSTEM VON YUTAMI OIL IST SEHR GUT GESICHERT«, gestand Omikron in Textform. »NATÜRLICH NICHT GUT GENUG, UM MIR ZU WIDERSTEHEN. ABER ICH BRAUCHE NOCH ETWAS MEHR ZEIT.«

»Na gut, na gut.« Riggs trommelte mit seinen dicken Fingern auf die Tischplatte. »Verrückte Kinder …« Er sprach eher mit sich selbst als mit Finn. Dann jedoch sah er ihn wieder an. »Und wie ist es euch gelungen, an Bord zu kommen? Ihr werdet ja wohl kein eigenes Tauchboot besitzen.«

»Wir haben uns auf Ihren Frachter geschlichen«, gestand Finn. Er zuckte mit den Schultern. »War ganz leicht. Die Arbeiter haben nicht besonders gut aufgepasst.« Dass sie bei der Ablenkung der Dockarbeiter etwas nachgeholfen hatten, verschwieg er wohlweislich.

»Hm. Da muss ich wohl mal dem Vorarbeiter auf die Finger klopfen. Pyddl, notieren Sie das!« Er schnippte mit dem Finger und deutete auf einen völlig verschlafen wirkenden Bimmi, der noch im Seeanemonen-Pyjama steckend in seinem Laufgestell saß und ein elektronisches Padd mit Stift in den kleinen, grauen Händen hielt.

»Huch! Ja!« Pyddl schreckte auf und fing eilig an zu schreiben. »Vorarbeiter auf die Finger klopfen. Ist notiert, Herr Direktor.«

»Was machen wir jetzt mit den Kindern?«, fragte der bärtige

Mann im roten Overall, der Finn, Anna und Tresk gemeinsam mit den zwei Tonnenschleppern zu Riggs gebracht hatte.

»Ich weiß es noch nicht«, erwiderte der Direktor. »Sperrt sie erst mal in irgendeinen ungenutzten Lagerraum. Morgen früh denke ich mir etwas aus.«

»Okay, Boss.« Die Hand des Weihnachtsmanns legte sich schwer auf Finns Schulter.

»SCHINDE ZEIT«, bat Omikron 1 den Jungen schnell. »ICH BIN NOCH NICHT FERTIG.«

Finns Gedanken rasten. Er musste Riggs irgendwie weiter beschäftigen. Er entschied sich, seine Strategie zu ändern und ein bisschen mehr Druck auf den Direktor aufzubauen – auch wenn das seine erfundenen Tarnidentitäten hinfällig machte. »Ha!«, rief er und entwand sich seinem Wächter. »Das würde ich nicht tun!«

Wie erwartet starrte ihn Riggs irritiert an. »Wie bitte?«

»Wenn Sie uns einsperren – oder noch Schlimmeres antun –, dann wird das üble Folgen für Sie haben.«

»Aha. Wie kommst du denn darauf?«

»Na, Mitch und seine Freunde wissen, dass wir hier sind. Und wenn wir morgen nicht in unserem Geheimversteck auftauchen, werden die Alarm schlagen. Und ich habe es vielleicht noch nicht erwähnt, aber unsere Eltern sind wichtige Leute in Aquaterra. Manurr ist der Sohn vom Karadeem-Botschafter, Michiko, äh, ist sogar die Tochter vom Bürgermeister. Und ich … ich kenne den Chef von *Atlantia*!«

»Mhm.« Riggs machte ein Gesicht, als glaube er ihm kein Wort. »Und ich bin Kapitän Blaubart, der Schrecken der Sieben Meere.«

»Sie sind ein Pirat?«, staunte Tresk.

»Natürlich nicht, verdammt«, brauste Riggs auf. »Ich bin der Direktor dieser Ölbohrstation, in die ihr eingebrochen seid! Und wenn ihr mir noch länger den Schlaf raubt, stecke ich euch in eine ausgemusterte Rettungskapsel und sehe zu, wie die über dem Abgrund eine Fehlfunktion hat. Kann schließlich immer mal passieren, vor allem wenn Kinder, die keine Ahnung von der Technik haben, heimlich an einem Tauchfahrzeug herumhantieren. Ein tragischer Unfall.« Er legte einen Finger an die Lippen. »Hm, irgendwie gefällt mir das. Pyddl, notieren Sie: Tragischer Tauchunfall für … Nein, warten Sie, notieren Sie das nicht. Das bleibt besser unter uns. Und jetzt führt diese Kinder schon ab. Ich bin müde und brauche meinen Schönheitsschlaf.«

»Das werden Sie bereuen, Sie Mistkerl!«, rief Finn, als ihre Wächter sie grob packten und Richtung Ausgang zerrten. »Wir werden Ihre Schandtaten aufdecken und der ganzen Welt verraten!«

Riggs winkte müde ab. »Ja, ja, wir werden …« Dann hielt er inne. »Moment mal. Was für Schandtaten?«

Finn biss sich auf die Zunge. Jetzt hatte er sich im Überschwang dazu hinreißen lassen, etwas zu sagen, das er gar nicht preisgeben wollte. »Nichts«, erwiderte er trotzig. »Dass Sie uns hier festhalten und im Meer versenken möchten.«

Misstrauisch kniff der Direktor die Augen zusammen. »Irgendwie glaube ich dir plötzlich nicht mehr, mein Junge.« Er stand auf, walzte um den Schreibtisch herum und packte Finn fest am Arm. »Los, rede, du kleine Kröte. Was macht ihr wirklich hier? Was habt ihr gesehen?«

»Au, ich sage gar nichts mehr!«, beschwerte sich Finn.

»Ich habe die drei drüben an der Schleuse in der Bohrkuppel erwischt«, sagte der bärtige Mann. Er nickte in Richtung seiner Begleiter. »Es schien, als würden sie Schumacher und Jeanty beim Verladen der Tonnen beobachten. *Der* Tonnen – Sie wissen schon.«

»Ist das wahr?«, fragte Riggs scharf. »Spioniert ihr uns aus?«

»Ja, es ist wahr!«, meldete sich unvermittelt Anna zu Wort, der der Kragen zu platzen schien. »Wir verfolgen schon lange, was *Yutami Oil* hier und am Korallenriff treibt. Und wir wissen alles. Dass Sie die Cuttal-Steine nicht auf Grubba recyceln lassen, sondern heimlich ins Meer schütten. Dass Sie damit alle Umweltauflagen missachten und alle Verträge brechen, die Sie mit Aquaterra geschlossen haben. Wir haben Beweise und Zeugen, und außerdem heiße ich Anna Falke und bin tatsächlich die Tochter des Bürgermeisters. Meine Mutter führt obendrein das *OceanLab*. Schauen Sie im Datennetz nach, wenn Sie mir nicht glauben. Und dass Tresk der Sohn von Botschafter Manurr von Katharrlon ist, können Sie auch leicht nachprüfen.«

»Ojemine«, entfuhr es Pyddl im Hintergrund leise. »Ich glaube, ich sollte mir einen neuen Arbeitgeber suchen.«

»Klappe, Pyddl!«, schnauzte Riggs den Bimmi an. Danach wandte er sich wieder an die Freunde. »Das war alles sehr, sehr dumm von euch, wisst ihr das? Sehr dumm und sehr leichtsinnig. Hier geht's um ziemlich viel Geld, und, verdammt noch mal, das lasse ich mir nicht wegnehmen. Ihr habt ja keine Ahnung, was für Wucherer diese Grobb sein können. Würden wir die Cuttal-Steine recyceln, wie abgesprochen, würde die ganze Station keinen Gewinn abwerfen. Also versenken wir sie stattdessen an einem Ort, wo sie niemanden stören – viertausend Meter unter dem Meeresspiegel. Und euch Naseweise werde ich an genau dem gleichen Ort versenken. Gleich morgen früh! Verlasst euch drauf.« Er vollführte eine befehlende Geste. »Nun schafft sie mir aus den Augen!«

Tresk fauchte und wehrte sich, aber gegen die Arbeiter hatten sie keine Chance. Finn und die anderen wurden einfach abgeführt. *Jetzt stecken wir echt in Schwierigkeiten*, dachte Finn. Er hoffte, dass Omikron 1 wenigstens etwas erreicht hatte. »UND?«, tippte er unauffällig auf seine virtuelle Tastatur.

Zur Antwort tauchte eine riesige, blaue Comic-Hand in seinem Sichtfeld auf, die einen Daumen nach oben reckte.

Kapitel 14

Rettungspläne

Mit einem hallenden Schlag schloss sich die Luke hinter ihnen. Dann wurde ein Riegel aktiviert. Sie waren eingesperrt.

»Das war nicht sehr klug von dir, diesem Riggs alles zu erzählen«, tadelte Finn Anna. »Dadurch ist unsere Lage nur noch schlimmer geworden.«

»Ach? Wer hat sich denn zuerst verplappert«, gab Anna wütend zurück. »Wir werden Ihre Schandtaten aufdecken und so. Das warst ja wohl du.«

»Hm.« Finn machte ein zerknirschtes Gesicht. »Ja. Aber das war ein Unfall. Das hätte ich irgendwie mit einer Notlüge gerettet. Doch du musstest Riggs ja direkt alles aufs Butterbrot schmieren, was wir in Erfahrung gebracht haben.«

»Streitet euch nicht«, mischte Tresk sich ein. »Anna hat ehrenhaft gehandelt, indem sie sich unserem Feind zu erkennen gab. Ein Krieger versteckt sich nicht hinter Lügen.«

»Das war keine Lüge, das war eine List«, entgegnete Finn trotzig.

Anna seufzte. »Wie auch immer: Sie ist fehlgeschlagen.«

»Nicht ganz«, meldete sich Omikron zu Wort. »Euer Ablenkungsmanöver hat es mir ermöglicht, mich in den Stationscomputer zu hacken, was übrigens gar nicht einfach war. *Yutami Oil* verfügt über ziemlich gute Sicherheitsmaßnahmen.«

»Wenn man so viel Dreck am Stecken hat wie die, dann ist das kaum verwunderlich«, warf Finn ein.

»Lass ihn weiterreden«, drängte Tresk. »Konntest du eine Verbindung nach Aquaterra herstellen?«

»Es ist mir gelungen, mich so in deren Kommunikationssystem einzuklinken, dass ihr eure Geräte nutzen könnt und gleichzeitig die ganze Reichweite der Stationstechnik zur Verfügung habt«, bestätigte Omikron. »Die Sache hat nur einen Haken: Euch bleibt genau ein Gespräch. Dann dürfte dem Stationssystem meine Manipulation auffallen und es ändert das Passwort. Für ein weiteres Gespräch müsste ich mich wieder über den Bürocomputer ins System hacken.«

»Das können wir im Moment wohl vergessen«, bemerkte Finn.

»Also haben wir dieses eine Gespräch.« Anna biss sich auf die Unterlippe. »Jetzt müssen wir genau überlegen, wen wir anrufen.«

»Die Polizei, oder nicht?«, schlug Tresk vor.

»Und wenn wir an so einen Beamten wie Wachtmeister Brukk geraten?«, gab Anna zu bedenken. »Der kein Wort von dem kapiert, was wir ihm zu sagen versuchen, und deshalb einfach auflegt?« Den Grobb-Ordnungshüter hatten sie bei ihrem letzten Abenteuer um Omikrons Herkunft kennengelernt. Er war tatsächlich nicht die hellste Leuchte gewesen.

»Meinen Vater sollten wir jedenfalls nicht anrufen«, sagte Finn. »Der fährt Taxi, und wenn wir Pech haben, geht nur der Anrufbeantworter dran. Damit wäre der Anruf vergeudet.«

»Ist bei meinen Eltern ähnlich«, fügte Anna hinzu. »Mein Vater ist noch auf Reisen und bei meiner Mutter weiß man nie, ob sie zu Hause oder im Institut oder irgendwo unter Wasser auf der *LabOcean* ist.«

»Also rufen wir die Botschaft an«, fasste Tresk ihre verbleibenden Möglichkeiten zusammen. »Wenn Manurr sich an die Polizei wendet, wird sie ganz gewiss zuhören. Er kann so streng sein, dass selbst gestandene Krieger vor ihm Angst haben.« Der junge Karadeem zögerte, als ihm aufging, dass er gezwungen sein würde, mit seinem Vater zu sprechen. »Können wir nicht jemand anderes anrufen?«, bat er und sah Finn und Anna flehentlich an.

»Wie wäre es mit Lailani?«, schlug Anna vor. »Das hätte einen großen Vorteil. Lailani kennt schon die ganze Hintergrundgeschichte. Wir müssen ihr nicht alles zuerst erklären, sondern es genügt, wenn wir sie wissen lassen, dass wir auf der *Yutami Oil*-Station sitzen und in Schwierigkeiten sind.«

»Lailani! Das ist eine gute Idee«, fand auch Tresk sofort. Gleich darauf kratzte er sich am Kopf. »Aber wie soll uns Lailani helfen? Die ist doch nur ein Mädchen.«

»Was soll das bitte schön heißen?«, beschwerte sich Anna.

Tresk hob abwehrend die Pfoten. »Ich meine ja nur, dass sie alleine nicht viel ausrichten kann. Sie hat keine Stationspläne, sie hat keinen Omikron, der sie unterstützt. Also selbst wenn sie angeschwommen kommt, um uns zu befreien, wird sie an der Stationsschleuse scheitern. Oder uns nicht finden.«

»Sie soll uns ja auch gar nicht selbst befreien«, gab Anna zurück. »Sie soll für uns bei der Polizei, unseren Eltern, bei der Zeitung und wem auch immer anrufen. Alles, was wir jetzt tun müssen, ist, ihr alle Informationen zu senden, die wir haben.«

»Das kriege ich hin«, verkündete Omikron 1. »Ich komprimiere alle Daten zu einem Paket, das ich mit dem Gespräch an den Empfänger verschicke. Eine meiner leichtesten Übungen.«

»Also, los«, sagte Finn mit einem Nicken. »Klingeln wir bei Lailani durch.«

Lailani lag zusammengerollt in ihrer gemütlichen Schaumstoffmuschel und träumte gerade davon, besonders hübsche Fische in ihrem Riff zu beobachten, als ihr Komm-Gerät klingelte. Eigentlich klang es eher, als würde ein Buckelwal singen, was auch stimmte, denn seit Lailani zum ersten Mal die Gesänge dieser majestätischen Tiere im Meer vernommen hatte, war sie vollkommen fasziniert von ihnen. An ihrer Zimmerwand hing das Bild einer Walkuh mit ihrem Kalb, im Regal stand ein kleines Plastikmodell eines Buckelwals und natürlich hatte sie den Klingelton ihres Komm-Geräts entsprechend gewählt.

Weil das Geräusch so gut zu ihrem Traum passte, brauchte die junge Neptyne einen Moment, um zu merken, dass es nicht von den Zierfischen in ihrem Kopf erzeugt wurde, sondern von ihrem Komm-Gerät. Erschrocken setzte sie sich auf. Ihr Blick wanderte zu der Wanduhr, die die Form eines Seesterns hatte. Es war vier Uhr in der Früh – eigentlich noch mitten in der Nacht. Wer rief sie um diese Zeit an?

Lailani setzte die wasserdichte Datenbrille auf und sah sich die Nummer an. Sie gehörte niemandem, den sie kannte. Einen Augenblick lang überlegte sie, ob sie einfach den Anruf ablehnen sollte. Bestimmt hatte sich bloß jemand verwählt.

Doch die Neugierde siegte und sie nahm den Anruf an. »Hallo?«

Zu ihrer völligen Überraschung tauchte das Standbild des Menschenjungen Finn in ihrer Brille auf. Noch überraschter war sie, als sie die Stimme von Anna vernahm. »Hallo, Lailani. Hier ist Anna. Tut mir leid, dass wir dich geweckt haben, aber wir stecken in Schwierigkeiten und brauchen deine Hilfe.« Annas Stimme klang so aufgeregt, dass Lailani mit einem Schlag hellwach war.

»Was ist passiert?«, wollte sie wissen.

Hastig beschrieb ihr Anna, dass ihr gefährlicher Besuch auf der Ölbohrstation sehr interessante Belege dafür erbracht hatte, dass *Yutami Oil* ein schmutziges Spiel am Meeresboden trieb. »Leider haben uns die Typen erwischt«, schloss sie ihren Bericht. »Wir sind gefangen und morgen früh wollen die uns in ein kaputtes Tauchboot setzen und im Abgrund versenken. Du musst uns helfen.«

Völlig verdattert starrte Lailani Finns Bild an. »Ja, äh, aber was soll ich denn machen?«

»Versuch meine Mutter zu erreichen«, antwortete Anna. »Ich habe dir doch erzählt, dass sie Meeresforscherin ist. Die wird wissen, was zu tun ist. Ich gebe dir ihre Nummer. Und wir schicken dir außerdem ein Paket mit Daten – Filmaufzeichnungen, die wir gemacht haben. Meine Mutter soll sie sich anschauen. Und sie soll bitte schnell kommen.«

»Ja, ist gut. Ich … ich will es versuchen.«

»Wir zählen auf dich. Du bist unsere letzte Hoffnung!« Anna machte eine kurze Pause. »So, dann sende ich dir jetzt …«

Von einer Sekunde zur anderen war das Signal weg. Finns Bild verschwand, Annas Stimme verschwand und ein Symbol erschien, das behauptete, es gäbe keine Verbindung. Verwirrt versuchte Lailani, Finn zurückzurufen. Doch ihre Brille ließ das nicht zu. »DER GEWÜNSCHTE GESPRÄCHSPARTNER IST GEGENWÄRTIG NICHT ERREICHBAR«, teilte ihr ein Hinweistext mit.

Das Mädchen spürte, wie es ihr eiskalt den schuppigen Rücken hinunterlief. Waren die Freunde dabei erwischt worden, wie sie heimlich mit ihr sprachen? Wurden sie schon in diesem Moment von ihren Peinigern zu dem kaputten U-Boot geschleppt? Menschen und Karadeem konnten im Meer nicht lange überleben. Sie musste sofort etwas unternehmen!

Lailani krabbelte vollends aus ihrer Schlafmuschel und wechselte rasch von ihrem Nachthemd in einen ihrer Schwimmanzüge. Dann verließ sie ihr Zimmer und eilte über den Gang ihrer kleinen Unterkunft zum Schlafraum ihrer Eltern.

Sie hob die Hand, um anzuklopfen und sie zu wecken – doch dann zögerte Lailani. Ihr Vater war ein Mann, der sich am liebsten in gar nichts einmischte, und in diesem Punkt stritt ihre Mutter nicht mit ihm. *Anna sagte, ich solle ihre Mutter anrufen*, dachte Lailani. *Das kann ich auch allein.*

Sie schlich in ihr Zimmer zurück und setzte ihre Datenbrille wieder auf. Dann wählte sie die Nummer, die Anna ihr gegeben hatte. Ihr war bewusst, dass es mitten in der Nacht war und sie Michiko Kobayashi höchstwahrscheinlich weckte, aber was für eine Wahl hatte Lailani schon? Sie konnte ihre Freunde nicht im Stich lassen. So viele hatte sie schließlich nicht. Abgesehen davon wollte jede Mutter wissen, wenn sich ihr Kind in Gefahr befand, auch wenn es vier Uhr morgens war.

Es dauerte nur Sekunden, da tauchte auch schon das Bild einer nett aussehenden Menschenfrau mit schwarzem, sorgsam gescheiteltem Haar in Lailanis Brille auf. »Hallo!«, begrüßte sie die Frau lachend. »Schön, dass Sie mich anrufen.«

»Hallo, Frau Kobaya–«, begann Lailani atemlos, wurde aber sofort unterbrochen.

»Wenn Sie diese Nachricht hören, bin ich mit der *LabOcean* getaucht. Leider kann ich keine direkten Anrufe empfangen. Aber Sie können mir gerne eine Botschaft hinterlassen, und ich rufe zurück, wenn wir wieder auftauchen. In dringenden Fällen wenden Sie sich an das Ozeanografische Institut in Aquaterra. Dort kann man uns anfunken und wir kehren zur Wasseroberfläche zurück.« Eine Nummer wurde eingeblendet.

Lailani legte auf und rang die Hände. »Was mache ich denn jetzt?« Doch natürlich wusste sie die Antwort. Sie begab sich ins Bad, um sich etwas Wasser ins Gesicht zu spritzen, denn sie fühlte sich wie ausgetrocknet. Danach trank sie in der Küche ein großes Glas Seekuhmilch. So gestärkt schlich sie in ihr Zimmer zurück. Glücklicherweise hatten ihre Eltern einen tiefen Schlaf.

Eigentlich glaubte Lailani nicht daran, dass mitten in der Nacht mehr als ein Nachtwächter im Ozeanografischen Institut weilte. Andererseits hätte Annas Mutter die Nummer nicht angegeben, wenn sie nicht für Notfälle geeignet war. Das Neptynen-Mädchen atmete tief ein und wählte.

Das Bild einer Videofonverbindung tauchte in ihrer Brille auf. Ein Geschöpf, das an eine riesige Garnele erinnerte, blickte Lailani an. Es hatte einen rosafarbenen Körper, aus dem vier scherenbewehrte, dürre Arme hervorragten, und einen flachen Kopf, der völlig haarlos war, aber ein halbes Dutzend feiner Fühler aufwies. Aus kleinen, schwarzen Augen blickte das Wesen, das eine moosgrüne Weste und eine knallgelbe Krawatte trug, Lailani – oder vielmehr ihr Standbild – an. »Ozeanografisches Institut, Nachtportier Schmirrps. Was kann ich für Sie tun, Madame?«

Seine Worte, die von der Datenbrille automatisch übersetzt wurde, klangen, als hätte der Garnelenmann eine verstopfte Nase. Vielleicht hatte er die wirklich, auch wenn Lailani keine Ahnung hatte, wo bei diesem Wesen die Nase sein mochte.

»Ich heiße Lailani und befinde mich auf der *Atlantia*-Station«, sprudelte es aus Lailani hervor. »Ich muss ganz dringend die Mutter von Anna sprechen, Frau Kobayashi.«

»Liebe Madame Lailani, wissen Sie, wie viel Uhr es ist?« Die Garnele namens Schmirrps klang ziemlich entrüstet. Außerdem schien sie nicht zu begreifen, dass Lailani ein Kind war.

»Ja, das weiß ich«, gab Lailani zurück. »Aber es ist sehr, sehr wichtig. Anna, Finn und Tresk befinden sich in Lebensgefahr. Die Schurken bei *Yutami Oil* wollen sie im Meer versenken. Ich muss bitte Frau Kobayashi sprechen.«

Schmirrps wackelte mit seinen Fühlern. »Das ist ja eine abenteuerliche Geschichte. Können Sie irgendetwas davon beweisen? Ich will damit nicht sagen, dass Sie lügen, Madame, aber die *LabOcean* ist auf einer wichtigen Vermessungsmission. Sie auftauchen zu lassen, kostet ein Vermögen und lenkt die Wissenschaftler von der Arbeit ab. Also etwas mehr als einen geheimnisvollen Anruf bräuchte ich schon.«

»Ja, natürlich«, beeilte sich Lailani zu sagen. »Ich habe …« Dann stockte sie. Die Verbindung zu Anna war abgebrochen, bevor sie die Filmaufzeichnungen erhalten hatte. Genau das sagte sie Schmirrps auch.

»Es tut mir leid, aber in dem Fall kann ich Ihnen nicht weiterhelfen.«

»Aber Anna und ihre Freunde werden vielleicht sterben, wenn wir nichts unternehmen!«

Der Garnelenmann wedelte abwehrend mit den Scherenhänden. »Das kann ich nicht glauben, Madame. Niemand in Aquaterra würde Kindern etwas antun. Wir sind doch zivilisierte Intelligenzwesen.«

»Diese Verbrecher auf der Ölbohrstation nicht.«

»Wie dem auch sei: Nur auf Ihr Wort hin kann ich die *LabOcean* nicht umleiten. Legen Sie mir Beweise vor, dann reden wir weiter. Kann ich sonst noch etwas für Sie tun?«

Verdrossen starrte Lailani ihn an. Sie bedauerte, dass Schmirrps im Augenblick nur ihr lächelndes Standbild sehen konnte. Dieser Meereskrabbler sollte wissen, wie enttäuscht sie war. Im nächsten Moment schoss ihr eine Idee durch den Kopf, und ihre Enttäuschung verwandelte sich in neue Hoffnung. »Können Sie mir wenigstens verraten, wo ich die *LabOcean* finden kann?«

»Aber natürlich, Madame. Wir sind ein gläsernes Institut. Auf unserer Website wird rund um die Uhr die Position unseres besten Forschungs-U-Boots angezeigt. Auf den Meter genau.« Er hielt kurz inne. »Doch warum möchten Sie das wissen?«

Lailani machte ein entschlossenes Gesicht. »Weil ich vorhabe, selbst hinzufahren.«

Sie hatte überlegt, ob sie ihre Eltern jetzt wecken sollte. Schließlich war es für Erwachsene viel einfacher, sich ein Tauchboot zu leihen und damit die *Atlantia*-Station zu verlassen, als für eine Zehnjährige. Aber Lailani hatte Angst, dass sie ihr diese verrückte Tour mitten in der Nacht ausreden würde. »Schlaf erst mal darüber«, sagte ihre Mutter gerne. »Morgen sieht die Welt schon ganz anders aus.« Das konnte sogar stimmen. Der nächste Morgen mochte ihr eine Welt ohne Anna, Finn und Tresk zeigen.

Dann bemerkte Lailani, dass die *LabOcean* keine zwanzig Kilometer nördlich von der *Atlantia*-Station im freien Meer hing. Sie schien sich in einem langsamen Kreis um Aquaterra herum zu bewegen. *Das schaffe ich*, ging es Lailani durch den Kopf. *Das kann ich schwimmen.* Es würde sie vielleicht ein oder zwei Stunden kosten, aber zumindest brauchte sie dafür kein U-Boot.

Entschlossen kopierte sich Lailani den kompletten Tauchweg der *LabOcean* auf ihre wasserfeste Datenbrille. Anschließend zog sie ihren stromlinienförmigsten Schwimmanzug an, streifte ihre Stirnbandlampe über und steckte ein paar Energieriegel in die Anzugtasche.

Vor dem Hinausgehen hinterließ sie ihren Eltern eine Nachricht, dass sie aufgebrochen war, weil sie um die Station herum Bahnen schwimmen wollte. Sport war etwas, das sie verstanden und guthießen. Wenn sie Glück hatte, fanden sie die Nachricht nicht vor sieben Uhr. Und dann würden sich ihre Eltern erst einmal keine Gedanken machen. Lailani griff sich ihre Sprintflossen aus dem Regal und verließ leise die Wohnung.

Ungesehen gelangte sie bis zur nächsten Schleuse. Die Wohnung der Neptynen lag in der Nachbarschaft einer Personenschleuse, weil die Stationsleitung wusste, wie gerne Lailani und ihr Vater zwischendurch nach draußen schwammen. Sie wartete ab, während sich die Schleuse mit kaltem Meerwasser füllte und den Druck aufbaute, der draußen vor der Station herrschte. Menschen wurden in diesem Moment, wenn ihnen das Wasser um die Beine spülte und immer höher stieg, gerne unruhig. Für Lailani fühlte es sich jedes Mal wie eine Heimkehr an. Ihre Kiemen übernahmen das Atmen, ihre Glieder entspannten sich, alles wurde plötzlich leichter, stiller, behaglicher.

Lailani zog ihre Flossen an, die ihr dabei halfen, eine längere Strecke in hoher Geschwindigkeit zurückzulegen. Danach stieß sie sich ab und schwamm hinaus ins Meer.

Direkt um die *Atlantia*-Station war das Wasser dank zahlloser Scheinwerfer angenehm hell erleuchtet. Doch das Licht blieb rasch zurück, als Lailani sich auf den Weg nach Norden machte, immer den Gipfeln des unterseeischen Gebirges folgend. Ihre Augen wurden ganz groß, um auch noch das kleinste bisschen Licht im Wasser aufzunehmen und zu verstärken. Tagsüber genügte ihr das, um sich zurechtzufinden. Im Moment allerdings herrschte Nacht, sodass sie, kaum in sicherer Entfernung angekommen, ihre Stirnlampe aufflammen ließ. Deren gelber Lichtkegel verlor sich nach zwei Dutzend Metern im trüben Meerwasser, aber mehr brauchte Lailani nicht.

Doch obwohl sie Licht hatte, Nahrungsriegel in ihrer Tasche steckten, sie die Datenbrille besaß und sich auf ihren untrüglichen Orientierungssinn unter Wasser verlassen konnte, hatte Lailani Angst. Ihr Magen fühlte sich wie ein harter Knoten an und ihr Herz pochte noch schneller als sonst. Noch nie im Leben hatte sie sich ohne ihren Vater so weit vom Habitat entfernt – erst recht nicht bei völliger Dunkelheit. Ihr war bewusst, dass zwanzig Kilometer heutzutage keine Entfernung waren. Wenn sie nicht mehr weiterwusste, musste sie bloß auftauchen und über die Funkboje von *Atlantia*, die auf den Wellen tanzte, ihren Vater anrufen. Binnen einer halben Stunde konnte er sie auflesen. Trotzdem kam es Lailani im Moment so vor, als würde sie sich auf eine Reise ins Unbekannte begeben.

Immer weiter schwamm sie nach Norden. Die bekannten Felsen und Spalten im Boden blieben hinter ihr zurück und sie glitt über Bereiche des Mittelozeanischen Rückens hinweg, die sie nie zuvor gesehen hatte. Seegras wiegte sich unter ihr in unsichtbaren Strömungen, kleine schillernde Fischschwärme schossen vor dem Schein ihrer Lampe davon. Eigentlich war alles wie immer, aber eben doch nicht.

Dann machte der unterseeische Bergrücken einen Knick und Lailani erkannte, dass sie hinaus ins offene Meer schwimmen musste, um die *LabOcean* zu erreichen. Sie würde natürlich weder ertrinken, noch in der Tiefe versinken. Das Schlimmste, was ihr passieren konnte, war, die Orientierung zu verlieren. In dem Fall war sie gezwungen, aufzutauchen und ihre Brille mit dem Datennetz von Aquaterra zu verbinden, um ihre Position von den Navigationssatelliten im Erdorbit abzufragen. Und wenn die Erschöpfung sie übermannte, würde sie ihre Eltern rufen müssen.

Trotzdem jagte ihr die Vorstellung dieses unfassbar tiefen, fremden Wassers unter ihr gehörigen Respekt ein. Unwillkürlich kamen ihr erneut all die Geschichten über die Schrecken der Tiefsee in den Kopf, die sie im Laufe der Jahre bei Kollegen ihres Vaters oder aus Büchern und Vids aufgeschnappt hatte. Warum musste sie gerade jetzt an tote Piraten, riesige Kraken, blutrünstige Haie und uralte Ungeheuer denken, die am Grund der Tiefsee schliefen? *Das gibt es alles nicht!*, schalt sich Lailani. *Reiß dich zusammen. Die einzige echte Gefahr geht von den Kerlen auf der Ölbohrstation aus, die deine Freunde bedrohen. Und um die aufzuhalten, bist du hier!*

Sie biss die Zähne zusammen und schwamm weiter.

Die Minuten verstrichen, wurden zu einer Viertelstunde, dann einer halben. Um Lailani war nichts als Wasser. Sie sah keine Fische, keine Seeungeheuer und keine fremden U-Boote. Als sie glaubte, sich der Stelle zu nähern, wo die *LabOcean* unterwegs sein müsste, tauchte sie auf und verband sich, unterm wolkenlosen Nachthimmel auf den Wellen treibend, mit dem Datennetz von Aquaterra. Sie rief die Website des Ozeanografischen Instituts auf und kontrollierte die Fahrtroute des Forschungs-U-Boots. Es war nicht mehr weit entfernt, genau genommen kaum noch einen Kilometer. Lailani warf einen Blick nach Osten, wo sich mit einem ersten hellen Streifen am Horizont der neue Tag ankündigte. Sie musste sich beeilen.

Nachdem sie sich ein letztes Mal die Richtung eingeprägt hatte, tauchte sie wieder unter.

Es dauerte tatsächlich nur ein paar Minuten, bis sie das leise Brummen von Motoren im Wasser vernahm. Als Nächstes fielen ihr die Positionslichter im trüben Wasser auf. Schließlich schälte sich ein riesiger dunkler Körper aus der Finsternis, größer als jedes Tier oder Tauchboot, das sie je gesehen hatte.

Beeindruckt schwamm Lailani näher. Die *LabOcean* bewegte sich mit geringer Geschwindigkeit. Die junge Neptyne konnte sie mit etwas Anstrengung gut einholen. Und wenn sie erst dort war, musste sie nur ein Bullauge finden und kräftig dagegenklopfen. Dann würde man sie schon bemerken.

Sie hatte das U-Boot fast erreicht, als es plötzlich etwas Unerwartetes tat: Es begann abzutauchen. Die *LabOcean* senkte den Bug und ging tiefer.

Panik wallte in Lailani auf. Ein ausgewachsener Neptyne konnte ohne Hilfsmittel vielleicht bis auf eine Tiefe von fünfhundert Metern tauchen. Lailani wusste, dass bei spätestens vierhundert Metern für sie Schluss war. Dann wurde der Wasserdruck für sie zu hoch, obwohl ihr Körper perfekt auf das Leben im Meer angepasst war. Wenn die *LabOcean* tiefer tauchte – und dazu war sie bestimmt imstande –, würde Lailani sie verlieren.

Hektisch begann sie loszuschwimmen, dem Boot hinterher. Sie musste es unbedingt einholen und die Aufmerksamkeit der Mannschaft erwecken, bevor es zu spät war. Doch als hätte sich alles gegen sie verschworen, begannen nun auch noch die zwei Propeller des Boots schneller zu drehen, und die *LabOcean* nahm Fahrt auf.

Ich schaffe es nicht!, durchfuhr es Lailani. *Ich kann sie nicht einholen. Annas Mutter entkommt mir!*

Lailani tat das Einzige, was ihr in dieser Situation noch blieb: Sie begann zu schreien.

Kapitel 15

Selbst ist der Tresk

»Ganz ehrlich, Leute, diese Warterei macht mich wahnsinnig.« Ungeduldig tigerte Tresk in dem ungenutzten Lagerraum auf und ab. Finn und Anna hatten sich auf dem Boden niedergelassen und saßen an eine der Wände gelehnt da. Tresk konnte das nicht. Er musste in Bewegung bleiben, sonst würde er platzen.

»Tresk, mir gefällt das ja auch nicht«, erwiderte Finn, »aber was bleibt uns denn sonst übrig? Wir müssen darauf hoffen, dass Lailani unsere Eltern und die Polizei verständigt hat.«

Der junge Karadeem blieb vor seinen beiden Freunden stehen und stemmte die Pfoten in die Hüften. »Müssen wir das? Wir wissen ja nicht mal, ob dieses Datenpaket von Omikron durchgekommen ist. Er sagte selbst, er bezweifle es.«

»Das ist richtig«, mischte sich die K.I. ein. »Die Sicherheitsmaßnahmen des Kommunikationssystems von *Yutami Oil* haben den unzulässigen Anruf schneller blockiert, als ich es vorausgesehen hatte. Ich entschuldige mich abermals für diese Fehleinschätzung. Offenbar bin auch ich nicht perfekt, eine Erkenntnis, die mich zutiefst schockiert. Aber ich verspreche, dass ich meine Analyseprogramme weiter verfeinern werde, damit mir nicht noch einmal so ein Fehler unterläuft.«

»Seht ihr?« Tresk warf die Arme in die Luft. »Wer weiß, ob überhaupt Hilfe naht.«

»Vergiss nicht, dass wir Lailani erreicht haben«, warf Anna ein. »Sie kennt unsere Zwangslage. Sie wird etwas unternehmen.«

»Hm«, brummte Tresk. »Trotzdem sollten wir bis dahin nicht die Pfoten in den Schoß legen. Als wir das letzte Mal gefangen genommen wurden, haben wir uns einen Trick überlegt, um zu entkommen.«

»Da befanden wir uns auch nicht dreihundert Meter unter der Wasseroberfläche«, entgegnete Finn. »Ich will ja fliehen. Aber wie sollen wir das anstellen? Wir schaffen es doch niemals ein weiteres Mal bis zum Hangar, nicht zuletzt weil dieser Riggs ihn jetzt bestimmt bewachen lässt. Oder er hat ihn verschlossen. Ganz blöd ist der ja auch nicht.«

Tresk strich sich mit einer Kralle über die Nase. »Wie wäre es, wenn wir in die andere Richtung verschwinden würden? Beim Großen Larry stand dieses Mini-U-Boot. Könnten wir damit nicht abhauen?«

Finn schüttelte den Kopf. »Selbst wenn wir es ungesehen bis zum Großen Larry schaffen – und dort sind rund um die Uhr Arbeiter –, wäre die Kapsel des Boots viel zu klein für uns alle. Da passen wir niemals rein. Und in die Taucheranzüge der Erwachsenen auch nicht.«

»Rettungskapseln«, murmelte Anna nachdenklich.

»Was?«, fragte Finn.

»Es gibt doch bestimmt Rettungskapseln in der Station«, erklärte das Mädchen. »Wenn es zu einem Notfall kommt, müssen die Arbeiter eine Möglichkeit haben, die Kuppeln zu verlassen. Könnten wir nicht versuchen, mit so einer Kapsel zu flüchten?«

Finns Miene hellte sich auf. »Die Idee ist gar nicht übel. Omikron, du hast die Baupläne der Station gespeichert. Gibt es eine Rettungskapsel in der Nähe?«

»Eine sehr gute Frage. Die gibt es in der Tat. Ihr müsst nur den Lagerraum verlassen und den Gang nach links bis zum Ende durchgehen. Dort befindet sich eine Notfallschleuse, an der eine Rettungskapsel für sechs Personen angedockt ist. Die Kapsel verfügt über einen Peilsender und eine einfache Steuerung. Das perfekte Fluchtfahrzeug, wenn auch nicht sehr schnell oder komfortabel.«

»Das ist doch die Lösung.« Begeistert sah Tresk die Freunde an. »Jetzt müssen wir also einen Weg aus diesem Lagerraum finden.« Voller Tatendrang begab er sich zur Tür und betrachtete sie eingehend. Sie war verschlossen und von außen verriegelt. Außerdem bestand sie aus massivem Metall, da sie gleichzeitig als Schutz diente, sollte es hier oder auf dem Gang zu einem Leck kommen, durch das Wasser in die Station eindrang. »Da kommen wir nicht durch«, stellte der junge Karadeem fest.

Finn war ebenfalls aufgestanden und ließ seinen Blick über die Wände und die Decke des Lagerraums schweifen. »Omikron, gibt es irgendeinen anderen Weg hier raus?«, fragte er. »Einen Wartungsschacht oder ein Belüftungsrohr vielleicht?«

»Über dem Raum verläuft wahrhaftig ein Rohr, durch das frische Luft in das Lager gepumpt wird«, erwiderte die Künstliche Intelligenz. »Wenn ihr das Gitter in der Decke dort drüben am anderen Ende des Raums entfernt und den darüber liegenden Ventilator abschraubt, solltet ihr in das Rohr klettern können. Es zieht sich bis über den Korridor in eine gegenüberliegende Werkstatt. Dort ist der nächste Ausgang.«

»Los, Leute. Das schauen wir uns an.« Tresk lief zu der Stelle. Finn und Anna schlossen sich ihm an.

Sie fanden das Gitter ohne Probleme, und nachdem sie ein paar der leeren Kisten, die herumstanden, aufeinandergestapelt hatten, konnte Tresk es auch abnehmen. Dahinter wurde ein großer Ventilator sichtbar, der mit vier Schrauben an dem darüber liegenden Rohr befestigt war. Tresk zog probeweise daran, hängte sich sogar mit seinem ganzen Gewicht an die Rotorblätter. Damit verbog er zwar das Metall, aber der Ventilator als Ganzes hielt stand. »Mist«, fluchte er. »Wie lösen wir jetzt dieses Ding?«

»Schauen wir mal in diese ganzen Kisten«, schlug Finn vor. »Vielleicht findet sich irgendwo ein Schraubenzieher.«

Sie hatten Glück. In der siebten Kiste lag ein vergessener Werkzeuggürtel, in dem auch ein Multischraubenzieher steckte. Unter viel Ächzen gelang es Tresk, der die stärksten Muskeln hatte, die Schrauben zu lösen und den Ventilator abzunehmen. Er reichte ihn Finn und Anna runter, bevor er sich mit der Gewandtheit eines Karadeem in das Lüftungsrohr zog. »Sieht gut aus«, verkündete er, nachdem er einen Blick nach links und rechts riskiert hatte.

Anna kletterte als Nächste in das Rohr, das kaum groß genug für sie war. Eine erwachsene Person hätte niemals da durch fliehen können, sofern sie nicht gerade ein Bimmi war. Vermutlich hatten die Arbeiter auch deshalb gar nicht weiter darüber nachgedacht, als sie die Kinder in den Lagerraum sperrten.

Mir etwas Strampeln und Zerren gelang es ihnen auch, Finn in das Rohr zu verfrachten. Anschließend krochen sie unter Tresks Führung los. Sie passierten eine Stelle mit einer kleinen Sicherheitsklappe, die sich vermutlich automatisch schloss, wenn es zu einem Wassereinbruch in der Station kam. So wurde verhindert, dass abgeschottete Räume durch die Belüftungsanlage geflutet wurden. Wenig später erreichten sie den nächsten Ventilator, der sich von oben deutlich leichter abschrauben ließ, als wenn man auf einem Kistenstapel darunter stand.

Tresk schlüpfte als Erster durch das Loch, ließ sich nach unten sinken, bis er an seinen Armen von der Decke baumelte, und sprang dann zu Boden. Der war kaum noch einen Meter entfernt. Lautlos kam er auf, ging sofort in die Hocke und sah sich um. Die längliche Werkstatt war in das schummrige Licht einer Notbeleuchtung über der Ausgangstür getaucht. Arbeitsplätze und Regale voller Bauteile und Werkzeuge säumten die Wände. Es herrschte ein ziemliches Chaos, und es roch nach Kupfer und Schmieröl. »Die Luft ist rein«, flüsterte er.

Finn und Anna folgten ihm. Zu dritt huschten sie zur Tür, die in den Gang hinausführte. Sie lauschten, konnten aber nichts hören. Die beiden Menschen hätten wohl ohnehin nichts vernommen, weil das Metall der Tür ziemlich dick war. Doch Tresk, der besonders die Ohren spitzte, war sich sicher, dass niemand draußen auf dem Gang herumspazierte.

Sie gingen das Wagnis ein und öffneten die Luke. Tatsächlich herrschte auf dem Korridor völlige Stille. Riggs hatte keine Wache zurückgelassen, um auf die Kinder zu achten. Offenbar war es ihm gleichgültig, dass seine Gefangenen vielleicht Durst bekamen oder auf die Toilette mussten. Normalerweise wäre Tresk über dieses Verhalten empört gewesen. Jetzt war er dem Stationsdirektor dankbar dafür.

Ungesehen hasteten die Freunde den Gang hinunter auf eine kreisrunde Luke zu, die dort, wo der Korridor auf einen Quergang traf, in die Wand eingelassen war. Oberhalb der Luke leuchtete ein grünes Notfallsymbol, und ein großformatiges Hinweisschild klebte links von der Tür an der Wand. Auf mehreren Sprachen erklärte es die Funktionsweise der Rettungskapsel.

Tresk hielt sich nicht damit auf, die Anweisungen zu studieren. So schwer konnte das doch nicht sein! Rasch zog er die Luke auf und danach auch gleich die kleinere Innenluke, die zu der Kapsel gehörte. »Schnell, alle einsteigen.«

Finn und Anna schoben sich an ihm vorbei und verschwanden in der Kapsel, die nichts weiter als eine kleine Kammer mit sechs kleinen Bullaugen war, in der sich sechs Sitze und ein kleines Steuerpult befanden. Tresk wollte gerade ebenfalls durch die Luke treten, als er Schritte vernahm, die den Gang zur Linken herunterkamen. Er wartete nicht ab, wer sich ihnen näherte, sondern schloss rasch erst die äußere und dann die innere Luke. Ein Knopfdruck versiegelte beide Luken. »Wir können starten, Finn«, rief er und blickte über die Schulter zu seinem Freund, der sich bereits am Steuerpult im vorderen Teil der Kapsel niedergelassen hatte.

»Ich, äh, ich habe keine Ahnung, wie man das Ding lenkt«, gestand Finn mit einem Anflug von Panik in der Stimme.

»Versuch's mal mit dem Knopf«, schlug Anna ihm vor. »Der sieht aus, als würde er den Antrieb starten.«

Sie behielt recht. Auf den Knopfdruck hin erwachte die Kapsel zum Leben. Im Heck begann eine Schraube zu surren, und ein gleichmäßiger Ping-Ton erklang, den Tresk für das Notsignal hielt.

Am Fenster der Stationsluke tauchte ein bärtiges Gesicht auf. Es war der Kerl, den Finn Weihnachtsmann getauft hatte – irgendeine Märchengestalt von der Erde. Der Mund des Mannes öffnete sich und er schrie etwas, das Tresk durch die zwei Stahltüren nicht hören konnte. Seiner Miene nach zu urteilen, war er ziemlich wütend. Er begann mit der Faust gegen das Fenster zu hämmern.

Tresk winkte ihm und grinste breit, wobei er seine spitzen Eckzähne entblößte. »Können wir endlich starten?«, fragte er ungeduldig.

»Können wir!« Finn zog einen Hebel zurück und ergriff das Steuerhorn der Kapsel. Mit einem leisen Knall wurde das Rettungstauchboot von der Ölbohrstation abgesprengt und schoss nach vorne, hinein ins dunkle, kalte Wasser. Tresk musste sich festhalten, um nicht von den Beinen geholt zu werden.

Er schob sich an den Sitzen vorbei und gesellte sich zu Finn und Anna. Der Menschenjunge starrte mit zusammengekniffenen Augen in die Dunkelheit, die sich außerhalb der Kapsel erstreckte. Die winzigen Bullaugen, die in alle sechs Richtungen wiesen, waren nicht sonderlich gut dazu geeignet, sich zu orientieren. Auch die Sensorausrüstung des kleinen Boots schien kaum nennenswert zu sein. Dieses Gefährt hatte merklich nur einen Daseinszweck – damit aufzutauchen und auf Hilfe zu warten.

Aber genau das wollten die Freunde auch. Allerdings wusste keiner von ihnen so richtig, wie sie das anstellen sollten. Finn zog am Steuerhorn, aber trotzdem schienen sie eher nach unten zu sinken, statt aufzusteigen. »Irgendwas machen wir falsch«, stellte er fest. »Tresk, Anna, sucht mal nach einer Anleitung. Die muss es hier doch …«

»Hab sie schon«, unterbrach ihn Anna, die einen in Folie eingeschweißten Papierbogen aus einer Halterung an der Wand zog.

Rasch überflog sie die Zeichnungen und Hinweise, die sich darauf befanden. »Schau mal, ob die Ballasttanks offen oder zu sind«, riet sie Finn.

»Hä?«, machte Finn.

»Ist Wasser in den Tanks, weil sie offen sind – dann sinken wir. Ist Luft in ihnen und sie sind zu – dann steigen wir auf.«

»Ah.« Finn ließ den Blick über das kleine Armaturenbrett schweifen, bis er fand, was er suchte. »Okay, offenbar ist zu wenig Luft drin. Das lässt sich ändern.« Er drehte einen Regler und Tresk glaubte unter sich ein Zischen zu hören, als Druckluft in die Tanks gepresst wurde, die sie leichter machen würde und zur Wasseroberfläche aufsteigen ließ.

Finn riss die Arme in die Höhe. »Hurra! Es klappt! Der Tiefenmesser zeigt an, dass wir auftauchen.« Dann sah er Anna verdrossen an. »Warum hat dieses U-Boot auch so was Blödes wie einen Ballasttank?«

»Alle U-Boote haben Ballasttanks«, belehrte Anna ihn. »Bei den moderneren merkt man es nur nicht, weil die Bordcomputer alles steuern.«

»Woher kennst du dich so gut damit aus?«, wollte Tresk wissen.

Anna sah ihn belustigt an. »Meine Mutter arbeitet auf einem Forschungs-U-Boot, schon vergessen?«

Tresk kratzte sich am Kopf. »Ach, richtig.«

Finn grinste triumphierend. »Nächster Halt: Aquaterra.«

»Ich kann es kaum erwarten«, sagte Tresk. Just in diesem Augenblick gewahrte er aus den Augenwinkeln eine Bewegung links von ihnen. Der Karadeem-Junge spähte durch das Bullauge – und sein Fell sträubte sich unwillkürlich! Im schwachen Licht, das von der Station ausging, sah er ein Mini-U-Boot näherkommen. Es war genau das gleiche, das sie bereits gejagt hatte, als sie mit Synks Miet-Boot ihre Nachforschungen am Korallenriff durchgeführt hatten. Das schlanke, gelbe Tauchboot mit den zwei metallenen Greifarmen am Bug und dem breiten Fenster aus Transparentstahl, unter dem sich der Harpunenwerfer befand, hielt direkt auf sie zu. Tresk stieß einen Fluch aus. »Oha, zu früh gefreut«, erkannte er. »Wir werden verfolgt!«

»Was? Wo?« Finn verrenkte sich den Hals, konnte aber von seinem Platz aus nicht durch das Seitenbullauge blicken.

Tresk tippte mit seiner Pfote gegen die Scheibe. »Sie sind zwanzig Meter hinter uns oder so. Das sind diese Kerle, die uns schon einmal abschießen wollten.«

»Na, toll«, murmelte Finn. »Denen zu entkommen, war schon in Synks Kahn nicht einfach und der hatte sogar einen Bordcomputer, den Omikron übernehmen konnte. Diese Kapsel ist einfach ein plumper ...«

»Ausweichen!«, schrie Tresk, der sah, wie das Tauchboot von *Yutami Oil* beschleunigte.

Finn riss das Steuerhorn zur Seite, was keine nennenswerten Folgen hatte. Dann krachte es, als ihr Verfolger sie rammte. Alle drei schrien auf, und sie wurden nach vorne geschleudert. Die Rettungskapsel bekam kurz Schlagseite, doch Finn gelang es, sie wieder aufzurichten. »Die machen echt Ernst!«, schrie der Junge aufgebracht. »Diese Mistkerle.«

Erneut zog er den Bug hoch. Ein rascher Blick auf den Tiefenmesser zeigte Tresk, dass sie immer noch zweihundert Meter unter der Meeresoberfläche waren. Das würde ein höllischer Ritt werden – wenn sie es überhaupt schafften.

Wütend fuhr er die Krallen aus. Alles in ihm drängte darauf zu kämpfen. Bloß konnte er überhaupt nichts tun. Er saß in diesem blöden Mini-U-Boot fest und war zum Zusehen verdammt, obwohl ihr Leben – wie es aussah – auf dem Spiel stand. Dass er, ein Karadeem, der sich immer vom Wasser hatte fernhalten wollen, ausgerechnet im Meer ertrank, war schon ziemlich verrückt.

Nein! Dazu durfte es nicht kommen! »Finn, was können wir tun?«, fragte Tresk ebenso wütend wie verzweifelt.

»Ich weiß es nicht«, antwortete sein Freund gehetzt. »Halt mir irgendwie dieses Tauchboot vom Leib. Schau, wo es ist. Warn mich, wenn es kommt. Wehren können wir uns leider nicht.«

»Ich sehe sie wieder«, warnte Tresk. »Sie greifen erneut an.«

»Na los, weich aus, du schwerfällige Mioww-Seekuh«, flehte Finn die Rettungskapsel an, während er sie zu drehen versuchte.

Wieder wurden sie getroffen, wieder erbebte das ganze Boot. Und dann sah Tresk etwas, das ihm das Herz stocken ließ. »Finn! Anna! Da blubbert etwas am rechten Bullauge vorbei. Ich glaube, wir verlieren Luft.«

»Oh, nein!«, entfuhr es Finn. »Der Ballasttank hat einen Riss! Er füllt sich mit Wasser. Wir werden schwerer. Wir sinken!«

Anna drückte scheinbar wahllos auf einige Knöpfe an dem Kontrollpult. Dann schrie sie in etwas, das ein Mikrofon sein mochte. »Hilfe! Hört uns jemand? Wir werden angegriffen! Wir sitzen in einer Rettungskapsel und ein Tauchboot von *Yutami Oil* rammt uns. Wir sinken! Hallo! Hilfe!«

Finn schnaubte humorlos. »Wer soll das mitkriegen? Wir sind zu tief unter Wasser.«

»Keine Ahnung!«, fauchte Anna zurück. »Irgendjemand. Die Arbeiter von *Atlantia*. Die *LabOcean*. Was weiß ich.«

Tresk schielte in Richtung Tiefenmesser. Er zeigte nun beinahe wieder dreihundert Meter an – und irgendwie war beim Blick durch das bauchseitige Bullauge kein Grund zu sehen. »Leute … wo ist der Boden? Befinden wir uns nicht mehr über dem Gebirge?«

Erschrocken sah Finn Tresk an. »Wie meinst du das?«

»Ich sehe hier nichts als Wasser. So meine ich das.«

Anna kroch an seine Seite und schaute ebenfalls durch die Scheibe aus transparentem Stahl. Sie wurde bleich im Gesicht. »Sie haben uns über die Kante geschubst«, flüsterte sie. »Wir sinken in den Abgrund …« Sie fuhr herum und rannte zurück zur Funkanlage. »Hilfe!«, schrie sie. »Wir befinden uns an Bord einer Rettungskapsel und sinken! Hört uns denn keiner? Wir brauchen …«

Auf einmal wurde das Meer unter ihnen taghell erleuchtet. Mindestens ein Dutzend starker Scheinwerfer richtete sich auf sie, und in der Mitte des Gleißens stieg ein riesiger Körper aus der Tiefe auf.

Tresk, der sich vor Schreck beinahe in die Hose gemacht hätte, riss die Augen auf. »Was ist das denn?«, rief er fassungslos.

In einem unsichtbaren Lautsprecher der Rettungskapsel knisterte es. »Rettungskapsel, hört ihr uns?«, fragte eine Männerstimme. »Hier ist Kapitän Montillon von der *LabOcean*. Keine Angst, Kinder. Wir sind direkt unter euch und sammeln euch ein.«

Eine Sekunde lang starrten sich Tresk, Finn und Anna vollkommen verblüfft an. Dann brachen sie in ein Jubelgeheul aus, das noch mindestens bis nach Aquaterra zu hören sein musste.

Keine zehn Minuten später wurde mit einem Rumpeln und Zischen die Verbindung zwischen dem Forschungs-U-Boot und der Rettungskapsel versiegelt. »Öffnet jetzt die Tür«, wies sie Michiko Kobayashi an, die auf der anderen Seite der Luke auf sie wartete.

Tresk konnte der Aufforderung gar nicht schnell genug Folge leisten. Rasch zog er die Luke auf, dann stürzte Anna auch schon an ihm vorbei, durch die zweite Luke der *LabOcean* und direkt in die Arme ihrer Mutter. »Mama!«, schrie sie begeistert.

»Anna.« Michiko schloss ihre Tochter fest in die Arme. Sie lachte und weinte gleichzeitig. »Ich bin so froh, dass es dir gut geht.« Sie sah Tresk und Finn an. »Und euch auch, Jungs.«

»Wir sind auch verdammt froh«, sagte Tresk. »Das war wirklich Rettung in letzter Minute.«

»Na ja, nicht ganz«, meinte Finn und grinste schief. »Wahrscheinlich hätten wir noch eine Viertelstunde durchgehalten.«

»Sei bloß still!« Tresk knuffte seinen Freund gegen den Oberarm.

Annas Mutter drückte ihre Tochter noch einmal ganz fest, bevor sie Anna eine Armeslänge von sich schob. Sie wischte sich eine Träne von der Wange und schüttelte den Kopf. »Was habt ihr euch bloß dabei gedacht, ganz alleine eine Tauchfahrt ins Meer zu unternehmen? Das war unglaublich leichtsinnig.«

»Und unglaublich wichtig, Mama«, erwiderte Anna. »Wir haben bei *Yutami Oil* ganz viel erfahren. Die haben nicht annähernd eine so weiße Weste, wie sie immer erzählen. Sie haben die Cuttal-Steine nie nach Grubba gebracht, sondern ihren Müll einfach neben dem Korallenriff versenkt. Es ist alles auf Finns Brille gespeichert.«

»Stimmt«, bestätigte Finn und hob die *VisoStar*. »Das dürfte die Polizei sehr interessieren. Und das Rathaus.«

Annas Mutter nickte verwirrt. »Okay, darüber reden wir später noch. Erst mal gehen wir auf die Brücke. Ich will dem Kapitän melden, dass ihr an Bord seid und er neuen Kurs nehmen kann.« Sie setzte sich in Bewegung.

»Wie hast du uns eigentlich gefunden, Mama?«, fragte Anna, als sie durch den Mittelgang der *LabOcean* Richtung Kommandobrücke liefen.

»Das habe ich einem unglaublich tapferen Mädchen zu verdanken«, verriet Michiko. »Sie wartet schon auf euch.« Mit diesen Worten öffnete sie die Luke – und Tresk sah, wen sie meinte.

»Lailani!«, entfuhr es Anna freudig. »Du hast es also doch geschafft, Hilfe zu rufen.«

Die junge Neptyne, die in einen hautengen, blauen Tauchanzug gekleidet war, lächelte strahlend. »Anna, Finn, Tresk! Ich bin so erleichtert, euch zu sehen.« Sie kam auf die Freunde zu und umarmte alle. »Ich hatte solche Angst, zu spät zu kommen. Aber es ist ja noch einmal alles gut gegangen.«

»Ja, zum Glück«, sagte Finn.

Tresk legte dem Neptynenmädchen eine pelzige Pfote auf die Schulter. »Ich gestehe es ganz offen. Als ich deinen Vater kennenlernte, dachte ich zuerst, ihr Neptynen seid wohl ein eher ängstliches Volk. Aber du hast mir das Gegenteil bewiesen. Du bist fast so mutig wie ein echter Karadeem!«

»Hört, hört«, tönte Finn. »Was für ein Lob aus dem Mund des größten Helden der Galaxis.«

Anna kicherte und auch ein paar Wissenschaftler um sie herum grinsten.

Lailani hingegen machte plötzlich ein bekümmertes Gesicht.

»Was ist los?«, fragte Tresk. »Habe ich etwas Falsches gesagt?«

»Nein, nein, du hast nur meinen Vater erwähnt.« Sie verzog die Miene. »Ich frage mich, was er wohl sagen wird, wenn er erfährt, auf was für ein Abenteuer ich mich eingelassen habe …«

EPILOG

ECHTE HELDEN HANDELN

»Kleiner Fisch, ich bin ja so stolz auf dich!«

Lailani keuchte, so fest drückte ihr Vater Alowan sie an sich. Er war schnellen Schrittes in die Messe von *Atlantia* gekommen, wo sie mit ihren neuen Freunden zusammensaß. Anfangs hatte Lailani mit einer weiteren Standpauke gerechnet. Doch Alowan, der noch seinen Schlafanzug anhatte und auch sonst ziemlich überrumpelt aussah, hatte sie einfach gepackt, als wolle er sie nie wieder loslassen.

»Mutter und ich konnten es kaum glauben, als wir hörten, was du getan hast. Unsere Tochter rettet den Ozean!«

Finn, Anna und Tresk lachten. »Und uns«, sagte Finn. »So ganz nebenbei.«

»Ja, natürlich. Euch auch.« Alowan ließ die junge Neptyne los und setzte sich zu ihnen an den Tisch am breiten Panoramafenster. Jenseits der dicken Stahlscheibe erstreckte sich die Tiefsee in ihrer vollen Pracht. »Euch auch.«

»Du … Man darf andere nicht so erschrecken, Vater«, stammelte Lailani. Sein Lob hatte sie überrascht und ziemlich aus dem Konzept gebracht. »Das ist nicht gut für meine Nerven. Sagst du auch immer.«

»Och, du hast doch Nerven aus Stahl«, scherzte Finn und klopfte mit dem Fingerknöchel an die Scheibe. »Wer mal eben raus zur *LabOcean* schwimmt und einfach an die U-Boot-Luke klopft, ist cooler als cool!«

»Ich habe nicht geklopft«, protestierte das Mädchen. Dieser ganze Trubel wurde ihr allmählich unangenehm. Sie hatte doch bloß getan, was getan werden musste. »Sondern nur ganz laut …«

»Den Tag gerettet, das hast du«, unterbrach Anna sie sanft.

»Ohne dich hätten die uns im Abgrund versenkt«, stimmte Tresk zu. »Wir hatten alle Beweise, aber die hatten uns so gut wie am Boden.«

»Einigen wir uns darauf, dass wir alle mutig waren«, schlug Lailani seufzend vor. »Mutig … und ein bisschen unüberlegt.«

Finn nickte fest. »Echte Helden denken nicht, echte Helden handeln.«

»Moment mal.« Anna begann zu lachen. »Ist das nicht ein Spruch aus diesem bescheuerten *Leviathan*-Spiel, aus dem ihr Jungs seit Tagen in der Schule zitiert? Nach allem, was diese Nacht los war, kommst du uns auch jetzt noch mit *Leviathan*-Sprüchen?«

»Na, wenn er doch passt!«, rechtfertigte sich Finn ein wenig beleidigt. Doch auch Tresk sah ihn nur amüsiert an.

»Eine Heldin«, sagte Alowan. »Ja, das bist du, kleiner Fisch. Ihr alle seid Helden.« Er senkte den Blick. »Und ihr habt mir gezeigt, dass ich mich geirrt habe. Das gebe ich offen zu. Nur wer Mut beweist, kann die Dinge zum Besseren verändern. Du hattest von Anfang an recht, Lailani. Ich hätte das schon viel früher von dir lernen sollen.«

Die Neptyne schluckte. Für einen Moment war sie sprachlos

und ziemlich gerührt. »Och, Vater …«, murmelte sie, und nun war sie es, die ihn drückte.

Die Ereignisse der Nacht lagen hinter ihnen. Annas Mutter und das Team der *LabOcean* hatten die Polizei von Aquaterra verständigt, und Direktor Riggs war mitsamt seinen Arbeitern verhaftet worden. Sie alle würden sich schon bald vor einem Richter verantworten müssen, und auch auf Grubba standen gewiss Veränderungen an. Nie wieder würde man zulassen, dass Cuttal-Steine nicht ordentlich recycelt wurden. Die Aufzeichnungen, die Omikron 1 auf der Bohrstation gemacht hatte, galten als wertvolle Beweise, und Lailani, Finn, Tresk und Anna sollten sich am späten Vormittag im Rathaus der Stadt einfinden. Dort wollte man sie zu ihren Beobachtungen befragen und ihre Erlebnisse zu Protokoll nehmen. Sie waren wichtige Zeugen, so hatte es geheißen. Insbesondere Anna freute sich schon auf den Termin, denn die Person, die sie befragen würde, war ihr Vater – der soeben auf die Erde zurückgekehrte Bürgermeister selbst.

Bis dahin war aber noch etwas Zeit, und die Freunde hatten beschlossen, sie auf *Atlantia* zu verbringen, Seite an Seite mit Lailani.

In der großen Messe der Station herrschte kaum noch Betrieb. Ein paar letzte Angehörige der Spätschicht saßen noch an einem Ecktisch hinten links bei einem kühlen Getränk beisammen, und die erste Schicht des neuen Tages hatte inzwischen ihre Arbeitsposten bezogen. Der Raum roch noch immer nach dem Duft ihres vergangenen Frühstücks.

»In Ordnung«, sagte Lailani, als sie ihren Vater losließ, und beeilte sich, endlich das Thema zu wechseln. »Wer hat Lust auf eine Limonade? Ich glaube, die haben wir uns alle verdient.«

»Au ja«, freute sich Anna.

»Ich bin dabei«, sagte Finn lächelnd.

Doch Alowan hob die Hand. »Halt, halt, halt. Limonade?« Der Neptyne schüttelte den schuppigen Kopf. »Ihr seid hier auf einer Algenzuchtstation, Kinder. Da gibt es andere Getränke als oben in der Stadt. *Bessere* Getränke.«

»Und welche sollen das sein?«, fragte Tresk skeptisch.

»Na, Algendrinks«, antwortete Lailanis Vater. »Nichts bereitet dich besser auf einen stressigen Tag vor als ein Smoothie mit frischen, gesunden Algen!«

Tresks Pelzhaare stellten sich auf, so angeekelt wirkte der Junge. »Auf gar keinen Fall«, protestierte er. »Dieses schleimige Zeugs stecke ich mir nicht noch einmal in den Mund. Bäh, was war das für ein übler Geschmack.«

»Doch nicht frisch geerntete, du Dummerchen.« Alowan lachte. »Die Algen müssen erst verarbeitet werden, bevor man sie verzehrt. Und in den Smoothie kommen natürlich auch noch weitere Zutaten.«

»Mhm«, brummte Lailani. Sie kannte die ungesunden Vorlieben ihres alten Herrn zur Genüge. »Zum Beispiel ein ganzer Berg an Zucker. Viel mehr als in Limonade!«

»Zucker?« Tresk horchte auf.

»Was ist es nur mit Karadeem und süßen Sachen?«, wunderte sich Finn. »Ihr kämpft wie wilde Krieger, wenn ihr es müsst. Ihr ertragt die größten Strapazen. Eure Heimatwelt ist ein einziger Urwald. Man sollte meinen, ihr wärt alle harte Kerle. Aber kaum gibt es irgendwo etwas Süßes, werdet ihr ganz handzahm.«

»Hey, wir sind harte Kerle«, wehrte sich Tresk. »Aber trotzdem … Also, ich kann diesen Algensmoothie ja mal *probieren*.«

»Das ist ein Wort«, lobte Alowan ihn. Er stand auf und ging in Richtung der Ausgabetheke, die rund um die Uhr besetzt war. »Vier mal Smoothie Marke Alowan, kommt sofort.«

»Keine Sorge«, sagte Laila, als er außer Hörweite war. »Der ist echt lecker. Nur sehr, sehr süß.«

»Klingt perfekt«, fand Tresk und lehnte sich genüsslich seufzend in seinem Sitz zurück.

Anna schmunzelte.

Einen Moment später verging ihr das Schmunzeln. Mit weit aufgerissenen Augen sah das Mädchen zum Eingang des Speisesaals von *Atlantia*. »Äh, Finn …?«

Lailani folgte ihren Blicken und staunte nicht schlecht. Niemand Geringeres als Mitch Sanders kam gerade in den Raum. Der neue Freund von Finns Mutter trug einen dunklen Anzug und Krawatte. Als er den Tisch der Freunde sah, nickte er erleichtert und kam herüber.

»Hier steckt ihr, was ein Glück.« Er atmete tief aus. »Ich suche euch schon überall. Frau Kobayashi sagte mir, ihr wärt auf der Station. Sie und ich wollen uns zusammentun und den Schaden beheben, den *Yutami* verbrochen hat. Das Meer aufräumen. Es heilen, versteht ihr? Und da erfuhr ich ganz nebenbei, dass ihr Kinder schon wieder hier seid.«

»Was willst du, Mitch?«, fragte Finn schroff. »Wir sind nicht in deinem Büro. Sag nicht, dass wir dich sogar von hier unten aus beim Arbeiten stören.«

Der Mann im Anzug errötete leicht. »Nein, ich … Ich bin hier, um mich zu entschuldigen.«

Lailani sah, wie Finn das Kinn herunterklappte. Auch Tresk und Anna wirkten überrascht.

»Ihr habt mich gestern gestört, das stimmt«, rechtfertigte Mitch sich. »*Atlantia* ist kein Abenteuerspielplatz.«

»Aber?«, fragte Anna.

Er lächelte schwach. »Aber ohne euch Abenteurer wäre er vielleicht schon sehr bald auch kein Arbeitsplatz mehr gewesen.« Seufzend ließ er sich auf Alowans freiem Stuhl nieder. »Wenn *Yutami* weiterhin Müll ins Meer gekippt hätte ... Die Folgen für den Ozean und für unsere Gewächshäuser wären unvorstellbar! Ganze Jahresernten hätten entsorgt werden müssen, weite Anbaugebiete wären über einen langen Zeitraum unbenutzbar gewesen. Weil *Yutami* sie verunreinigt hätte. Das hätte *Atlantia* nicht überlebt. Es wäre unser finanzieller Ruin geworden – ganz zu schweigen von den Schäden an der Umwelt selbst. Finn, ihr vier habt uns allen einen großen Dienst erwiesen. Ihr habt Riggs das Handwerk gelegt und damit nicht nur das Meer um Aquaterra, sondern auch meine Firma gerettet. Ich ... Ich danke euch.«

Wow. Lailani entging nicht, wie sprachlos ihre Freunde waren. Ihr ging es genauso. Zwar kannte sie den Mann kaum, doch nach allem, was insbesondere Finn von ihm erzählt hatte, war das ein großer Schritt. Außerdem freute sie sich riesig, dass *Atlantia* und die *LabOcean* gemeinsame Sache machten, um die Schäden an der Umwelt zu beheben.

»Oh«, erklang auf einmal die Stimme Alowans hinter der Neptynin. »Mister Sanders, mit Ihnen habe ich nicht gerechnet.«

Lailani drehte sich um. Ihr Vater stand mit fünf grünen Smoothiegläsern da und glotzte.

»Stimmt etwas nicht?«, fragte er seinen Vorgesetzten ein wenig unbeholfen. »Und, ähm, möchten Sie vielleicht auch einen Algendrink?«

»Nein, danke.« Mitch winkte ab und stand auf. »Ich will auch nicht stören. Ich …« Er sah zu Finn. »Ich musste nur kurz etwas sagen, und das habe ich getan. Genießt eure Smoothies. Und ruf deine Mutter mal wieder an, ja? Die freut sich bestimmt.« Damit wandte er sich zum Gehen.

Finn und die anderen wechselten staunende Blicke, und Lailani konnte es ihnen nicht verübeln. Zwar hatte sich Mitch über Nacht bei Weitem nicht in den sympathischsten Menschen der Welt verwandelt, aber er wusste tatsächlich zu schätzen, was die vier Freunde geleistet hatten. Er dankte ihnen dafür.

»Zeichen und Wunder«, murmelte Finn.

Alowan nahm wieder Platz und verteilte die Gläser. Tresk roch an dem Getränk und nickte anerkennend. Lailani nahm sich ebenfalls eins, dann Anna und Finn.

»Auf neue Freunde?«, fragte Alowan. Er hatte das Glas erhoben und sah die Gruppe auffordernd an.

»Auf neue Freunde«, sagte Lailani. Dann prosteten sie alle einander zu.

Das Meer, dachte die junge Neptyne bei sich, hatte tatsächlich viele Geheimnisse. Manche von ihnen mochten gefährlich sein, andere nicht. Aber wenn man nicht allein war, machte es Spaß, sie zu erkunden. Wer nicht allein war, hatte gleich viel weniger Angst. Lailani hob das Glas an die Lippen und fühlte sich geborgen.

Perplies, Bernd und Humberg, Christian:
Die Wächter von Aquaterra – Angriff aus der Tiefe
ISBN 978 3 522 18478 6

Einbandgestaltung: Timo Kümmel
Innentypografie: FSM Premedia GmbH & Co. KG, Münster
Reproduktion: Medienfabrik GmbH, Stuttgart
Druck und Bindung: GGP Media GmbH, Pößneck

FSC
www.fsc.org
MIX
Papier aus verantwortungsvollen Quellen
FSC® C014496

Leinen los, Himmelsdiebe

Dan Walker
Zoya
Heldin der Lüfte

304 Seiten · Gebunden
ISBN 978-3-522-50587-1 eBook

Als Zoya von einer Bande von Himmelsdieben entführt wird, steht ihr Leben plötzlich kopf. Mit der sagenumwobenen Dragonfly, einem fliegenden Piratenschiff, durch die Lüfte zu segeln, wäre schon aufregend genug. Als dann aber auch noch der schrecklichste Pirat der Lüfte Jagd auf sie macht, weil sie den Schlüssel zu einem längst vergessen geglaubten Schatz besitzt, ist all ihr Mut gefordert. Mit einem Feind, der es auf ihr Leben abgesehen hat, setzt Zoya die Segel für das größte Abenteuer ihres Lebens.

www.planet-verlag.de

PLANET!